吴君

著

南方出版传媒 花城出版社

中国·广州

图书在版编目（ＣＩＰ）数据

万福 / 吴君著. -- 广州 ： 花城出版社，2020.1
ISBN 978-7-5360-9008-8

Ⅰ．①万… Ⅱ．①吴… Ⅲ．①长篇小说－中国－当代
Ⅳ．①I247.5

中国版本图书馆CIP数据核字(2020)第003702号

出 版 人：肖延兵
策划编辑：张　懿
责任编辑：陈诗泳
技术编辑：凌春梅
封面设计：吾然设计工作室
版式设计：姚　敏
内文插图：喻悠然

书　　名　万福
　　　　　WAN FU
出版发行　花城出版社
　　　　　（广州市环市东路水荫路11号）
经　　销　全国新华书店
印　　刷　佛山市迎高彩印有限公司
　　　　　（佛山市顺德区陈村镇广隆工业区兴业七路9号）
开　　本　880 毫米×1230 毫米　32 开
印　　张　9.5　7 插页
字　　数　190,000 字
版　　次　2020 年 1 月第 1 版　2020 年 1 月第 1 次印刷
定　　价　45.00 元

如发现印装质量问题，请直接与印刷厂联系调换。
购书热线：020 - 37604658　37602954
花城出版社网站：http://www.fcph.com.cn

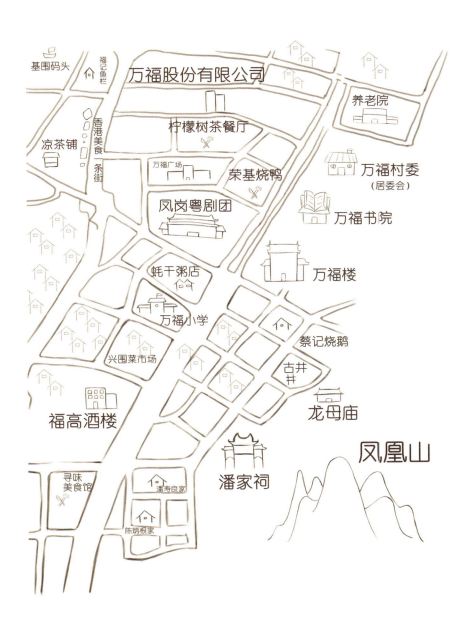

我份人好公道，街坊都话我好。

潘宝顺

都得，都得。

潘寿良

潘寿娥 我由石头爆出嚟，我同屋企人有仇。

冇所谓啦！有咩所谓呢！

潘寿成

你欠我嘅，要记得还。

潘寿仪

人 物 关 系 图

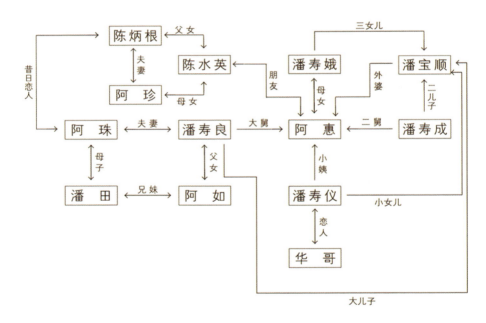

人物表

潘宝顺：阿惠外婆，1936 年出生，潘寿良兄妹的母亲，十五岁曾经到新疆生产建设兵团，后回到万福生活

潘寿良：阿惠的大舅，潘家长子，1955 年出生

潘寿娥：阿惠的母亲，人称娥姐，1955 年出生，潘寿良孪生的妹妹

潘寿成：阿惠的二舅，阿成，潘家次子，1956 年出生

潘寿仪：阿惠的小姨，1959 年出生，潘家小女儿

华　　哥：潘寿仪的男朋友

陈炳根：阿惠朋友陈水英的父亲，也是阿珠昔日的恋人

阿　　珠：阿惠的大舅妈，1956 年出生，陈炳根旳同学、初恋女朋友

阿　　珍：阿惠发小陈水英的母亲，陈炳根的老婆，1957 年出生

阿　　惠：潘寿娥的女儿，1979 年出生，初中毕业后嫁到香港

陈水英：阿惠儿时的朋友，陈炳根的独生女，1982 年底出生，在新安影剧院上班

潘　　田：阿惠大舅的儿子，1978 年出生

阿　　如：阿惠大舅的女儿，1987 年出生

目　录

引　子

　　万福人和香港人一样，称呼家为屋企，与北方人对家的发音完全不同。眼下，阿惠的外婆将与三个子女由香港返屋企。他们的屋企在深圳，在距离宝安机场最近的一个社区——万福。

　　在万福，住着潘寿良儿时的伙伴陈炳根一家和自己孖生（双胞胎）的妹妹潘寿娥。阿惠嫁到香港前，潘寿娥说过最多的话便是，你只有嫁到香港，我们家才能抬起头，才不会受欺负。万福村差不多所有的人都知道潘寿娥的心思，复仇似乎是潘寿娥活着的全部意义，而万福的吃瓜群众等老了一批又一批。四十年过去了，终于，阿娥赢来了自己的机会，猪年这个夏天，阿惠的大舅、二舅、细姨从香港屯门出发，他们不仅要为老母过寿摆酒宴，还要向全村宣告潘家兄妹的回归。

　　2019 年 5 月 7 日 13 点 15 分的万福大道与往时不同，车辆并不多，各人好像被头顶的太阳榨干了最后一滴水分，似乎再没有力气说话，零星的几个路人，像是赶集，行色匆匆。

一辆挂着深港两地车牌的宝蓝色轿车，由东至西，从文锦渡一路开进市区，经过著名的深南大道、宝安大道、万福大道，最后进入万福古村，才开始缓速前进。

由万福到上水到屯门，这条路，潘寿良一家走了整整四十年。

第一章

风　波

1．打交（打架）

　　蓝色轿车后排坐着阿惠的外婆，还有阿惠的亲戚们。副驾位上是阿惠的细（小）姨潘寿仪、也是潘寿娥的细妹，路上，与老母不同，她时常闭上疲惫的眼睛。当年她抢走了家姐潘寿娥的男人，尽管家里没人提起，却让她抬不起头，也不敢回万福。现在的潘寿仪已经没了当年的妩媚和神气劲儿，她的身子蜷缩在座位上，眼睛时而瞄一下窗外，时而用余光看一眼开车的华哥，其它时间都是闭着，她不愿意看向外面高楼林立的深圳。二舅潘寿成则坐在与司机位呈对角线的后座上，摆弄着一款新出厂的华为手机，似乎整个车里只有他是最轻松的，他偶尔还会从嘴里哼出一句粤语歌词，只是调子跑得不着边际，谁也不知道他唱的是什么。

　　太阳透过车窗照在了潘寿仪的脸上，零星的斑点被阳光映得有些突出。直到汽车慢下来，从 107 国道拐进辅道。

后排就座的外婆像是被什么推搡了一样，突然间躁动起来，她先是左右摇晃了几下，从后座向前靠了靠，伸出手去拉华哥的衣角，用香港普通话说了句："车上好闷，气都透不到，我想行下（走一走），阿华你到前边停住，我要落车。"

潘寿仪知道老母的意思，当然，她这辈子都知道老母的意思。此刻，她脸色不变，看着前方说："老母啊，如果不是太闷，还是坐车啦，现在太阳这么大，好晒的，我怕你会中暑。"

外婆瞪着眼睛道："好的不说，非要咒我中暑，我可以自己走，你管好自己啦。"外婆说完这句，已经用手去拉一侧车门，态度极其强硬，似乎再不开门，她就要跳车。外婆的神情仿佛回到当年，这样一来，华哥从镜子里看了眼潘寿仪，然后把车缓缓停下，回头道："那我把车找个位放好，我跟住（着）你，我也都好久冇（没）行啦。"

"不用不用，你的车跟住就好。"外婆急得直摆手，她只想一个人在路上走走。

在这一对母女面前，华哥脸上的笑很是僵硬无奈，好在这时潘寿仪向他使了个眼神，于是华哥秒懂了其用意，便不再说什么。由于这种特殊的关系，外婆从来不愿意认华哥为自己家女婿，每次早晨见到华哥从潘寿仪房间里出来，外婆都表情严肃，装作没有看到，连招呼也没有个（一个），最多一句"哦"，算是打了招呼。有时隔离（隔壁）住的女人见了，刚要开口探问，外婆都是直接摆手，直言费事讲（懒得说）费事讲，害得华哥只好灰溜溜地离开。虽然华哥从来都是随着潘家兄妹"老母老母"喊她，外婆却从不应半句，只会吩咐他做事，或者向华哥要些零钱去买东西。华哥在外婆面前也是低声下气，他最担心的是哪一天外婆会当众说"你把我的两个女儿害得好惨"。好在她从来没有说过。

外婆并没有这样说出口，可这一句话在华哥的耳边响过千百次，连做梦都听过。有好多次，他想逃开，再也不来这个家，可是他做不到，如果那样，他的良心会不安。

外婆此刻与平时做派完全不同。首先，她仰起脖子，像个女王那样，步子迈得比较大，两只手背在后面。过路年轻人倒并无兴趣，只是觉得路上的这个老人有些怪异而已。他们眼下谁稀罕这些，要知道他们连欧洲非洲都懒得再去一趟，更不要说什么香港了，空气好像还不如万福好呢。除了买点化妆品和补品，他们很少去那边，太挤了，连吃个饭都要排队。每次万福人回来，都要抱怨几句，才算好受。

万福人购物与内地不同，他们不会大手大脚去买包包或者金链子之类的。如果过去，通常在清晨吃饱饭肚子喝好了茶，才从从容容地出门，过去了便正赶上香港人的早市，他们便会与本港人一道，去逛逛那些摆了鲜肉鲜鱼、沾着露珠的青菜摊档，看着香港人篮子里装着的肉和菜，再跑到万宁看看有没新货，顺便买点跌打散、双飞人之类，然后再慢悠悠地坐上回来的车。他们绝不会像香港本地人那样，行色匆匆。万福人通常会叼着一支从香港吃午饭时用过的牙签，大摇大摆地从香港回到深圳。看见深圳湾上空那片浅蓝色的时候，心中掠过阵阵欢喜，只是在脸上都不会显露出来，他们太愿意这样生活了。虽然只逛了两个钟（钟头），却已经有了各种滋味在心头。如果有时间再去附近的干货店，找些他们喜欢的花胶和各种草药；如果家里有更小的孩子，就会顺便带回两罐奶粉。如果包里还有空隙，便再捎上两瓶海天酱油和几包纸尿片。对于吃的用的，万福人只相信香港的，"香港香港"，被老人们放在嘴边念了半辈子。他们不管年轻人怎么样，反正自己就是喜欢那边怎么了。

眼下华哥戴着墨镜的眼睛开始认真而仔细地打量起外婆的服装。因为他发现了外婆的异常。这一天的外婆上身穿了件领口镶了花边、深紫色的格子上衣，下身是条藏青色的西服裤子，还像八十年代那般，有着怪异的裤线。这个装束华哥和潘寿仪还都是第一次见，虽然不算是套服，但上下有呼应，显得别具匠心。外婆平时舍不得穿件好衣服，都是灰的黑的，拣别人剩下的，而眼下不仅穿了，连脚下也换上了双擦得锃亮的皮鞋。当然，这所谓的好衣服也不过是当年的好衣服。华哥想到外婆这么做的目的了，原来虚荣心老人也有。华哥看了潘寿仪一眼，便忍不住想要偷笑。显然潘寿仪明白他的意思，做了一个嘘的动作，暗示华哥不要多事。外婆明显是想要回村里炫富的。这么一想，华哥觉得自己也很委屈，自己虽然也算是有钱的人了，可是这辈子却没有炫过，就是因为潘寿仪。当年与她好上之后，他的想法不仅与潘家接近，连做派也得学着他们这家人，不能大声说话，连做事也都是偷偷摸摸，有了开心的事情也忍着不说，像是做贼。华哥想过，他们潘家人怎么永远都像是做错了什么事，矮人几分，不敢吃好的，不敢用好的，过年应该回老家的时候也不敢，只能在香港痛苦地挨着，像是受刑般。而他华哥跟在潘寿良身后这么多年，连性格也跟着变得怪怪的，说话拐来拐去要试探着来。

在香港屯门小区，熟人称呼外婆为潘太，现在她老了，别人怎么叫她，她并不清楚，因为很多像她这个年纪的老人已经去了养老院或是天上。无论在万福还是屯门，外婆已经称得起高寿。那些万福的老乡也是这么称呼她的，甚至有一次，他们捎信到香港，说要把她的名字写到潘家祠堂里，就凭着潘寿良两兄弟给村里捐过钱也应该有资格。外婆听了，急得假牙都要掉下来了，她每次说话都喘，熟人费力听了半天，也不知道她想表达什么。

只有大舅潘寿良明白，老母还是在乎，只是她不想这么没有章法和规矩，毕竟她是一个见过世面的女人，跟那些一辈子没见过什么世面的万福人不同。

走在万福的大街上，一向驼背的外婆，下车之后便挺直了腰板，原来一米六四的个头，似乎突然长多了几公分，整个人变得与之前大有不同，突然间高大许多，连她都被自己摇摇晃晃的影子吓了一跳。外婆忍住了不看，而让脚步迈得大一些。潘寿仪也发现，老母的冷漠是装出来的，现在突然间张扬得不行。外婆此刻披挂整齐走进万福大道，很快便进入万福广场了。她的样子像是检阅，威风凛凛，不容冒犯。见此状，华哥把车开得比平时缓慢了几倍，差不多是陪驾般。潘寿仪没有下车，她戴着墨镜坐在副驾位上，身子懒懒地坐着，除了她这把年纪已经不愿意动，也没有想要在外面走的兴致，更主要的是她不想让人见到她，她担心万一遇上潘寿娥怎么办。潘寿娥逢人便说："我就是要等紧佢哋返嚟（等着他们回来）。"

潘寿仪喊醒了睡着的潘寿成快点下车去陪老母，她担心老母的腿不好，眼睛也不如从前。她古怪的样子会让见到她的人受到惊吓，毕竟这个年纪不应该有这样的气场和步伐。

外婆的表现甚是奇怪，此刻，她像是没有那么着急了，转了万福塔的四周一圈，有时还会跑到台阶上，像是检阅什么。累得潘寿成直喘着粗气说："老母你别累到啊。"听了这话，外婆才慢下身子，轻蔑地看了眼身边的潘寿成后，径自走到路边的石头上坐下。她的手轻抚着一旁的榕树，眼睛望向万福塔。她张大了嘴，却没有喘粗气的意思，而是要把这路的新鲜空气全部吸进肚子里。很快她又起了身，向着前面走了起来。潘寿成不好意思跑回车里，只好跟在外婆的身后，他觉得老母这个样子像是演戏，让他也跟着不好意思起来。眼下车里只留下华哥和细姨。华哥看了眼副驾驶座的潘寿仪说，你发现没，老母太不正常了，她看树看房子的样子，恨不得要抱住不放手，好似要钻到泥土里，不是失忆了一段时间吗，到了万福谁又把她治好了？

潘寿仪也蒙了，说："是啊，她这次好像是真的好了呢。"

华哥说："你看她的表现，好像饿了很久似的，要把见到的东西吞进肚子里。"

潘寿仪苦笑着道："我怎么没看出来，你好像很懂她啊，你比我这个做女儿的还了解似的。"

华哥说："她这是想告诉村里人，我潘宝顺回来了！"这一句他故意模仿着外婆的声音说。

见潘寿仪笑，他又说："我不算懂，只是猜到她想法，最懂她的人是你大佬（大哥），老母什么时候回家是说笑的，什么时候是认真的，他都清楚。"

潘寿仪盯着华哥说："什么时候是认真的？"

华哥说："这次就是啊，没发现你大佬连劝都没有吗？过去都会好好安抚她情绪，让她不要急。"

潘寿仪说："你观察得倒是仔细，我大佬哪会想那么多，哪会有你那样的心机？"

华哥说："你看他的安排就知道了，包括把你放在身边。眼下是你老母最怕的时候，她不知道万福人会怎么看她，心里没有底，包括你大家姐会怎么对待她，她都不知道。大佬想让你陪着她，守着她。"

潘寿仪撇嘴道："作为家里的大佬，潘寿良非要迟到，好像有多重要的事一样，也不知道搞咩嘢（什么）。"

华哥说："他比你还紧张，你信不信？"

潘寿仪说："我紧张什么，我又没捐过钱，又不是名人，没人认识我，他还可以跟别人吹水（吹牛），人家还会尊敬他，港商嘛。"

华哥说："不管怎么讲，这一大家子人是他养的。"

潘寿仪说："那又怎么样，谁稀罕啊，我是被人害成这样的，我也越来越受不了他的性格，估唔到他到底想什么，上次老母说回来，他还讲万福的菜不好吃路也不平，要知道现在我们这里的肉和菜都供应香港市场，什么时候又变成不好吃了？他还说万福人不排队、公共场合大声说话之类，你不会也看不起万福吧？"

华哥说："他这是给自己找台阶呢，万一他回来，没人欢迎他，抵制他，他也有个说法啊。"华哥顿了下继续说，"你怎么开始训起我了，我看你是不是到了更年期？"

潘寿仪听了，脸瞬间沉下，黑着脸道："所以你也跟着劝我回万福吧。我早应该想到的。"说完，潘寿仪眼圈红了，她抬起手想去遮挡眼睛。

华哥拉过潘寿仪的手放在自己怀里说："你怎么又来了，不是跟你讲过了，回来万福，我会比之前有更多机会见你，我有工程在这边，再说我老豆也在万福，回来是应该的呀，你做咩，是不是万福人现在有钱了，你回来可以认识很多老板，不想理我了？"

潘寿仪听了，故意做出生气的样子，伸手抓起华哥的手，说："你还反过来说我了。"说完，准备对住华哥的手咬下去。

华哥笑了笑，随后伸出手放在潘寿仪的嘴边说："给你给你，反正我这辈子都给你了，想跑也跑不掉的。"

潘寿仪正准备对着华哥的手臂假装下嘴去咬的时候，两个人似乎同时发现前面聚了很多人，而且开始越来越多的样子，顿时有了种不祥的预感。再看时，竟然见到潘寿成突然被一个头发稀少、额头很光的老年妇女撕扯住，两个人还似乎吵起架，而不远处的老母竟然蹲在地上拍手大笑。

果然，大舅潘寿良担心的事情到底还是发生了，他始终认为没有那么顺利的。

二舅潘寿成与一位老人家在路边交上了手，正在打交（打架），而这位老人正是陈炳根的老婆阿珍。

这一刻的阿珍有几缕头发胡乱地撒在脸上，被脸上的汗水浸湿了，而左右脸颊上分别出现的几块污泥，令她像个小丑。她躺在地上发出了杀猪般的尖叫，吓得人不敢靠近。只有短短的几分钟便见到很多人向这个地方围过来，潘寿仪看了下，发现很多人都是从凤凰山上走小路下来的。

凤凰山距离万福最近，村子里总能看到从山上下来的游客，或是走错了路，或是想到万福来歇脚的，顺便到村子里看看新修好的万福书院。如果有空再把石头做的墙也顺便参观了。刻意做旧眼下还真是时尚，总是能够吸引到一些喜欢玩点新花样的小资们。

话说二舅潘寿成还没搞清发生了什么事，便被许多人和摄像机围了起来，并把他的手扯到身后，还有人用膝盖撞击着他的小腿，他被不断推搡着向前，直到摔倒在地。潘寿成恼羞成怒，他像个被踢翻的八爪鱼，手臂和双腿在地上乱蹬起来，眼睛被白白的天空刺得睁不开，只好闭着。可是他仍然看见一些人的脸和手，在不远处晃动，有人似乎还想上来再踢他，被后面的女人拉住了。

这时候从后面赶上来的华哥和潘寿仪跑了过来，扶起蹲在地上的外婆，慢慢搀扶走到了车边。身后是潘寿成的呼叫，快点把车开远，不用管我。

华哥拉开车门，扶外婆刚坐稳，便听到了后面传来的喊叫："你这个勾引别人老公的死八婆，不怕报应吗，今天你还敢回来，我等你好久了。"

潘寿仪面如死灰，她从另一侧钻进车里，并拉上了车门。她捂着脸和胸口压低了身子，缩成一团，不敢向外面看。

另一侧的华哥，指着方向盘，对潘寿仪说："我们等一下阿成。"随后他从车头绕过来，坐在了潘寿仪的身边，用身子遮住里面的潘寿仪，脸对着外面。华哥看见不远处的潘寿成已经站了起来，正向自己这里走。华哥正想着要不要出去，便听到了潘寿仪说话："这下你开心了吧。"

华哥回头问："什么意思？你被人骂我开心什么。"

潘寿仪说："不用猜，傻瓜都应该明白这是我家姐做的，这回你开心了，过了这么多年，还被人惦记。"

华哥一时没反应过来，问："惦记我？"

潘寿仪说："因为你，她才要报复我。"

华哥气得骂："你神经病啊！"

潘寿仪挨了骂还得不到安慰，突然间委屈得想哭，于是她不仅把怨气撒在华哥的身上，还在心里怪罪起身边没事人一样的老母，冇拉拉（无缘无故）你出去散咩（什么）步啊。只是很快两个人都看见前方向这边走的潘寿成再次被人围上，潘寿仪吓得不知怎么办。华哥说，我猜头先（刚才）就是潘寿成惹了他们，不然他怎么一手的泥。这些年他的脾气都没有改过，就是缺乏修养。

潘寿仪说："让你去帮帮他，你连情况都没搞清，就只顾抱怨我屋企人。对，我大佬虚伪，不像个男人；二哥是没有出息，生出来就是为了做个搅屎棍，是我们家人没有长进，不像你还那么有上进心，背着我们大家，偷偷参加培训，有了厨师证还有了会计证。"

华哥委屈地说："我是问过你的。"

潘寿仪说："你骂我还没有骂够啊，现在又去骂我家人，你到底怎么想的，你是不是吃定了我们家人啊。我告诉你，你不用帮我二哥，我们家的事不用你理，免得被牵连，快回去找你的老婆仔吧。"

尽管华哥极力忍着，两个人还是大吵了一架，华哥说："潘寿成他不应该反思吗？这个家因为他才变成了现在这个样子。你看你，跟十年前比，老了许多。还有你大佬，好像什么事都没发生一样。本来该他出头，挡在前面，可是他计划来计划去，折腾了几个月，到了半路又退了回去，出事后还是要我们帮他顶。看看今天这个就是了，第一个回合，人家分明是来找他算账的。"华哥不敢说潘寿仪，只好调转枪口，因为平时她总是跟他吐槽大佬。

潘寿仪听完并不领情，说："我大佬帮细佬（弟弟）没有错吧，有多少次我大佬的工资被人扣着不发，都是我二哥舍了命去讨。你说的那些话到底什么意思，还有你是不是嫌我老了呀？可是你什么也没耽误呀，老婆孩子都有了，然后我生来犯贱还跟着你，最后呢，成了老姑婆一个。如果你们的仔（孩子）愿意结婚，现在你都成阿爷了。你有什么好怕的，阖家幸福，成功人士啊。"

华哥被潘寿仪噎得停了半天才说话："你讲什么呢，我何时嫌过你。如果有那个想法，怎么会跟着你回万福。"

潘寿仪说："你的意思是不愿意来么？"

华哥生气地说："如果不愿意，那我现在是在做什么呢？你怎么打横来说话，也怪你把自己封闭与谁都不来往。"

潘寿仪阴阳怪气起来："你可以看热闹啊，看看我家有多惨呀，你多有成就感啊。"

华哥："你！"

两个人已经越说越气，再讲下去将会不可收拾。此刻华哥回头看了眼座位上的外婆，说："好在我们把老母带回到了车上。"华哥发现自己一下子说了这么多，还是第一次，平时他不会这样，有了委屈也只能忍着。潘寿仪被华哥劈头盖脸说了这么些，虽然说的是二哥，潘寿仪还是受不了，她说："原来你都记得呢，你当年不是也同意我帮他吗，说没有意见，做人不能太自私的，原来讲的全部都是假话呀，就是为了让自己有个自由身。"

华哥说："阴公（可怜）啊，你看看自己都在讲咩嘢。"

潘寿仪说："你一直在讨好我们家，就是担心大佬不带你过香港吧？"

华哥认为潘寿仪的这番话应该是憋在心里很久的，不然不会说得那么顺。他为潘寿仪这些年如此忍着不说而生气。原来这女人看起来很享受，每次见面都是煲了汤，盛好了，把拖鞋也放好，文静而温柔，其实是装的。华哥越想越生气，这些年为了这个女人多处受气，连万福都不敢明目张胆地回去，最后还落得被埋怨，顿时觉得难过。

如果不是后车位上的外婆突然指着前方哇哇大叫，并用手掌去拍车窗，这两个人都没有留意潘寿成被几个人拦在路的中间。华哥看了眼潘寿仪："请你不要再冤枉我。"说完，华哥拉开车门，"快把车开走！"

华哥刚冲进人群，便与几个大汉撕扯起来，随后是被人扭住了手臂，塞进车里。潘寿仪还没反应过来，便见到华哥被人带走。潘寿仪后悔刚刚说了那些气人的话，想到这些年，华哥一直陪着自己也没享什么福，更没有得到什么便宜，顿时觉得内疚。

有驾照，却很少开。此刻，她已经不怕了，坐到了司机的位置上，踩了油门。她认为当下要做的是先将车开到老屋与大嫂阿珠汇合，等把老母安顿好之后，再给大佬打电话，告诉他刚才发生的一切，大佬与阿珍的老公是同学，需要他马上想办法，联系到人，找人把二哥和华哥先放了。潘寿仪隐隐听到那女人叫嚷着什么房子之类。

这一刻外婆倒像个婴儿睡着了，她并不知道是自己走路惹的祸，估计梦里还在趾高气扬地巡视着万福村。潘寿仪看了眼老母，也感到无话可说，她的苦又能对谁讲呢。此刻潘寿仪想到了华哥的好处，在香港的这些年，如果没有华哥，潘寿仪认为活得没有意义。可是等到后面，华哥还是另娶了他人。看着镜子里松弛的皮肤和无神的双眼，潘寿仪觉得自己错怪了华哥，如果华哥马上回到自己的身边，她会向他道歉。过去华哥总是说潘寿仪太傻，为了家人，把自己的终身大事耽误了，可到头来谁又说了句好呢。再说了，说了好又能怎样，日子又不能从头来过，自己的青春容颜不能重新回来，包括华哥对她的爱护也不似过去那样，她很清楚。有时潘寿仪会责怪对方。华哥笑着道，老夫老妻了，想那么多做咩嘢。

潘寿仪不知道怎么回应，到了最近这几年，两个人躺在一张床上，也只是说说话而已。如果不是潘寿仪主动，华哥连拉手都没有，更不要说还有其他想法。这样一来，难免会让潘寿仪感到心酸。

潘寿仪有次委屈地依华哥怀里哭诉："真想逃掉啊，早知跑到这里要受这样的苦，还不如安稳地留在万福，也不会被这么多事情绑着。"现在上有老，下有小，老的是不懂心疼人，还总是生出事端的外婆，她比过去更加挑剔，倒像是个孩子需要服侍；小的是潘寿成两个仔，为了让这两个失去了老母的男孩子不受歧视，潘寿仪还需要在老师、学生面前冒充孩子们的老母，每天穿上得体的衣服送他们去学校，晚上再去接回来。不仅如此，还要给两个孩子准备好一日两餐、做好洗衣洗澡铺床的事情，就这样，潘寿仪眼看着自己这辈子快过完了。最近一段时间，她的月经越发不准，已经有些担心是不是快到了更年期。可是这些事，她不敢与华哥说，担心对方嫌弃，只是华哥在每次看着钟说要回家的时候，她已不会像过去那样，再三阻拦，她知道这一天真是到了。

潘寿仪心里清楚，如果当时家姐不被人强赶下船，华哥也不可能和自己好。虽然她从小便暗恋华哥，可他毕竟是家姐潘寿娥的恋人。

有几次潘寿仪撒娇，逼华哥说实话："如果不来香港你会要我吗。"

华哥笑着，骂对方："不要胡说，我们现在已经到了香港，并且在一起了。"

潘寿仪说："我知道你回去看过家姐的，她现在怎么样了。"

华哥停顿了下，知道瞒不过，说："她过得不如你，先后找了两个男人，都不好，离了，孩子也大了，她也到了做阿婆的年纪了。"

潘寿仪愣了下，随后歪着头，酸溜溜地说："你是不是很同情她。"

华哥叹了口气，平静地说："轮不到的，她恨我，也不会理我了，是我害了她。"

潘寿仪幽怨地说："你是怪我了，我知道你们两个人都在恨我。"

华哥说："没有这个意思，这是命。"

潘寿仪说："你的意思是遇见我命不好了呀。"

华哥说："我没有这么想过。"

潘寿仪说："你就是这么想的，我太了解你。"

华哥不说话，他觉得潘寿仪现在越发无理取闹。每次想批评她几句，可看到她生在鬓角的白发，话到嘴边又只得咽下，毕竟潘寿仪没有结婚，还是一副小女儿心态。

现在全家一起回万福，潘寿仪和华哥最初都有些忐忑，刚刚松口气，觉得过去了这么久，不会再生出事端，想不到又遇上了不速之客阿珍。还好不是他们最担心的大家姐潘寿娥。阿珍虽然与潘家没有血缘，却与这个家族有间接关系，因为她老公陈炳根与潘寿良是同学，还共同爱过阿珠。现在潘寿良的老婆阿珠住回万福，得到村长陈炳根的照顾，导致了陈炳根与阿珍的关系越发恶化。这种复杂的关系，村里人都知道，这也是潘寿良不愿意回万福的真实原因。

潘寿良虽然没有回来，可有些事情还得委托潘寿成回来处理，所以很多情况彼此也都清楚，只是双方都没有面对过。

家里人都知道，潘寿成无论遇到什么事，都会说："怕咩嘢，冇所谓啊！"潘寿良习惯了这个细佬的做派，也无可奈何。因为从小到大，潘寿良都不太会说话，而潘寿成倒是口吐莲花，白的说成黑的，黑的说成红的。潘寿良没有办法改变细佬，只能忍着。面对这个情况，潘寿仪便会生气，怪大佬惯着他，事事顺着他，才导致了潘寿成不断惹出事端。

后来潘寿成回忆这件事情还说，根本怪不到自己，那一刻像是遇到天兵天将一样，突然有几个人拦住了他们。起初他很客气，以为是来欢迎他们一家的，毕竟潘寿良把老屋一侧的杂物间让给阿珍家使用，虽然只是堆放了些杂物，可也算是给陈炳根的一种回报。

直到看见阿珍走到他面前瞪圆了眼睛，并转头用食指对着外婆大骂为老不尊，带坏全村年轻人时，潘寿成才反应过来，他一把拉住了阿珍的手臂问，怎么回事，你是谁，对我倒也无所谓，可是请你对我老母客气点，不要不懂礼貌。潘寿成想不到一段时间不回村里又变化了许多。他记得当年他跟印尼女人介绍万福时，还说条件好了要带着她风风光光回去，再补一场婚礼。想不到没有等到那一天，印尼女人便跑了，留下嗷嗷待哺的两个仔。这样一来，二舅便难有机会回到村里了。被拦在路上的时候，他在面孔有些熟悉却又不知名字的阿珍面前除了生气，再也找不到老乡的亲切感。

阿珍说："我骂她没错。这些年她倒是好，躲到外面享清福，家里发生了这么多的大事，她不主持公道，也没说句话，只会装糊涂，还让别人孝敬她。我告诉你们，我现在只是骂她，没有找人拆了你们家大屋已算是客气。"

潘寿成说："你乱骂是不是也找错了人，我家的事要轮到你说咩？"

阿珍说："我没有讲错吧，你大佬不是当年抢了别人老婆，把一个烂摊子留给朋友吗？那边好的时候，自己跟了过去，害得亲人朋友被你们连累，替你们提心吊胆。现在这边好了，你们又回来占地占屋。当初说的话一笔勾销了，还要把我们家的地方占了去，这些年，他潘寿良帮过我们什么？"

二舅说："你是谁呀，敢这么骂我大佬。还帮你们？有手有脚的，你为什么要人帮？"

阿珍说："我是陈炳根的老婆，你不认识我，我却知道你是谁。你就是那个搞出两个有人生没人养的仔的家伙。别看你手上戴着佛珠，你可并不是什么好人，就是个自私自利、不负责任的懒货。"

潘寿成平生第一次被人骂成这样，气得脸成猪肝色，手指着阿珍的脸说："我的仔轮不到你教训，我是看你一把年纪，又是个女的，才不与你计较，可是如果你再说，我就不客气。"

阿珍道："我骂你们怎么了，我们家陈炳根被你大佬害得好惨知不知啊，你们全家个个都有责任，包括你们家那位最老的，害怕村里人找她算账，干脆躲到那边享福去了。

现在知道没事了，又讲什么叶落归根，回来了，我看是来抢地抢村里的产权房吧，好啊，我现在让你们抢。"说完，阿珍一头撞到了潘寿成身上。

潘寿成拉住了对方的头发，问："你到底想搞咩？"

阿珍说："我现在被你们家搞得人不人鬼不鬼的，所以我什么都不怕了。"

阿珍已经在路上等了太久，她带来的人也快要晒晕。齐齐把人连车一起堵住。阿珍本想把潘寿良从车上拉下来，绑到老公陈炳根的眼前，给陈炳根出口恶气。她知道这是陈炳根解不开的心结，她要帮他争回面子，同时也让他收了心。可是见到的不是潘寿良，而是潘寿成，阿珍正想着算了，可华哥和潘寿仪在车里打情骂俏的样子，被潘寿娥尽收眼底。这是她最害怕见到的一幕，竟然就发生在眼前，像是一定要演给她看不可，她的心被刺疼了，于是她的恨再次升级，潘寿娥想到自己眼下的处境，就是这两个人造成的，她还客气什么呢？于是，她悄悄地抚在阿珍的耳边说："你不抓住我这个细佬，又怎么能见到潘寿良那个老狐狸？"

阿珍说："如果他没有给我个处理结果，那我可就对他不客气了。"

潘寿成说："你对我来这套把戏，是要我动手打人吗？"说完，他伸出手臂做了个动作。

见潘寿成正看着自己，阿珍大叫起来："来人啊！啊！杀人啊有人杀人啊！"听见声音，从旁边一辆汽车里窜出条大汉，冲过来推开潘寿成，骂了句"快走"，自己挡在了前面。随后，华哥被路两旁聚过来的人围在了中间。

阿珍疯了一般，手指着潘寿成，对着围观人群喊："抓住他！抓住他！"

似乎没人理睬，阿珍看了眼华哥说："你是想过来顶包吗？真正打人的想要跑啊。"阿珍指着华哥喊叫，"你是个什么鬼啊，最应该抓的是潘寿良，他才是坏人，罪魁祸首，潘寿成算什么，最多就是个老混混，他大佬拐跑了我老公的女人，后来又让这个女人使用些特殊手段回来占地。"

一旁有人偷笑，故意来套话："什么特殊手段呀？"

阿珍说："她这种狐狸精会做什么，你们知道的。"

有人说："潘寿良不是那个给村里捐过钱修路的老板吗？"

潘寿娥帮腔说："什么老板，就是个导演别人命运的人，连亲人朋友都不放过，看起来老实，实际好坏的。"

有人问："那怎么不报警呢。"

潘寿娥说："说了怕他们会报复。"

有人说："不会吧，请讲吧！"

阿珍说："他先是抢人家老婆，后来回来抢地、抢房子，理由大把，还有人帮着他说话。"

有人问："谁这么不知死，傻呀。"

阿珍说："那个傻佬就是我家陈炳根，老婆被人抢了都不理。”

见两个问话的人偷笑，上下打量阿珍说：“哇，这么老还被人抢了哇。”

阿珍发现自己说错话，急忙纠正道：“抢的不是我啊，是他前面那个。”

问话的人只好转移，手指着前方道：“你刚刚说的要占的是那间屋吗？”

阿珍指着不远处有凤凰树的那个院子说：“就是那个地方，事先讲好，旁边那间是我们家的，不然谁要帮他看着，还要出钱出力维修，谁知道前些年他老婆回来，说好的一切都变了，最后连放个东西，都不可以。”

有人说：“你问他们家能拿出房产证吗？谁能证明这个房子就是他潘寿良的？”

阿珍说：“当时哪有什么产不产权的？除了耕地，家家都是划了一块，拿个棍子插到地上，就算自己家的地。”

有人问：“找个证人不就可以吗？”

有人说：“谁可以帮他证明啊，眼下可是法制社会了。”

已经有几个人跟过来，故意问：“看他们的样子好像是涉黑的。”

潘寿娥上前一步说：“他们兄弟两个都是。”围观的人是潘寿娥找来的南方报记者，还有村里人。记者想了下，问：“那个被称为华哥的人也是吗？”

潘寿娥一瞬间犹豫了下，很快脑子里便又浮现出当年的情景，于是她坚定地说：“也是。”

还不到一小时，万福的微信群便上传了这一段视频，打人事件还在升级。一时间，两个家庭的事情极有可能演变为社会话题。也就是这次，1988年出生、网名"铁臂阿童木"、本名陈年的记者介入了此事。他在调查此事的过程中，由于频繁地与潘寿良一家接触，不到一个月，竟然与潘寿良的女儿阿如相爱，成了潘家的准女婿，

2. 大盆菜

阿惠家的万福村个习惯，对于八十八岁过米寿的老人，无论如何家里都是要摆酒的。外婆潘宝顺这次回来，当然也是为着这个来的。而她心心念念的当然是这个大盆菜。

潘寿良、潘寿成当然知道老母怎么想，所以早在两个月前便做好了安排，也算是了老母的一个心愿。屯门本来也有这种东西吃，只是有表演的意思，外婆认为当然没有万福好。家里人都知道外婆的心思，所以华哥和潘寿成提前回来做的一个重要的事情就是订大盆菜。他们特意选三月三到西乡北帝庙吃了一餐，也联系了师傅。回来跟外婆说的时候，外婆摇头，说，大盆菜还是要吃福高的。潘寿良也是无奈，央了潘寿成联系福高，落实菜的事情，准备花高价请出酒楼早已退休的老师傅。可是福高还没去，人便先进到了社区里的差馆（派出所）。

华哥出了派出所的门，看到家里人站在门前来接他。

临行前，潘寿良站在派出所门前，拉住了华哥儿子的手，内疚地说："仔仔，有好多事等我回家后慢慢给你说，我们欠你和你老母一个解释，希望你和你老母能理解。"

华哥的儿子不说话，扯出自己的手，脸扭向一边，背对着华哥，脸上尽是漠然。

潘寿良说："事情已经到了这个地步，我知道说什么你都不会理解。下个月的 16 日是阿婆生日，如果你同意，我想在这天借你老豆用下，吃过酒就让他返回。我和你老豆是几十年的兄弟，当初一个船过来，阿婆待他像亲仔一样，感情很深，他不来，阿婆会难受的。"

见华哥的儿子不说话，脸色阴沉，潘寿良说："我知道你想什么，这个事情可以不对你老母讲，是我们男人间的秘密，等你大了，自然就全部明白了。"

华哥儿子态度有些变化，说："我担心老母会怪我。"见此情景，潘寿良继续道："只一天，吃了饭就回，如果担心老豆太累，他可以住一晚，之后我会上门道歉。"

按照规矩，万福广场只有老一些的人才有资格摆酒。似乎这一天比任何时候都要热，每个人身上是黏黏的湿热，空气好似挂了浆的糖，把人粘在上面，走动时也会显得费力。万福广场上过路的人，三三两两找了有树的地方坐下，仿佛约好了，在等待什么一样。两点前，祠堂前除了两三个试音响的外省人，还是看不到村里的人，潘寿良心里没有了底，他担心发生了什么事情。四点不到，才突然从村子四面八方挤过来各种人，连缓冲的时间似乎都没有。大舅潘寿良感觉自己既高兴又忧伤，他发现自己有很多人已经不认识。有一些当年的小孩，现在变成了漠然的中年人，可是他们脸上那些纹路让他觉得好亲切。显然大舅是认识他们的，而他们早已经不再记得潘寿良是谁了。只有远处几个老人，正冷眼看着偌大的广场，他们边看边说着什么，应该是对这个过于排场的生日大餐有些不舒服。这么多年来，哪个人还敢有这个兴趣，不是到酒楼，而是来广场做寿？不是表演或者示威又是什么呢？一个在外面生活了四十年的老人有必要这么兴师动众吗？

他们觉得外婆这是被儿子怂恿下搞的鬼，他们猜测外婆一定有个喜欢炫富的儿子，正被钱烧得心慌，急于向已经富起来的万福人说明，自己当初离开是对的。可是这也太可笑了吧，你再有钱还能与万福人比吗？有好事的人打听到，批准他们摆酒宴的是万福最长寿的老人，他们也只能不说什么了。想着如果能在广场看一场表演，吃顿久违的大盆菜也是好事，毕竟有很多年没有吃过这种菜了，心里是想好了等会要拣了最贵的龙虾之类先吃。毕竟福高的老师傅可是轻易不出山的。再说福高的大盆菜早成了非遗，名声在外，吃的机会却越来越少。万福村上了八十的老人已经没有几位了，外婆的名字对于现在的万福人来说，太过陌生，而这菜还是要吃，热闹也是要看的。

时间刚到，地上便乱窜了些细佬仔（小孩子）和小狗仔，还有三三两两扎堆说话的中年妇女，她们手里捧着从台面上拿的染了红色的南瓜籽和小橘子，边剥皮边说着话。男人则站在远处抽烟或是沉默地看着前方。他们对于这个贺寿宴似乎显得不太关心，但又感觉与自己的生活有关。

太阳还没落山，菜便已经在福高酒楼做好，派人拉了过来。很快广场的二十张围台都被摆上了装着白切鸡、烧鹅、上汤焗龙虾、烤乳猪、八宝冬瓜盅、清蒸鲈鱼、糖醋咕噜肉的盆菜。只是每张台（桌子）的汤有些不同，有的是山药茯苓乳鸽汤，有的则是莲炖鱼尾。放在每个座位上还有一份小礼包，里面有一盒巧克力和两张彩票。不仅如此，万福人还有机会收到每半小时主人发放的红包。所有这些除了潘寿良自己安排，更多的是阿如和陈年帮着张罗。当然也是陈年主动提出希望参与的。

这样一来，寿宴便显得极具规模了。有几个懒人怕麻烦本是不想过来，却又被广场上的音响吵醒了，想想至少还有顿免费的晚餐可以吃，便起了床，洗漱完，趿拉着拖鞋跑过来。离得还很远的时候，便已经看到了槐树上面挂着的气球。于是加快了步子，从摆好的座位中间，挤出一到两个空位，坐下来，准备看舞狮和万丰粤剧团演出的《十五贯》《刁蛮公主》。

虽然多数人没有与外婆有什么交道，甚至有些人完全不知道潘宝顺是谁。可是他们的长辈们知道，如果年纪过了六十岁，当然也是有一肚子话要说的。眼下对于这个贺寿宴来说，村里的保安和小家伙们才最为开心，因为担心有人待不住，搞得现场太空，潘家的人每半小时就会拿些红包出来，发给座位上的客人。红包是放在篮子里被工作人员拿在手上，里面大多是十元二十元，主要目的就是把客人留在位置上。

虽然路上经历过一场风波，可并没有影响到外婆的心情，她显得比平时还要精神，眼下她穿了一套潘寿良在香港给她定制的红黑相间的改良唐装，把脸色映照得特别好看。

开场白是陈年撰写的，算是他的一个表现。

最先上场的是小罗汉，他登上台子，给大家鞠躬后说："潘家八十八大寿庆典仪式开始，首先让我们以热烈的掌声请出今晚的老寿星潘宝顺入场。"

当然并不是什么走红毯，因为外婆早已经坐在了第一排。听见广播里有人叫她名字，她想站起来，却被潘寿仪和阿珠拉住，只好又坐回来。小罗汉倒是机灵，也有办法活跃气氛，马上走到台下，对着外婆问："阿婆啊，今天给你做寿，你高兴不高兴啊？"

外婆张开嘴笑，阿珠和潘寿仪帮着应："高兴高兴。"

小罗汉马上把目光对着全场，问："大家高兴不？"

众人跟着喊："高兴！"

小罗汉又说："到底你是八十八还是十八，你告诉我们大家一声。"

众人哄笑起来，气氛顿时热闹起来。

小罗汉又道："好，让我们共同祝愿老寿星一帆风顺，两全其美，三阳开泰，四世同堂，五子登科，六六大顺，七星高照，八福临门，九九重阳，十全十美。现在呢，潘家要请我们村的人看戏，你们高兴不高兴啊！"

众人喊叫："高兴！"

主持人小罗汉说："好，让我们边吃边看啊！"说完了这一句，那边唱戏的已经敲起了锣鼓，一曲《十五贯》开始了。

饭吃到了一半，台上的大幕便慢慢拉开了，粤剧上半场刚结束，连演员还没走下台。在广场的远处便听见了话筒里面传出的几声正式咳嗽，前面还热闹的气氛便已经转成了开大会模式。

当然除了潘家几个人，其他人并不知道还有这个环节。前面还是欢天喜地，突然转到了"宣读遗嘱"，气氛顿时变了。

当小罗汉的父亲念到潘家祖屋左侧两间房由二女潘寿仪代为看管时，突然从人群中传来与做寿气氛不协调的女子的哭泣声。人们先是以为从舞台上面发出来的，很快便发觉不对，迅速四下观望，很快便锁定了哭泣的位置，并整齐地看了过来。这时潘寿仪迅速从座位站起并跑了出去。华哥发现的时候，想站起来却又不敢，只好继续坐在原位，而眼睛和心已经随着潘寿仪跑了出去。华哥想到自己的身份，他觉得自己不适合做什么。因为有了上次的事情，华哥已经不敢以潘寿仪男朋友的身份坐在她身边，只能坐在朋友席间。

寿宴还在进行中，按规矩红包一直会发到晚上九点，所以位置上的小孩子显得更多些，个个不想回家。完全想不到发生了突发事件，潘寿良和阿珠惊慌失措，站在原地不敢动弹。潘寿良脑子里浮现出前一天的情景，去公证处的时候，文件还是好好的，看得清清楚楚，可眼下还是被人偷改了。不用说，一定是他在这边忙着救人的时候，文件被人掉了包，改了字。前有打交，华哥顶包；后有潘寿娥打电话到屯门华哥家里告状，说他与潘寿仪的婚外情；现在又是祖屋的事，好在眼下没人知道潘田的身世，否则全乱了。

潘寿良还没想清楚是怎么回事，就要去处理这个混乱的场面。这一刻他觉得脚下这块土地不属于自己了，完全没有办法做什么。看见潘寿仪的眼睛，他便知道，这个细妹一定是以为他这个大佬做了手脚。潘寿良闭着眼睛也记得上面的字：因细女潘寿仪没有稳定的收入，更无子嗣，为潘寿成抚养了两个孩子，对潘家有特殊贡献，故潘家的部分产权将永久归潘寿仪继承。可是怎么就变了呢。

到底是谁做了手脚呢？

潘寿良最先想到是阿珠。可是阿珠这两天除了闷闷不乐，态度冷漠，似乎没有多问过一句关于房子的事情。可是对细妹潘寿仪意见最大的便是阿珠了，俩人一直存在矛盾。潘寿仪对阿嫂宠惯潘田早有意见，说过不能让孩子享受太多后，阿珠便觉得是潘寿仪妒忌自己有仔有女，而对方辛苦养的却是别人的，所以心存嫉妒。况且在屯门的时候，阿珠曾经对潘寿仪不去申请公屋而有过意见。

眼下潘寿良跟谁才能说得清楚呢，还有谁都会相信他呢？想着对老母做过的保证，他叹了口气。按照万福的规矩祖屋由自己继承，百年之后，再传给儿子，可是他们家情况太特殊了。老母对他说过，你要把大佬的责任承担下来，潘寿仪哪怕不住，也可以租出去，租金用于生活和今后养老，毕竟她是离深赴港这事的受害者。

　　就在这时，女儿阿如和陈年这边突然闹了起来，这也让潘寿良始料未及。潘寿良原本想把老母过寿和阿如订婚放在一起，不仅双喜临门，也是为自己回来壮胆示威。毕竟一儿一女老大不小都还没有成家，会让村里人笑话。这是潘寿良早就想好的，他的目的是让村里人觉得他四十年前的选择没有错，他需要一个有公职有文化的女婿为自己撑面子，否则心里虚得很啊。

　　潘寿良小步快跑来到了阿如和陈年这张台前。

　　陈年成了阿如的男朋友，起因是潘家陈家在路上闹出新闻，陈年负责采访而认识了阿如，一来二去两个年轻人拍起了拖。这是潘寿良这两个月里唯一的安慰。

　　事情从早晨便开始了。陈年面对阿如的质问，心虚得要死，他当然不愿意向阿如承认当初因为好奇，才接近潘家人。他想知道万福人是怎么处理财富，又如何处理与亲人的关系。他希望在阿如的家里找到答案。

　　当时两个人刚刚做完那事，身体还冒着热气，阿如没有像以往那样，继续赖会儿床，或磨蹭撒娇之类，而是在暗处冲出一句："陈年你是不是以为我们家有钱才与我拍拖，后来发现情况不是你想的那个样子，没有什么保障，到时还可能会拖累你，就开始调查我老豆了。"

陈年闭着眼睛想，这一刻还是来了，刚刚才舒展过的身体仿佛被击中，紧张地缩在一起。陈年生怕阿如这番话被住在客房自己的父母听到。于是踮起脚尖下楼，去看看门是否关好了。再回到床上的时候，心竟然很奇怪地安定下来。

陈年在黑暗处坐了下来。他不敢与阿如对视，最近，阿如总是和他找茬，比如有次她无缘无故地说，保障房与廉租房是一回事。

陈年说深圳的是保障房，是给那些刚落脚到深圳，正在考虑买天鹅堡还是十七英里的海归或是科技人才。这些人可能很快就会买房，人家只是过渡那么一下下，这是留住人才的举措。

阿如冷冷地问："那你去过屯门，我怎么不知道？"

陈年说："是啊，跟同事打完球，他们先是说到华强北看看电子产品，然后又说不如过香港看看那边的价格。反正很近，过了深圳湾就是嘛，几个钟就回了。"

阿如似是无意，可声音已经变了，阴阳怪气地说："有收获吧。"

陈年随口道："唉，能有什么，陪他们去的，我没买，看到那边晾出来那些旧衣服，还有每个人脸上苦巴巴的样子，想起了自己小时候没吃没穿的样子。"

阿如继续问："人家不是没吃没穿，只是不喜欢炫富，您是故意要去看的吗？"

陈年说："不是啊，本来我和同事说去上水玩，离屯门不远，就顺便过去看了下。那边人口密度大，还不如我们宽敞，商店、餐厅都是老年人在做服务，真是不忍心看，连饭也没有吃，我们就跑回来了。一过了关长出了口大气，我们互相看着，虽然嘴上没说，但心里都是相同的感觉，还是深圳好啊，连天也比较蓝。"陈年说到最后才想阿如前面好像使用了一个您字，他还以为自己听错了。认识陈年之前，阿如连普通话都说得不好，更不要说你和您的区别。陈年并没有注意到阿如的脸色已经越发难看了。

"噢，可能是楼太多。"陈年没心没肺地来了句。

阿如一字一顿地说："你不知我老豆就住在那里吗？"

陈年说："知道啊，怎么了？"

阿如问："没想过去看看吗，你不是特别好奇吗？"

陈年说："没过去打扰他，再说也不知道那个时候他是不是去工地上干活了。"

阿如说："你不要告诉我是故意去调查的吧？"说话的时候阿如的脸色已经变得惨白，"对，我家是穷人，我们家是万福村的笑话，也是您的笑料。您没去是对的，不然同事怎么看您，到时让您丢了面子，我们这样的穷家也赔不起呀。"

陈年急忙说："你说什么呢，真的误会了。"阿如在一句话里用了四个您字，让陈年彻底清醒了，广东人还不太会说您的，原来阿如前边这一堆铺垫是为了吵架在做准备呀。句句都是找茬，陈年知道无论他怎么答，都躲不过这场大吵。最近，她已经闹了多次。可阿如为什么生气，谁惹到了她，陈年一头雾水，他并不知道什么原因。

再想想，陈年便责怪自己太大意，这已经是阿如第二次提到这个话题，而自己竟然缺乏警觉。上次是陈年道了歉，哄了阿如才算了事，却没有想想她为什么会这样。在许多个夜深人静的晚上，陈年也常常问自己，有时甚至会替阿如回答："是的，我是幻想过你们家有钱，当然如果可以让我少奋斗十年，也很好。可是这难道不正常吗，任何一个人都会这么想问题啊。不过我命不好，没有希望拿到这些所谓的钱财，怎么了，无所谓的呀。"

"你在嘲笑我这个老豆没有什么钱还被人称为老板吧。"阿如冷着脸，"现在后悔还来得及。"

陈年摇头。他不理解阿如的意思，包括阿珠的态度。陈年觉得好奇不仅害死猫，也会害死人，当初自己就是被这一家两制的特殊的人际关系吸引到了，现在看来，他忍不住感慨，夫妻关系、母女关系都与利益有关，包括红包大就是关系好，小就是关系不好。比如阿如告诉他，她妈妈阿珠每次去香港，总是带过去深圳的青菜和猪肉，带回来的是蜈蚣丸和跌打水，好像阿如这个女儿与自己没有血缘似的，从来不问需要什么。

阿珠偶尔也会带点吃的用的给阿如，阿如连谢字都不想讲，原因是这么多年，这个冷血的老母对阿如的事情置之不理，连句暖心的话都没有。每次见面，倒好像阿如欠了她似的。有人说阿如孤僻，因为她与谁都不打交道，班里有不少同学的老豆在香港，可是人家会想方设法托人带钱过来，而她的老豆一度杳无音讯，她穿的还是过去的旧衣服，吃的用的没有改变，有的人还会说她老豆重新讨了新老婆不要深圳这个家之类的。阿如无法在同学面前抬起头，甚至有几次想跟着班里的同学一起退学，去超市打工。就在她考虑这件事的时候，她的老豆突然回来了。那一天她放学回家时，先是看见门口围了许多人，连村长和队长都过来了。可是老豆好像没看见她，招呼着村里的人，把带回来的万宝路和利市糖发给院子里的人。老豆带回家里的东西阿如已经在同学那里见过了，她不想表现出那副好奇的贱样。到了晚上，她听见老豆问老母是选择回香港住还是留在万福，选择权在老母这里。阿如不说话，她咬着嘴唇，让自己不哭也不闹。那一年，阿如14岁了，用她同学的话说，阿如是个怪人。

到了阿如16岁的时候，她和父母的感情真的已经很淡了，虽然她的物质生活好了许多。她认为自己孤独地生活在万福村也不错。她剪短了头发，大热天也穿着长裤长衫，把自己打扮成男仔模样，不理会任何人的搭讪。虽然在此期间，她目睹了男同学成为一个白粉仔，他的父母逃去了香港，把他扔在了万福，临死前他把家里的门和窗户全部都换成了钱，变成了白粉。阿如见证了这些，想到自己的老豆老母，也是这样不管她的死活。她在信里写了这样一句话，你们不怕我会像我的同学那样吗？

老豆潘寿良的回信是：你不会的，你是潘家的希望，我和妈咪将来还要依靠你。阿如觉得老豆这样讽刺她，太可耻了。

阿如写了封回信，通知他们下个月不用捎钱回来，如果没有书读，她决定去打工，自己赚钱，不用谁养。不到一周，潘寿良便悄悄回到了万福，不仅给阿如带回了化妆品和靓衫，态度也变了。他不同意阿如去打工，说很多厂里都是女的，连蚊子都是女的，将来会找不到老公的。如果要钱的话，他会给，还是要读书。

所以与万福的许多女孩子比较起来，阿如算是读过书的女仔。

订婚的前两天，阿如拿着陈年的手机，要他删掉前女友电话时，陈年便知道了这个女孩儿不一般，与万福村其他女仔不同，用潘寿良的话说就是我们阿如是个才女。

陈年故作轻松地说："删掉很简单，可是没必要那么绝情。"

阿如柔中带刚："那你留着有什么用，你不认为简单的关系很好吗？"陈年认为阿如不仅有主见，而且超级敏感，似乎受过刺激。

见陈年删除了一个手机号，阿如说："不然，给你留一两个吧，方便的时候你再联系？"

陈年说："谁想联系了。"陈年发现阿如还是有一套。当初阿如装出什么也不懂的样子。女孩子们个个懂化妆，而她却只是喜欢做家务，温柔贤惠，百依百顺，原来只是其中的一面。对于他的这次恋爱，潘寿良功不可没。陈年把一个危机化解成了自己的机会，不仅在单位转了正，还得了笔奖金，而潘寿良则把自己的这次妥协转化成了女儿的好事，解决了自己的烦恼。他对陈年说："如果你没房子，可以把家先安回万福。"陈年觉得对方有些过于主动，要知道现在哪个人结婚不是先要男方买好房子啊。

包括刚刚潘寿良过来敬酒，对着陈年说，以后你们的奶粉我负责。

潘寿良作为陈年的准岳父一晚上合不拢嘴，想不到外省准女婿这么厉害，把同事也带过来，让他觉得有面子。他端着酒杯突然大脑一片空白，想不起要说什么。之前潘寿良问过阿如，老豆早应该回来的，不知道你是因为家里的事才把自己拖到现在。他听阿如说男孩有些年轻，比阿如还小，有些担心，他想起潘寿娥在外省被男人骗过。他问阿如，这北佬，比你还小，又是外省人，你放心啊？

阿如听见老豆这样说话，心里不高兴，噘着嘴，说，我现在这个样子，你想我找谁呢。

潘寿良还是想再劝劝，说，老豆是为你好。

阿如冷着脸说，你们找的是同学、同村、同个生产队，你们过得好吗？告诉你，在万福人心里还不如外省人呢。过去的时候，你们这种人会被人羡慕，现在没人羡慕了，赚得还不如外省人多呢。你看万福人哪个不比你过得轻松自在，人家又有社保又有厂房出租。还有，他年龄小怎么了，人家可是比你们这些年过半百的人成熟几百倍，至少他们不会再做蠢事吧。阿如指的是陈年想到办法帮忙化解了这场危机。

潘寿良很开心，家里到处死气沉沉，多年听不到个好消息。他调整好心情说，"乖女，我这是开玩笑，逗你呢，看你是不是真的，摆酒的钱我都交给了酒楼，你说我会不同意吗？我是高兴啊，老豆好多年都不知公家人长得什么样了。我都忘记了公家人什么样了。"潘寿良当年有个村长梦，这也是后来与陈炳根两个人的心结。

商量的结果是，订婚酒安排在贺寿宴的同一天，潘家双喜临门。同时也有潘寿良的小心机在里面，他是想当众向万福村的人宣告我们潘家也有公家人，这样做会让老母高兴的。另一个重要原因是，潘寿良从小就喜欢舞狮，他这次想要在众乡亲和亲人面前表现一次，也让阿如他们见识见识。

舞狮时的潘寿良，偷看过广场上面的女儿和未来的女婿。他觉得这是老天对他的奖励。所以他才说："将来孩子的奶粉全包了，吃到一百岁我也全包。"

"你能活到一百岁呀？"阿如问老豆。

潘寿良绷着脸说："我的计划是两百岁。"

阿如被老豆惹笑了，她很少看见老豆这样说话。在座的人听了没有觉得潘寿良不会说话，认为潘寿良幽默，不仅懂得搞气氛，还能化解尴尬。接下来不仅全场更热闹了，还各个拿起了酒杯。

潘寿良没想到，自己说了这样一句话，能有这个效果，他也为自己的机灵劲高兴，于是他很快便喝醉了。潘寿良远远地看见陈年在前面，心里特别舒服，他觉得自己那些话是对着这个女婿才说的，对方不仅平息了风波，还来到了他的家中，解决了这辈子他最大的心愿之一，女儿阿如的婚事。潘寿良越想越觉得此时此刻太美好了，他已经很多年没有笑过了，于是他像是忘记了之前的烦恼，笑着睡了过去。

　　潘寿良醉了不像其他人那样乱闹，或是哭号之类，他只是安静地睡着了，嘴里念叨着想念、忘不了之类与其身份不符的字词。这样暧昧的东西，又是在这样的场所，不仅阿珠听到，其他人耳朵也不聋，只是要装作没听到的样子。阿珠第一时间便想到她见过的那个香港女人，顿时气得发抖，她觉得潘寿良连个面子都不给她，等于当众揭穿了她岁月静好、夫妻恩爱的人设。阿珠毕竟不同于自己的家姐那般泼辣，只好端起台面上距离自己最近的一碗不知谁的酒，直接倒进喉咙，很快她便歪在沙发上，低低抽泣起来。而在不远处一直喝着闷酒的陈炳根见了，叫了服务员拿了个披肩过来，拿在手上，给阿珠盖上。

　　当着这么多人的面，陈炳根竟敢如此，无视阿珍的存在。阿珍没办法再装作看不到。她趔趄地起身，嘴里高声喊了句陈炳根："有种你过来，咱们把话说清楚，过去你偷偷摸摸，现在你当我是空气。有本事当着大家的面，全讲清楚，也不要让我过得像个鬼。"她被自己这一句吓到了。

骚动前是一阵寂静，偶尔的一声咳嗽声也是怯怯的。很快，除了陈年，其他人不明就里，跟着拍手起哄，忘记是来捧场，而恢复到了日常那种吃瓜不嫌大的状态中。倒是几个万福老人看得明白，也早就等着揭开盖子的这一天了。要知道他们想要知道的东西很多，阿珠为什么好好的香港潘太不做，早早回了万福；这些年，陈炳根到底与阿珠旧情复燃了没有，如果没，为什么这个村长也干不成了……

在众人窃窃私语之际，陈炳根猛然间醒悟，知道自己之前的冒失，于是急忙起身，向外走。他心里明白，如果不出去，阿珍可能不会善罢甘休，到时自己会更加难堪。想到这里，陈炳根在众目睽睽中，快速绕过两个餐桌，离开广场，一路小跑回到家中并躺在了床上。似乎听见了后面有人跟过来，他用被子捂住了自己的脑袋，他不愿意回想前十分钟自己做了什么。直到听见老婆阿珍已经开始拼命地敲门，不，是砸门，陈炳根才慢慢地从床上起来，中间他路过了镜子，看见一个头发灰白的老年男人正疲惫地看着自己。

阿珍眼下就要陈炳根把事情说清楚，她说自己不能再忍了，阿珠回来之后，他们便开始吵架。之前他们的日子过得不知有多好，至少陈炳根的村长当得还是好好的。自从阿珠回到万福，阿珍再也没有睡过安稳觉。她总在想，如果不是还爱，又有哪个精壮的男人会扔下老婆，大半夜去到另外一个人家的门口转悠，回来之后，还跑到客房去睡。似乎担心阿珍硬拉他回到卧房，还解释说自己睡席梦思，腰骨会酸会疼，而只有客房的木床才睡得安稳。进到房间之后的阿珍并没有与陈炳根理论，而是喝了一杯开水，回到了房里，反锁了门，躺到床上。阿珍想起年轻时不仅留门，火热的身体也一直等着陈炳根，可是她守了多年的空房，也没有等到陈炳根回心转意。阿珍眼睛望向东面墙上的皇历，这一天是别人家大喜的日子，却是让她阿珍心里流血。她甚至无端端地把一对订婚的年轻人也恨了，你们凭什么把幸福建立在我阿珍的痛苦之上。

话说宴席上的潘寿良早已醒来，他远远见到了陈炳根被老婆追赶，心里很是酸楚。阿珠总是表现出大度的样子，这次见面还刻意与他保持距离。他觉得自己真的丢脸。他真应该听进陈年的劝告，有些人可以不必请。

前一天，陈年接过一个女人电话，是阿珍打来的，对方说想约出来说点事。阿珍当着陈年的面，讲了阿如父母和陈炳根的关系。

听到潘寿仪的哭泣，陈年把阿如拉到一边，笑着问起这个事情，说你们家里的关系又复杂又浪漫啊。阿如听了很生气，对陈年说，这下我家出丑你开心了吧。她甩给陈年一句，既然你知道了这么多，我们就不要结婚了，今天这个事，就当个游戏吧，我们都闹够了。

已经醒过来的阿珠见情况不妙，也不顾身份，冲过来拉住阿如："好好的怎么不结了？"

阿如讽刺道："那好啊，要结你结，反正你对男女之事最感兴趣。"

阿珠不知所措："你怎么跟大人说话呢，傻女，我个老太婆跟谁还要结呀。"

阿如挖苦道："你不是做梦都想着跟陈炳根在一起吗？"

阿珠听了手脚冰冷，嘴角动了几次，还是忍了回去。

像是受到了某种鼓励，阿如微笑着，说："我冒昧地问一句，你和陈炳根两个人到底上床没有？"

陈年没有想到自己惹出这么大的一个祸，他惊慌失措，不知道接下来怎么办，显然是自己嘴贱，才惹出这么个祸。他想要赔罪，却不知道应该对着谁了。只能怪自己太轻率，没有掌握好说话的分寸。

虽然广场上仍然放着欢快的音乐，但潘寿良的心已经慌乱得不行，倒是外婆并不知道发生了什么一样，或者她知道，可眼下对她来说，什么都不如开心重要。因为全村的人都围在了这里，她能不开心吗，好多年没有这么开心过了。她就这样一直笑着。身边的两个妇女要搀扶外婆回到房里，而她不愿意。

眼见最后一批红包已经发完，人群才算是慢慢地散了。散去的人三三两两地议论着离开，音乐还没有等人全部散完就停掉了，广场上突然显得寂寞起来。阿珠的哭声仿佛是天空中冲过来的，先是到了半空中，随后在人群中打起了转，并停在了众人的头顶。而后又听见一声凄厉的尖叫声，阿珍不知从哪里冒了出来，她披头散发地站在中间。

这时已经离开的万福人突然回过头来，众人面面相觑，悄悄议论。中间原来是一些孩子们打闹着，牵着氢气球不知深浅地跑着。虽然他们并不知道发生了什么事情，可是忍不住想回来看热闹。

原来是阿珍把陈炳根由自己家，拉回到了万福广场，她对着正乱成团的人群大喝了一声："既然大家都在，那我想问问，你们潘家还有廉耻吗？"见众人被她吸引了，有的还拿出手机拍摄，阿珍继续说："我一直在家里等着，希望你们主动过来，可是你们全忘了，是装作忘了吧，那好，现在当着我们大家，还有这个外婆的面，你们说个清楚吧。"

没等阿珍说完，潘寿良的脸色已吓得灰白，他不敢看陈炳根，也不敢看阿珠。这时，人群中走出一个健壮的男子，有人惊叫了声："潘田！"

这时潘田已走到潘寿良面前，指着潘寿良说："祖屋历来是传给长子长孙的，你可以不住，可你有什么权力让给别人，我和老母、细妹怎么办？"

这时阿珠过来拦住潘田说："不要这么对老豆说话，你要尊重老豆。"

潘田冷笑："他就是一个爱面子，胆小怕事，虚伪了一辈子的家伙。"

正当潘寿良还没有反应过来的时候，潘田的脸转向陈炳根，他向对方多走了两步，说了句："我正想找你，这些年，你没少管我们家的事，我应该感谢你的。"说完潘田抬起手在陈炳根的左脸上重重地甩出一个耳光。

恍惚中已经出现了惊叫声，是阿珍的声音，此刻，她冲过来，去撕扯潘田。

潘寿良也冲过来拉潘田，见潘田回过头，对着潘寿良说："我告诉你，你不要这个脸皮，我还要，细妹还要。"于是在众人刚反应过来，一片惊呼声中，潘田转身离去。而这时，潘寿良的电话响了，是华哥老婆带着人已经赶过来，正在路上，很快将会围住潘寿良的家。

2019年6月，这颗埋了四十年的雷终于在万福村炸响。

第二章

往 昔

3．青梅竹马

话说当年阿惠的大舅潘寿良是万福村第一批高中生，不知道是不是营养不良，兄弟姐妹中，他的个子最小。他细长的脖子上支着一个比例不对的脑袋，像个营养不良的大头娃娃。上高中的时候，别家的孩子已经长得父母那样高了，潘寿良还是没有变化，连他自己也无比沮丧，却找不到人可以诉苦，包括最好的朋友陈炳根。陈炳根甚至还会带上阿珠笑话他，说："做个矮仔很好的，你最好不要长大，这样我们就是一家三口，你说是不是啊矮仔良。"阿珠听了，两眼笑成一条缝来打陈炳根。陈炳根则围着潘寿良转。阿珠见了，边骂边在陈炳根的身后追："谁跟你是一家啊，要跟也是潘寿良。"

"好啊，你跟啊跟啊跟啊，我举双手支持！"说完陈炳根看着潘寿良的眼睛说："潘寿良，你说，她这样的厚脸皮女仔还有人要吗？"

潘寿良继续傻笑，不说话，心里还是受了伤。

阿珠也不示弱，把手搭到潘寿良肩上，脸对着他，说："你是番薯咩（吗），你应该告诉他，你会要的对不对？"

潘寿良愣了下，脸上还是原来的笑容，他任凭一对恋人围着他跑。累的时候，阿珠还会把手搭到他的肩上，刺激着他的神经。潘寿良在心里想，如果我再长高2厘米，就不会把你让给陈炳根的。当然，这些话，他不会对任何人说的，他在阿珠和陈炳根的眼里就是一个小孩子，没有性别，不懂事，听不懂大人说话。

谁也想不到，就是这样的一个潘寿良把家人全部带出了万福，一时间为万福人称奇。到后来传出他抢了村长的女朋友时，万福人大吃一惊，断定潘寿良才是万福村的高人，包括对他相貌的评价，认为真正的高手是让人一开始就不警惕的那种。所以大舅潘寿良是个名人当之无愧。当然，只有在喝茶聊天的老人嘴里才算，80后、90后的脑子里他们就是一些过气的老人，根本不值一提。

之前关于要不要回家这个事，潘寿良作了很久的思想斗争，一想到万福他的脑袋里便会浮现出阿珠、潘田和阿如。终于到了彻底摊牌的时候了，这些真相没办法掩盖了。他这样安慰自己，早些交代也是件好事，否则身体万一熬不到那个时候，阿珠的事也没有个证人，说了谁也不会信的，阿珠的名声就没法洗清了。前不久，他喉咙总是沙哑，以为是上火，慢性咽喉炎犯了，可总是不好，直到说不出话才去检查，结果发现得了肺癌。他不想告诉任何人，只是同意了带老母回万福，尽管他知道万福人不欢迎他。

　　大舅潘寿良一度不与潘寿成说话，因为当年潘寿成回万福，炫耀自己的身份时喝多了酒，透出潘寿良和阿珠已经在一起的事，逼得阿珠百口莫辩，堵住了当时还满怀希望的陈炳根去香港的路。陈炳根生潘寿良的气，更生了阿珠的气，导致了阿珠没有退路，大舅潘寿良也没有机会解释，他知道阿珠自己不方便说。之所以让阿珠回到万福，潘寿良的用意很明显，他知道阿珠心里还放着陈炳根，不然的话，也不会那样冷淡他。潘寿良希望阿珠和陈炳根和好如初，以此减轻自己的罪恶感。大舅潘寿良内疚得要死，把责任揽到了自己的身上，认为自己的确拆散了好好的一对，不仅如此，还断了阿珠的退路。他意思很明显，你陈炳根如果真的爱阿珠，应该懂她的心，了解我潘寿良的为人。当然，他觉得如果不把事情摊开，他是无法安心离开这个世界的。潘寿良之所以没让阿珠留在香港，因为他感觉内地政策变了。改革开放，包产到户，如果留在香港，连地也没了，他要给阿珠留套房子和一次重新选择的机会。如果阿珠回来和陈炳根可以再续前缘，儿子潘田便可以名正言顺回到老豆的身边。

　　潘寿良并不知道阿珠后来的境遇，更不知道陈炳根对她客气礼貌的样子时，阿珠便泄了气。阿珠得知，陈炳根早已经与合美村的阿珍结了婚，还有了女儿，心里郁闷，心想原来那些海誓山盟都是骗人的。于是她彻底死了心，不禁想起自己离开香港的前一晚，潘寿良还开玩笑说："又要便宜陈炳根了。"

阿珠笑道："这可是你的意思啊。"

潘寿良说："我知道自己没有那个福气的，如果他要找回你，我没有意见。"

停顿了下，他又说："这样吧，我们先有个约定，到了下辈子，你得先挑我，而不是找陈炳根，不能再让我做电灯泡。当然，下辈子我要长得像他那么高，那么帅。"

阿珠流着眼泪不再说话，说："嗯嗯，一定会的，会的。"

两件事加在一起，让阿珠想了很多，她伤心了，心想还以为你是爱我，原来你要让让让不过是因为我老了。阿珠联想到了最近潘寿良神神秘秘的，那次跟踪的结果是见到他与一个年轻女孩子进了一个饭店吃饭，很久才出来。再后来是发现潘寿良每个月转出去一些钱到同个账号。

阿珠拿了潘寿良给的钱回到了万福，除了办理各种手续，还求陈炳根帮忙修房子。这时，她和潘寿良的话更少了，连孩子的事情也不商量。这样一来，潘寿良有些伤心，觉得自己真是被利用了。他清楚阿珠在陈炳根心里的位置，所以他想看看阿珍是不是真的会离婚，如果离，他会回去把事情说开，也还阿珠一个清白。他和自己的同学陈炳根很久没有说话了，他认为需要一个机会，否则两个人都在有意回避。想开了，他也明白自己应该何去何从了。

潘寿良总是猜不透阿珠的心思，这些年生活得做梦一样，互相回避，比之前更加小心翼翼地说话做事。不知何时起，阿珠变得脾气大了。可是她不会对潘寿良发，只会对着潘田，仿佛这个儿子把自己的幸福给毁了。所以懂事后的潘田胆子很小。直到回了万福，他胆子才大了起来，却又叛逆得不行，有几次已经逃课。学校发出通知，如果再如此，可能会被开除。

4．粤剧队

从小到大阿惠老母潘寿娥就与细妹潘寿仪格格不入，可是她没有想到这个做细妹的如此有心机，除了当年在剧团抢了她的机会，后来还撬走了她的男人。

当时粤剧队隔离的沙一村招学员，如果能进去，将来就可以吃公家粮。潘寿娥不想把这个消息告诉别人，悄悄做了准备，她学唱了一段粤剧片段，每天跑到凤凰山上去练习。考试当天，她有些发烧，就央了细妹潘寿仪骑单车送自己。想不到考试的时候，自己发挥得并不好，反倒是送自己的细妹突发奇想上去唱了首革命歌曲，反倒被录取了。回来的时候，潘寿娥不想坐单车，大热天自己一个人走回了万福。

当然，潘寿仪后来也没有去剧团，因为要四处演出，她不想受那个苦。可这件事情让潘寿娥心里不舒服，觉得这个细妹就是要与她对着干。

录取后这个潘寿仪却又不去，说没有意思，说自己最想做画家。潘寿娥听了，气得几个月不与潘寿仪说话。

后来潘寿娥对华哥说："听说大埔的采茶剧团要来演出。"

华哥说："有什么好看的，不就是一些人唱山歌吗，想要听你也可以让你细妹唱啊。她不是陪你考过剧团，后来不去而已吗？"

潘寿娥听了，冷下脸，不再说话。这件事过去了很久，可她每次想起，还都难受。她觉得自己在华哥心里从来都是不重要的，男人还是喜欢那些阴阴柔柔的女人。谈了几年，到头来才发现他们连场电影都没有在一起看过，除了各自学游水，他们没有共同做过什么，甚至连接吻都没有过。老母和潘寿仪虽然是两姐妹，年龄上只差了四岁，性格却大不同，彼此在心里较着劲儿。潘寿娥认为这个细妹有心机，表面一套背里一套，喜欢撒娇，讨男人喜欢。当然，她的相貌也算是男人们喜欢的那种，而潘寿娥总是显得太老实本分。

虽然当时的潘寿仪生得漂亮，可华哥也只能以潘寿娥男朋友的身份远远地看着，而不能献一句殷勤，像我帮你插秧或者平地吧。华哥想，作为男人他在心里想想总没错吧，整个万福村哪个男的心里不想潘寿仪呢，可又有几个人可以实现呢？

阿惠起初并不相信华哥分别与老母和细姨好过。从她懂事起，老母活得就像个男人，女人的事情似乎与她没有什么关系，甚至她以为老母是没有来过月经不懂做那种事的女人。还比如潘寿娥曾经粗声大气地交代阿惠："就是死你也要死在香港，不要回到万福，除非我的大仇已经报完。"

1956年出生的华哥算是个靓仔，除了与潘寿娥、潘寿仪两姐妹的关系，还有，他曾经是村里会计的儿子这个身份，让个别万福老人还记得他，否则他早被人忘掉了。他们很少在乎一个男人生得靓不靓，除非他有能力赚到大把钱。

照理说这个年龄段出生的人相对生得矮小枯干，因为长身体的时候，正赶上了自然灾害。而华哥像是什么都没经历过，从小到大，不仅长得人高马大，相貌也生得好，尤其是一头天然的鬈发。他从小到大像都很受宠，完全不像是挨过饿、受过苦的人。当然，华哥并没有受过太多的苦，因为家里条件好，总有一些外面的亲戚捎过来一些吃的用的。在万福村很多人粮食还不够吃的时候，华哥已经经常吃到肉。华哥的羊毛鬈，配上凹陷的眼睛和大嘴，很有点南洋人的味道。他也是万福村最早穿花衬衣、喇叭裤的人，这些全部得益于他家里有泰国的亲戚。这样的打扮和身份的确新鲜，当然也会让那些老牌的万福人没有反应过来。像是见了怪物的中年妇女抓紧时间教育自家女儿，要离这个仔远点，他不像是好人。可是也有些家长同情华哥的父亲，认为他这个仔是学坏了。倒是华哥并不觉得，每天照样乐呵呵地回家，有时还会在街上主动和一些女孩子打招呼，吓得对方一溜小跑，他便在身后大笑不止。这样的情况被一天到晚看账本的老豆看到了，开始担心起来。他说，你是不是看上那个女仔啊？

华哥说："没有啊，我还不能跟女仔说话了吗？"

老豆看着华哥拖在地上的裤角说："如果没有你为什么要挑逗人家？"

华哥说："我看她生得靓。"

老豆忧心忡忡地说："你一天到晚贪玩，也不考虑下前途。你要用心学习，考个大学，将来才有饭吃。"

华哥："我又不是读书的料，你都知道啦，别指望我，你还是把希望寄托在细佬身上吧。他最听你话，是你乖仔。"

老豆说："我是担心你将来怎么办。"

老豆知道这个仔的意思，上次推荐了最小的儿子到乡里上班，搞得华哥一直生自己的气。老豆说："那你也不能总是赖在家里吧？"

华哥说："谁说要在家里了，我很快就去找事做的，不会给你增加麻烦，没有人会影响你这个大队干部。"

老豆气得不知怎么接话，华哥总是这个样子，不跟他一个心，他赌气地问："那你说说有什么打算？"

华哥说："我又不是你马仔（下属），为什么要告诉你？"华哥的计划是到外面找份有意思的工。可是要瞒住老豆，他知道对方不会同意的。

华哥老豆问："你想去哪里？"

华哥神气地说："不能告诉你啦。我的事也不用你管。"说话的时候他的脑子里已经掠过香港两个字。

眼下，华哥一心要学点生存的本领，比如做饭、做泥水工。他之所以穿得这么好看就是不想让家里人知道他的想法，最好把他当成一个无所事事的无聊人才好。因为老豆每天都跟着乡里的干部到各个山头围追堵截自己村里的人。华哥必须让老豆对自己不产生怀疑，同时他还要保护好潘寿娥，因为他们约好了分头去学游水，同时学一些生存的本领。潘寿娥本身能做田里的事，还会使用缝纫机，她认为自己在香港能找到一些事做。为了保密，潘寿娥主动提出，两个人一段时间不见，有事可以通过潘寿仪转递。比如华哥不知从什么渠道带回来的一个电子表，就是让潘寿仪交给潘寿娥的。还有潘寿娥给华哥留了一份糖粘饭，也是潘寿仪拿过去交给华哥的。华哥是当着潘寿仪的面狼吞虎咽的，目的是快点把饭盒还给潘寿仪。见潘寿仪盯着自己，差不多要流出了口水，华哥立马停下来，说吃饱了，这些东西太粘，搞得喉咙很不舒服。

见潘寿仪不说话对他笑，华哥不好意思了，他觉得让一下对方才好，但眼下，他已经全部吃完了。

正当他不知道怎么办的时候，潘寿仪拿着一个小镜子，对华哥说："你照照吧，快成白胡子老人了。"随后递过来一条手绢。

华哥先是吃了一惊，有些不好意思了，镜子里的自己沾了一脸的白糖，连眉毛上都挂着白白的糖粒。他犹豫着接过手绢，上面有淡淡的香气。他用它遮住了自己的嘴，舍不得用。

这时潘寿仪一把抢过华哥手上的饭盒。

像是大脑出现了短路，华哥定格在了原地，直到潘寿仪的身影彻底消失在他的眼前，他才想起把手绢放在嘴上的情景。他没有去擦，只是用鼻子拼命地去吸上面的香气。

到了第二天，华哥还是记得手绢上的味道。每次想起，他的脑袋都会变得晕头转向，像是被人灌了酒，晃得厉害，整个身子也是燥热得不行。潘寿仪的味道一直不散去，华哥突然有了种呼吸困难的感觉。

关于华哥的故事，经常有一些万福的老人在祠堂里边打着麻将边讲述。年轻人多数不爱听，也不关心。他们耳朵里的华哥就是个拈花惹草的公子哥，或是一条公狗，躁哄哄的，每天在村子里转，不知道在打谁家女仔的主意。

"他不是有个潘寿娥吗？"一个老人，镜片后面瞪着一双不解的眼睛问。

另个答："他那种人，怎么会甘心，如果安分，他也不会与自己的妻妹搞在一起。"

年轻时的华哥因为身材好，五官也生得靓，很小的时候村里便有妇女婆开他的玩笑："华仔呀，你生得这么靓，将来得讨什么样的女人做老婆呢？"他虽然有个当会计的老豆，可是他不在乎，也不指望。他的骨气就是老豆帮了细佬时才有的。华哥赌气地想着自己找事做，不再跟老豆打招呼。他最先学会的是开车，可是没什么人敢请他，就连那些在镇上做老板的香港人一听到华哥的老豆在村里管账，立马笑脸送走华哥，嘴里说了一堆客气话。当然也有例外的，就是求华哥帮忙在村里找个便宜的厂房，最好是免费的。

最初的时候潘寿仪的确想通过华哥去香港，因为她在镇上看见他与人接头联系这个事情，显然正在悄悄准备。而那个时候，潘寿娥也瞒着她这个细妹，大家各留了心眼，不交流。

后来有人说："潘寿仪不会是勾引华哥吧？"

有人不屑地答："是啊，这有什么大惊小怪的。"

华哥的确晕了一段时间，好在去香港的时间已经很紧了，他只好跑到不远处的河里练习了两个星期。每当看到老豆一张为了教训他而刻意准备的脸，他就连连后退说："好好好，你不要说了，我出去找事做，不会再用家里钱了，你的钱留给其他人。"

见儿子这样说话，老豆也爆了粗口："我×你老母，你把话说明白，我留给谁了，是你不学好，把前面的工作搞丢了。"

"留给谁与我无关呀，我不是把工作丢了，是把你的面子丢了。我以后离家远点，可能照顾不到你了，所以你自己多保重。"

华哥以为说完这句，便可以成行。可没几天，不仅人没有如愿走成，还打了一架，把对方打进医院。老豆彻底死了心，悄悄运作的招工指标也不敢提了。当老豆的只能长叹一声不再与他说话，他觉得华哥就是那种烂泥巴糊不上墙的仔。他本来还想再多说几句，人不小了，如果工作还没解决，可以再等等，但终身大事不能耽误。

华哥何尝不知道老豆的用意，只好主动讨好，放心吧，我就是饿死，也不会求你帮我的，我喜欢做饭，将来我要当个厨师。

见老豆一脸诧异，华哥伸出手拍了下父亲的肩膀说："放心吧，家里的饭可以省了，我也不会在家门口打架，让您丢脸。我这次是去外地，您应该放心了吧。"

在老豆组织语言之际，华哥又开口了："讨老婆的事也不用家里操心，我一定会找个比他们都靓的女仔。"

老豆说："你知道就好，不过不一定要当厨师，你也可以到镇上去找个事情做。"

华哥说："怕我要饭到万福村呀？"

老豆说："你再想想吧，有些事你现在未必懂。"

华哥说："懂不懂也就这样了，我已经约好了，明天就去见工。"

老豆幽怨地看着这个已经长大的儿子，说："你要小心啊！"

华哥说："我又不是不回家。"

老豆松了口气说："回来我给你做蚝吃。"

华哥笑了："你也会做饭了？"

华哥老豆说："本来就会，只是不愿意做，太浪费时间，回到家就觉得累，想休息。"

华哥说："你这是官僚吧，这些年累了我老母，又管田里又管家里灶头。"

"所以你才生气呀？"

"是啊，村里这么穷，每周都有人跑掉，你冒险去追。追上了家属恨你；追不上，乡里把账算你头上。你好端端的会计不做，总是跑出去，让老母跟着你担惊受怕。所以我找老婆绝不会让她受苦的，也不会让她陪着我提心吊胆。"

老豆发现这个仔什么都懂。他不好意思再问儿子的事了。

华哥在父亲转身的时候，心里生出了内疚，他觉得自己应该把事情告诉他。可是他不敢，万一老豆不同意，拦着他，或者让民兵先抓了他怎么办？他能硬走吗，他准备好的铁棍子会打向追他的老豆吗？

华哥叹了口气后转过身躺在了床上。本来今天他是约好去镇上学客家酿豆腐。虽然他一点也不喜欢这道菜，可师傅告诉他，这道菜不一样，对于那些离散多年的客家人，他们是把豆腐当成了北方人的饺子，所以这道菜在香港有很好的销路。当这所有的一切都不能告诉父亲的时候，他生出了想要跟潘寿娥一起去香港的愿望。因为潘寿娥多次跟他说过这个话题，他虽然没有明确说什么，但是两个人用眼神交流过这件事情了。他真的想到那边去赚把大钱。

华哥悄悄下楼，趁着外面的月亮未圆，天色正暗之际，拐到了潘寿娥家的房后，并上了一棵树。在树上，他可以清清楚楚地看到潘家的生活。他看见潘寿娥做事情比其他人多，也比其他人厉害，管着兄弟姐妹几个干活。有时声音很刺耳，吓得他差点从树上跌下来。在这样泼辣的女人面前，怎么看潘寿良都像个女人。

潘家的农活，潘寿仪一样也不能逃掉。只是总有村里的男仔过来搭话，提出帮忙之类，有的甚至不说话只是拿了锄头干起活来。这样的时候，潘家人也看出了点什么，悄悄退了，让潘寿仪自己留在地里。反正不到晚上，一大片的地便会收拾好，潘家人也乐得个自在。当然这也惹得其他人家的不满，觉得潘家是变相欺负人。于是潘寿良这个做大佬的端着饭碗瞥了眼正洋洋得意的潘寿仪说，以后尽量少理那些人，不要再让村里人说闲话，我们家有男人，不要让人来干活。

潘寿仪听了，正准备去夹咸菜的手停在半空，又退回来，重重地放在桌子上。她的眼睛谁也不看说道："什么意思，我怎么听不懂？"

这时潘寿娥给自己盛了碗稀饭说："大佬是让你不要搞一大帮男仔在地头争风吃醋。"

潘寿仪已经听出了敌意，摔下筷子说："把话讲清楚了好吗？我这么做不是为了家里吗？再说了，他们是自愿的，又不是我花钱请的。"随后，她看了眼潘寿娥说，"是不是有人见了不舒服，红眼病，没本事不要怪别人。"

潘寿娥说："这不是什么好本事。"

潘寿仪听后也来了气，说："反正明天我是不管了，明天一早我去县城看演出，都等那么久了，是大埔的采茶戏。"

潘寿成不知深浅马上讨好地问潘寿仪："带我去呗，上次见到戏班子里有个女仔好靓。"

潘寿仪说："你就知道这个，应该你干的活儿，你的事情都没有做，还得我去帮你。你看现在我把大家的事做了，最后却要怪我，好人都让你们做了。"

潘寿成说："我支持你让那些男仔干活，在干活的过程中观察他们，有什么不好。"

潘寿娥听见后骂："你还是不是个男人了？自己家的活让别人去做，还要去看戏。"

潘寿成说："不去就不去，怎么又骂上了我，我又没惹到你。"潘寿成气呼呼地去盛了一大碗稀饭，端到门口去吃。这一顿饭吃得大家都不痛快。外婆看着锅里剩下的一碗粥叹了口气，平时都是不够。她把粥盛了起来，放在灶台边上，准备留到夜点儿的时候，端给最小的儿子潘寿成吃。潘寿成人懒，嘴巴多，从来都是不管不顾地喊饿。外婆似乎不担心其他人，都很懂事，只有这个潘寿成，像是少了根筋。

在这个家里，谁都知道外婆最疼的是潘寿成。关于这个事，最不舒服的是潘寿仪，可是她也没办法。好在潘寿仪知道将来自己是要嫁的，所以只能不去看也不去想了。只有潘寿成捣蛋，招惹她，或是占了便宜还嘴巴多多，潘寿仪才会顶过去。当然后来她改变了打法，潘寿仪不想再对付潘寿成了，她认为自己真正的对头是家姐。潘寿娥看她不顺眼，却又不明说，而总是拐弯抹角地讽刺。潘寿娥的控制欲极强，总是想当这个家。她最爱说的是老豆最疼我，教会了我好多做人的道理，老豆死之后，家里没人再教这些。潘寿良听了，也不舒服，但是他不会说出来，反正听听也无所谓，老豆临死前交代他要教育好兄弟姐妹。潘寿娥说什么对于潘寿成来说，和没说一样，他什么事情都不动脑子，尤其那些拐弯抹角话，他才懒得去想。只有潘寿仪听了，会记在心上。

华哥路过潘家农田的时候，潘寿仪叫住了他，问了句："我听说采茶戏要过到县里。"

正向前行着的华哥，最初并不知道潘寿仪与他说话。可他四下望了望之后，明确对方正是对着他说话，受宠若惊地点头说："是的是的，应该会来了，我问问龙仔他们，就告诉你们啊。"

潘寿仪笑着，意味深长地说："他们识咩嘢，你告诉我一个就好。"

听了这话，华哥愣了下，他的脑子有点缓不过来。家里早给了定亲的礼金，村里人都知道潘寿娥就是他没有过门的老婆，如果不是因为台风，把家里的庄稼连根拔走，家家都忙着收拾，应该开始张罗他们的婚事。还有他早已知道潘寿娥也有去那边的打算，所以也就不说破，他认为到时把孩子生在那一边也是很好的。

可是此刻的华哥已经浑身发麻酥软，作为男人，他的身体接收到了潘寿仪发出的信号。

华哥担心自己再说话就乱了，只好点着头说："我知我知。"

潘寿仪看着华哥远去的背影，心想：看她潘寿娥再得意，总想欺负人，好像这个家她真的可以做主一样。哼，还骗人说是老豆委托她的，难道老豆让你欺负人吗？

话说华哥手脚发软地离开潘家的耕田，跑回家，钻进被窝，先是傻笑了半天，后来便感觉难受。刚刚发生的事，像是做梦一样，他无论如何也想不到村里最靓的女仔和他说那样的话。早知如此，他不应该与她的家姐定下亲事。潘寿娥长得没有潘寿仪乖，但还是标致，自己和全家都还满意。可眼下有着个细妹作比较，潘寿娥的身上便欠缺了些什么似的。具体是什么，华哥说不清楚。最后他得出结论，如果潘寿娥能像潘寿仪那样，眼睛会说话，那就美了，可是人生哪里是自己说了算的呢。华哥这时又冷静了下来，他可不能再乱想了。他看了眼窗台上摆着的一笼糕点，那是老母准备的，叫他天亮后带上钱去潘家问候下，顺便打探一下，前面因台风错过的婚礼改到哪一天合适。要知道华家在万福可是小户人家，全村只有这一户，可人家潘家可是大家族。华哥可以不在乎，可华哥的几个细妹在乎，她们央求着华哥，你快点与他们联姻吧，这样，我们才算在万福站住了脚跟。细妹们一个个打着小算盘，她们只有与潘家做了亲戚，才算是心里踏实了。嫁人的时候，可以多一份自信，彩礼还可以要多些。想到这儿，华哥把脸重新埋进被子里，过了这一夜再说吧，反正这一晚是自己和潘寿仪的，他不愿意自己再想其他人。

经过了这样的一夜，眼睛有了血丝的华哥没有萎靡不振，而是更加多地留意潘寿仪了。只是手里该做什么他就做什么，比如老母交给他的钱和糕点，他一点也没忘记，天亮的时候，他一个一个从笼屉上拾到透气的塑料篮子里，然后揣好了钱，赶到早饭和午饭中间的时间出了门。

一路上华哥躲躲闪闪，脑子里乱得要命，心也跳得不规律，手抖得更加厉害。他在心里念着：好细妹你不要在家啊，我可是怕了你，我会在心里疼你的，可你不要坏了我的好事啊。

似乎是自己心里的话灵验了，潘寿仪果然不在家。华哥抓紧时间把事情说完，气都不喘一下。这个样子让潘寿娥喜欢得不行，她就是喜欢看到这样的华哥。她自己极少羞羞答答的，可这一次，潘寿娥望向老母，低声说了句："我听老母的。"便低下了头。

外婆这个时候也高兴地翻着墙上的日历，停顿半晌才严肃地说："中秋过后第一个星期天吧，天也转凉爽了，粮食也多，吃得不会太差，到后面大人孩子都不会饿着。"

潘寿娥听罢，脸红了，急急地转回屋里，端了杯茶出来，让华哥喝。显然她知道老母的意思，是讲怀孕生仔的事。

华哥听了，心怦怦乱跳，不知道是高兴还是难受。他的嘴咧着，而脸上散着淡淡的愁容，这是多年以后潘寿娥回想到的情景。

华哥以为会受到刁难，看来也不会，于是把口袋里的钱压到茶杯下面，对着潘寿娥说："出来急了，什么都没准备，去买些糕点吧，顺便也给自己买件衣服。"

潘寿娥不说话，看着老母。老母拿起杯子，把钱收好了，说："你回去吧，给你老豆说，就按这个日子准备。你看田里的这半边的红薯也是给她留的，等闲了你帮她收了，自己挑点集上卖了，然后你们把钱存着，会用得上。"

华哥也开心，不断点头应着，想不到这时候突然听见一声轻笑，是那种与万福村女仔们不一样的笑。华哥听了，知道不好，头也不抬，对着潘寿娥急急地说："出门前我老母还吩咐了事给我，我得回去了，收红薯的时候，我再过来吧。"

"哈红薯。"华哥又听见一声轻笑和说话声，却又一时不知道哪个方向发出来的，他的身体已经麻酥，脑子像是被雷给击中。

华哥想不起来自己是怎么滚出潘家的。他一路小跑，耳边一直响着潘寿仪妖里妖气、莫名其妙的声音。

华哥恍惚着回到家，没有直接进到自己的房间，而是一头撞进阿嬷的房里。他流着满脸的泪，叫了声阿嬷便哭了起来。

华哥是阿嬷的心头肉，她看不得孙子这样，心疼地问了："是你老豆又欺负你了么，看我怎么骂他哈。"

华哥连忙说："不是不是，没人欺负我啊。"

阿嬷说："那又怎么了？你有吃有喝，阿嬷柜子里还给你留着云片糕呢，自己快去拿了吃。"阿嬷准备去解挂在身上的钥匙了。

华哥说："不是不是，我什么事也没有，就想在您这里哭一会，不然我快憋死了。"说完，华哥自己又笑了起来，"我太傻了，好好的潘寿娥这样端庄正派的女孩子我不要，非要想别的，阿嬷你说我该死吗？"

阿嬷听了，急得叫："呸呸呸，大吉利市，你可再不能这么说话了，快去摸摸木头吧，观音菩萨会保佑你的。"

"好的，谢谢阿嬷。"华哥破涕为笑，然后钻到床上的一个空被子里，睡着了。之前太累了，他想好好睡上一觉，忘记一切。

似乎这一年的秋天来得比往年早了一些。潘寿仪再去地头的时候，她竟然发现了地头上的潘寿娥和华哥。她先是放慢了脚步，定了神想了一会儿，原来沉着的脸色也变了，继而转成了开心，随后她蹦蹦跳跳到了两位面前，高声喊着家姐、姐夫。

这么一句，把华哥的心喊得就快要从喉咙里跳出来，他看见了潘寿仪转身时眼里含着的泪。而潘寿娥倒是听不出什么，她心里美着呢。于是对华哥命令着说，以后对我家里人可要好点啊。

华哥像是鸡啄米地点头，会的会的，都是一家人。他嘴里应着，不敢再去看潘寿仪的眼睛。

　　这个时候，三个人同时听到了生产队的喇叭要说话的声音，是要发声前的嘈杂和清理喉咙声音。三个人不约而同地望向了大队的方向，他们已经好久没有听见那里面说话了，包括放音乐也没有了。

　　等了不到一分钟，先是翻纸的声音，然后是喂喂，随后便是正文。广播里播出的是一条批判稿，对象竟然是华哥的堂哥。

　　十年前，这位堂哥跟着亲戚去了香港，并做了老板，很多人崇拜他。可是华哥一直没有见过。广播里还提到要拆除村委会门前的小道。这过去是土路，后来华哥的这位堂哥捎钱铺上了水泥，虽然路很窄，但还是方便了许多到镇里读书的人。广播说到最后，是要大家表态，决不走这条资本主义的路。他们建议刨掉它，让它恢复本来面目，老百姓绝不能再上当受骗。这个人已经做了海外联谊会的副会长。这职务到底能做什么，村里人不知道，可是村里很多东西是他们捐赠的，包括开会用的桌布，竹制的座椅。虽然不能公开说这个老板好，但人家的实力还是让人羡慕。

　　走在路上，华哥心里很烦，这个人是自己的亲戚，本来一直盼着他能回村里看看，但是不敢和老豆提。他拿不准村里的态度，一面批评着堂哥，一面又使用着人家赠送的东西。这么一来，他自己也不知道有个亲戚在香港是优势还是劣势了。

这么秘密的事情，华哥想找个人说说，可是不知道跟谁讲。这时候，他想到了潘寿娥，他认为早晚都是一家人，自己的老婆不应该有秘密。所以他把这些事情刚说了一句，便听见潘寿娥大惊小怪地叫了起来，你不会是想让他回来吧？

华哥问："回来又怎么样？"

潘寿娥说："如果回来，我们都会受影响，你知道吗？"

华哥说："什么影响不影响我不知道，那是我大佬。"

潘寿娥说："可是你听到广播里说什么了吗？"

华哥说："你是不是怕我连累到你？"

潘寿娥说："我没有这么说。但既然出去了就不要回来了，做人不能太自私！"

华哥说："那你是什么意思呢，那是我自私喽。是不是怕我影响了你这个团干部？"初三的时候，潘寿娥做了班里的团委书记。

潘寿娥说："我是说你应该与他们划清界限。"

华哥没有想到潘寿娥这个态度，本来也没想过把这个大佬叫回来，可是听了潘寿娥的话，还是很生气，突然觉得她太不近人情了，眼里只有自己的身份，根本没有考虑到亲戚。

华哥不敢看身边潘寿娥的表情，故作从容地收了东西，准备离开。他觉得会不会这几天因为吃了怀了孕田鼠的原因，他的运气很背，总是有人和他唱反调。他怀疑是因为大佬的事，很多人要与他保持距离，比如说眼下的潘寿娥。

潘寿娥没有想太多，她真心喜欢华哥，觉得对方尽管有些幼稚，可她认为自己能在后面的日子里调教好，让他成为一个有用的人，比陈炳根还厉害的人。潘寿娥喜欢有政治理想的男人，可是陈炳根不愿多看她一眼，他从小到大，心里只有阿珠。华哥背景不错，老豆又当会计。潘寿娥希望一直给他鼓劲，让他成为比陈炳根还要红的男人。每次想到陈炳根，潘寿娥是心疼的，陈炳根已经有了阿珠，她的暗恋是无果的，所以她要把华哥培养成为一个有用的村干部，而不是散漫的男人。况且他还有一位当会计的老豆，这个条件有谁可以和他比呢？陈炳根只有一个常年病在床上的老母。此刻的潘寿娥心里冷笑，似乎华哥已经快要取代了陈炳根，她潘寿娥扬眉吐气的日子不远了。

按照规矩一周之内，华哥要把潘寿娥接到自己家里吃饭。潘寿娥来的时候，华哥老母特意去镇上买了蛋糕和两瓶白酒，算是回礼，让潘寿娥带上。

一开始潘寿娥并没有留意到华哥的脸色灰暗，更不知道这段时间他的内心发生了变化，比如他正拧巴着，看看到底是谁变得这么快，马上就要嫌弃他。的确如此，村里许多人走路都躲着他走，包括进到生产队帮忙的陈炳根，更表现得过于夸张。于是华哥鼓足了勇气对着潘寿娥说："你也听到了，我大佬被人批了，现在村里都知道了，接下来不知道会不会连累到我老豆还有我，所以你也别急着答复我，要考虑好呵！那笼屉里的牛肉包子是我下的料，多吃点吧。"

潘寿娥撩了下眼皮，冷冷地说："批得不对吗，所以你就要认清形势了，有点政治觉悟，不要和他搅在一起。趁着还没有让你表态，你要主动表态，说自己早看不惯大佬那套东西，他的钱都是脏的。过去他没有给过你钱吧，那太好了，现在你就拿这个说事。你要告诉他们，你早就认清了这些，所以没有沾过他的钱还有他的那些思想。"

华哥说："当时村里人都盼着我大佬回来，还说我大佬是万福村的贵人，每次回来都会带些吃的东西和旧衣服给我们。"

潘寿娥说："你要明白情况不同了，有点政治头脑好不好？"

华哥沉默了，别人不理解他，可是潘寿娥也这么说话，真是让他伤心，他甚至在心里对着远方说："大佬，我找这样的一个老婆，你说好不好呢？"送潘寿娥回家的路上，他一路低着头，对潘寿娥说自己想早点回去睡觉了，很困。

潘寿娥看着华哥两条健壮的腿，心里暖暖的。这些天她已经听到别人说这件事情了，可是她不理，她有责任提醒对方，她要帮着华哥走上一条正确的道路，气死那些想看华哥笑话的人。她早已经把自己当成了华哥的老婆。到了她家的门口，华哥要转身的时候，潘寿娥叮嘱了一句："记住，不要再让他回来影响你了。"

华哥听了这话，心里冷得要命，原来第一个跳出来骂的人竟然是潘寿娥。

多年之后，潘寿娥还会想起华哥当时让她多吃点，今后要多保重的话。这分明是道别，意味深长，可当时她没有听出来。她记得那时自己虽然面有不快，可是真心为了华哥好，她不想让华哥出什么差错，尤其是华哥的老豆不要因为这个受到影响。所以她像是一个进了家门的老婆那样说，你要懂事啊。

很多年之后，夜深人静时，华哥总是想起潘寿娥把自己的饭偷偷留出来带给他吃的情景。

回来的路上，华哥不知道是热还是冷，脑子里全是潘寿仪的脸和身体，尤其是胸前鼓鼓的两团。他希望老豆不要再犹豫，快点把事情办了，让自己不要再想东想西，自己应该认了这个命。

只几天，华哥便瘦了一圈，再到田头见到潘寿仪时像是变了一个人。倒是潘寿仪一副不知情的样子，还傻乎乎地开玩笑："怎么了，你老母不会又克扣你口粮了吧。"

华哥说不出话来，他不知道应该说什么，只好笑了笑，快速离开。就连潘寿娥喊他看看自己的锄头是不是要放进一个木销，因为每次抡起，都像是要掉下来的样子时，华哥也听不见了。潘寿娥、潘寿仪，他的脑子里不断地变幻着这两个女仔的影子。他不想再受到干扰了，尽快办了事，生个仔，才是正事。他用力晃了晃脑袋，似乎这样便可以把那些烦他的事甩走，忘掉。什么潘寿仪不潘寿仪的，不想了。

转眼天气没有那么热了，天上的云彩也总是变来变去，特别好看。潘寿仪身前身后经常围了些蜻蜓,她呆呆地看着它们,脑子里走着神。她不知道自己是不是应该考虑嫁人的事了,这些天总是传来谁谁又订亲的消息,这栏算起来,不到年底村里的女仔们就都嫁掉了,只把她一个给剩下了。这样想着,她心里难受起来,怎么就没有一个人和她提亲呢?个个都是来逗她的,说了些玩笑话就跑了,把她扔在田头地里。有一次,下着大雨,她就这样拎着锄头,淋湿了身子,一步步走了回来。她希望有人看见她,跑过来帮她扛下锄头,或者拉着她快跑。看着灰蒙蒙的元,她真是恨那些过去帮她的人,惹了她,又不对她负责。她不知道应该把这种恨发泄给哪。她走在路上,想起过很多人,也想过华哥,这个人将成为自己的姐夫。看着潘寿娥那副得意扬扬的样子,她就生气。她作为家里的长女,不懂得关心细佬细妹,倒还愿意对别人的事情指手画脚,动不动给人上政治课,好像这个家只有她才懂似的。想到这里,潘寿仪在还没有到家的时候,向着潘寿娥还没有来得及收好的衣服,狠狠地瞪了一眼。她说:"什么鬼呀,见面时用的头绳还是我的。再说了贤惠谁不会,装呗,看你能装到什么时候,早晚会露馅的。下次我见了人,就是要说两句气她的话,华哥,你好像瘦了,下次去镇里,也带上我呗!"

潘寿仪被自己发出的声音吓了一跳。

自己不会是要抢家姐的老公吧?潘寿仪的心怦怦乱跳。像是怕有人听见自己的心事似的,潘寿仪悄悄进了门,冲凉的声音很小，她害怕自己的想法被人知道了，那可不得了，非被万福人的口水淹死不可。

潘寿仪认为自己要尽快去趟凤凰山，求观音菩萨保佑自己不要胡思乱想了。她有段时间都没有上去过了。

天气突然闷得要命，完全不像是秋天的样子。潘寿仪正在田里忙着，突然听见广播里大队队长的声音，他准备念一篇稿子前正在清理嗓子。是广东省的一个文件，说大鹏公社又发现有人逃到香港，民兵已经抓到了一个，然后是一篇批判稿。整个晚上，潘寿仪一直魂不守舍，连晚饭吃了没有也不知道。

这时她看见有个男仔骑了一辆自行车过来，问："晚上要不要去游水？"

潘寿仪说："什么时候呀，天这么冷，你不冻咩？"这句话既不是拒绝也不是答应，非常有个人风格。从小到大潘寿仪都这么讲话，包括后来华哥跟她求婚的时候，她也是这么表态的，如果我不管他们，在学校他们会不会受欺负啊？华哥点头道，是啊是啊。他不知道怎么回答才对。潘寿仪继续说，只要想到他们被同学打，老师也不理，我就好怕啊！华哥的求婚因潘寿仪一顿拐弯而中断了，只好灰溜溜地打了退堂鼓，他以为这是潘寿仪拒绝他的方式。

骑车的男仔说："不练习怎么过去呀？"

潘寿仪好像没有听懂的样子，问："过哪里？"

对方神秘地笑了下说你是装糊涂吧。

潘寿仪已经隐隐知道他们要说什么，她担心对方在考验她，于是她抓紧了手里的铁锹，说："我不知道这些事，我也不可能去的。"脑子里又想起广播里的内容，她已经吓得半死，他们果然说的是游到对岸的事。她害怕有人听见这些，看见四周没人，才定了定神说："我还小，要帮老母种地，不能去的。再说了，我还没有嫁人呢！"

这个男仔笑笑说："过到那边也可以嫁人啊，没老人家管着，还能嫁得更好。"

又没有多难，早晨起来上船，到了那边，还来得及在香港喝个早茶呢。

潘寿仪已经紧张得不行了，这些话是不能讲的，连家里人，包括兄弟姐妹也不能说的。大家心知肚明，学游水也是为了防止跳船的时候，不至于沉下去。再说谁知道到时会不会有机会呢，现在到处都在严查呢。她四下看了下说："这种话不要讲了，要去你去吧，我没有资格。"

这时对方已经变得一本正经，严肃地说："什么资格？别摆样子了，到时你就后悔了。在我们村里，除了阿珠，凭样子，你最有资格，过去了还可以去选港姐呢。"

潘寿仪问："哪个阿珠？"随后她看了眼阿珠家的房子。

对方说："是啊，她有文化，生得又靓，哪个不想跟她亲近呢？"

潘寿仪生气地说："她是她，我是我，不要这么比来比去。"

对方说，我再问你一句，去不去吧。

潘寿仪冷下脸警惕地说："我听不懂你讲咩嘢。"

男仔说："再不走，就饿死了，什么都来不及了。如果想学，晚上八点到新桥，我教你。"

到了晚上，月亮升得很高，潘寿仪在院子里走来走去，脑子里一会儿是广播里说的那些被抓到的人，一会儿是游在水里的年轻人。她早已经知道有这个，只是不敢去，也没人主动和她说这个。哪怕不去那个地方，只要想到很多年轻人聚在一起，心就已经痒了。那里面还会有谁呢？肯定没有那个装正经的陈炳根。

潘寿仪在院子里走来走去很久，始终没有走出这个院子。整个晚上都被她耽误了。她在心里想，怎么没有人过来拉着她跑呢，力气特别大的那种男人，让她犹豫不决。她的脑子里首先闪过的是华哥，可是又不敢确定，这个人每次与她说话都像是喝了酒，也许醒后就后悔了。

虽然没有去游水，可潘寿仪比那些游水的人睡得都晚。她不断地在床上翻来覆去，感觉这些人全部跑了，会不会把她一个人扔在万福。到时，她怎么办呢？她已经想到自己孤零零一个人的样子了。她太不喜欢那种被人抛弃的感觉了。接下来，她就这样一直想啊想，直至听到远处有人在说话，才强迫自己睡。不然的话，她要发神经了。她听家里的老人讲过，祖上就有个女仔特别爱想事情，什么都想，有时甚至像是开了天眼般，看见了一切，让整个村里人怕得要死，不得不躲着她。被她看过的人会生病，会遇上各种倒霉的事。有能力的人会在夜里跑掉。可每次谁家有人跑的时候，一旦被这个女性前辈知道了，她都会跑过来，站在村口送。她的送非常之特别，比如大笑，谁也劝阻不了。所以村里人离开的时候，多数人会选择天亮前，人最疲倦想撑也撑不住的时候。此女前辈突然去了马来西亚，后来在香港做了自梳女。最后熬不住了，又想转回头嫁人。可是万福村的长辈们害怕她带给村里灾难，各个拿了棍子将她赶走。最后这女人终于疯了，离开了万福，后来去了哪里也没人知道。潘寿仪想到这些，觉得想事情是害人的。包括脑子里存过那些男仔，她都想全部洗掉，不让他们在脑子里发酵，变成了捆住自己的人。可是她总是控制不了自己。

就这样想着想着，她把自己的脑袋变成了一锅浆糊，浆糊变成了小星星，一闪一闪。不知过了多久，睡着的潘寿仪突然听见了门吱的一声响了下，随后是一个黑影闪进来。然后，借着月光，她看见黑影向前挪动，接着是里屋门被推开的声音。潘寿仪屏住了呼吸，她不敢相信是墙那边的家姐潘寿娥。如果真是她，这家伙藏得也太深了吧，还口口声声教育别人，太虚伪了。

再次想这个事的时候，她已经躺在了华哥的身边。潘寿仪百感交集。

5．海上飘零

闷了一整天，到了晚上，阿惠大舅潘寿良突然跑过来说要和陈年说说话。两个人都快醉的时候，潘寿良说："你不要为这些小事烦，先把你老母送回去。等过些时候，我陪你去接他们过来玩，去香港我家里住。"

"唉，你看起来不像阿如说的那样没钱，你是真有钱啊，什么事情都用钱来摆平。"

潘寿良愣住了，只好转移话题。他说要求陈年帮忙，给个处理房子的意见。潘寿良说："现在搞成这个样子，我不知道会不会给后代留下麻烦。"他找过陈年写信给潘寿娥，把事情的来龙去脉交代清楚，他觉得自己对不起这个细妹。他说，"我能想到，但不会说，更不会写了，太多年没有动过笔，有些事我也说不太明白，你有文化，可以帮到我的。"

陈年问："我行吗？"

潘寿良说："当然行。"接着他又说，"你们如果结婚我最支持，阿如最心疼我这个老豆，所以我支持她。"

陈年又说："阿如讲这个家你说了不算的，各个都很自私。这个大屋是你辛苦赚来建的，不应该分给别人。"

潘寿良说："我们家里的事情太复杂，真是一言难尽。我觉得自己不像个男人，什么都没有做好。"

陈年说："您在阿如心中非常了不起，受了那么多的委屈。"

说完这句，陈年突然犹豫了，他发现自己嘴太快，这几乎就是潘寿良的隐私，他说过这件事是想带进棺材里的。

陈年正想着如何把话题岔开，不再说这些事情，毕竟已经是历史。潘寿良已经是六十多岁的人，别人即使再想不开，也会原谅他年轻时的荒唐。想不到潘寿良突然伏在陈年的耳边，一字一句地说："当年，我们这些讨生活的人都有一个共同的名字，叫阿灿。我们是阿灿啊。现在，看着国家强大了，深圳也富起来了，没人再这样称呼了。你知道吗，这边日子过好了，我多开心啊。还有，我那点钱是拿命换回来的知道吧，和深圳这边的人比，我怎么能算是有钱人呢？现在有谁六十四岁还在工地上，早该享福了吧，而我没有，我没有养老金，我要给自己赚养老的钱。"

陈年说："因为这个才不想把阿如接去香港的吗？"潘寿良点头说："是，也不全是。""他们当年回来，才留住了这边的家是吗，否则想回也没有办法了对吗？因为您对大陆有信心对吗？"

听见这话，大舅潘寿良停了半晌，情绪才算稳定，他摇着头道："我不知道这是错还是对，我真的不愿意别人问这件事，也不想告诉女儿。那一年我做的那个小生意失败了，可是我不敢告诉家里人。如果他们留在香港，可能全家要饿死。我跟这边人说，我不想回来，我找的理由是万福人不爱排队，公共场合说话大声我受不了。可是你好好想想，我受过那么多的苦，这些又算得了什么呢，都是借口啊。"

最后，潘寿良再次提起了那个新闻，说："阿珍脸上的泥是她自己抹的。"他又说，"你应该很清楚这个事，可是不能说破。因为，我对不起她的老公陈炳根，所以我受什么惩罚都应该。当年这间屋是我同意拿出一间房给陈炳根他们用的，后来楼价升得那么快，我后悔了。是我在上船的时候对陈炳根说的，让他帮我看好大屋，说将来建好了也有他的一份。建好之后，本来我先是租给了几个四川人，他们在这里吃火锅，又带老乡过来住，三房两厅每个月800元的租金也收不回来，就只好让阿珠先回来把房子收回来，重新翻盖。而这些事，我不好意思告诉家里人，埋在心里好难受。如果不是出了这个新闻，我也不会告诉你，这些年我被压得快要死了。"

陈年听了，沉思了半晌说："那我也说个秘密吧，否则您将来会说我欺骗你们。"

潘寿良吃惊地看着对方，陈年笑着说："我也算个富二代吧。老爸是我们那个小地方的有钱人，还是个政协委员，可是我不愿意说这件事。我来深圳，除了想看看自己能不能独立生活，还想看看这边的富二代们的生活。"

潘寿良脸色变了，说："后来你就遇见了我的女儿阿如，你想看看她的生活？"

陈年说："最初是这么想的，可是后来我是真的喜欢她。"

见潘寿良惊得说不出话来，陈年再说："有时间我想带着你们到我们老家那边看看，发展得也特别快。对，虽然我母亲那个样子，一是因为她有这个传统，二是我要求她这样。因为阿如太敏感，对自己的身份和钱财这些事情。"

潘寿良陷入了沉思，甚至显得有些慌里慌张。陈年紧急扭转话题，对潘寿良说，"您和陈炳根的事，我还想再听你多讲一点。"

后来见到了陈炳根，潘寿良竟然紧张得说不出话。虽然他一直在心里鼓励自己，可是经历了这么多，两个人都已无法做到。尽管在梦里他总觉得好像有人对他说过回来吧，剩下来的时间我们只谈开心的事。好在还有一个外省人陈年，不然的话，他觉得自己快憋死了。

"我们是同学，是朋友，最后竟然需要一个外省人来协助我们，让我们可以坐下来说句话，你这个80后是不是在笑话我了？"潘寿良对陈年求助的时候，心情复杂，有种酸楚的滋味。

潘寿良面前坐着陈年，他对陈年说，当年我和陈炳根约好了一起练游水。有一次刚下水便被人发现了，我护着陈炳根，要他快跑，他毕竟是村里的队长，被抓到了不知道会怎样。后来，我们在晚上转到了沙一村去练，那里有条河。每天收工之后，我们一前一后偷偷地溜过去，我负责掩护。逃跑前一天晚上，我们喝了点酒，还结拜成兄弟，说好了不管谁游过去，都要管另一个人，负责过来接对方。如果实在没办法过去，留在深圳的一方就要帮着对方照顾好他的一家老小，尤其是把老房子看好、守住，免得将来回来的时候连个放身子的地方都没有。我们游水练习了几个月，其他人是用轮胎，或者海绵做的枕头，还有的是用空油桶。而我们做的准备最充分，联系了一条船，不担心会过不去。再说那个时候我们还那么年轻，什么都不怕。倒是那一阵子总是有警车开过的声音，严重的一次还拉了警报，很吓人的。他们放出了狼狗，在路上，谁见了都怕得要死。过了半个月，大家都不敢提这事，所以游水后来也断断续续了。

潘寿良说："那次陈炳根好像下了很大的决心，这样一来，我和阿珠只能跟上，至少不能拖后腿吧。就是为了这一天，我们准备了那么久，打探过很多地方。蛇口，就是现在的深大；基围，也就是现在的海上田园，想不到最后还是出了意外。上船前我们在芦苇丛里待了差不多10个小时，等到天快亮时，才听见不远处的蛐蛐声，那是出发的暗号。带着我们的蛇头再收了我们每个人两百块钱，才让我们下了水。

"接上头，才发现并不是我们之前联系的那条船，村里几个熟悉的人也走散了，连陈炳根也在突然跳船后不知所终。船上的人彼此都看不清脸。真的没有想到，船载不动了。蛇头黑着脸，指着浑身还滴着水，瘫倒在船尾发抖的潘寿娥说，你，马上下去，再不下，大家都得死。

"破船颠簸了多久没有人记得，当时下着大雨，电闪雷鸣。后来还爬上来一个，这人先是游到了江门糖厂，见到灯光太亮，还以为到了，上岸后发现不是，又重新下水，才遇见了我们坐的这条船。可是这时我们身上带的用猪油面粉做的饼已经差不多吃完了，没有人再有力气，都以为活不了多久了。过到香港后，我本来是要回去接陈炳根的，如果没有他掩护，我们确实过不去。一个人要管另个人，这个是我和他的约定。可到最后却是我没有做到，我怕死啊，怕他万一不想去，揭发我怎么办，毕竟我老母和大妹还在这边。只好不联系，装死，这样村委就不会追究家属了，老妈和细妹还有其他亲人便不会被拉出去问话。我知道那种事情会把孩子们的前途毁掉的。那个时候揭发就会立功，谁知道他会不会这么做，我担心他也很正常，毕竟村委在那个时候准备培养他、提拔他了。谁不愿意进步呢？那个时候，我自己都没有钱，没有饭吃，哪儿有胆量接他们过来呢？那个时候只好托蛇头给万福这边传话，暂时不要与我联系，等方便的时候我自然会想办法。"

6. 揾工（找工作）

下船之后，阿惠的大舅和二舅还是无法确定是否真的到了香港，到处黑麻麻的，没有灯光。终于听见有人说话，说这是香港的农村。想到不能在岸上停留太久，担心被警察找到，他们只好回头在草丛中困了一整天，被虫子咬了一身的包。到了晚上体力还没有恢复，但也只能行动了。担心有人过来找麻烦，或是那边追上，只好在山边观察，到了街上没有行人的时候，才开始上路。绕了一大圈，兴冲冲的几个人走到屯门便再也走不动了，找了一处山坡，横七竖八躺下了。也不知睡了多久，醒来之后，看见太阳正明晃晃地照着自己，每个人已经不能再睡，吃了一些带来的番薯饼后，作为老大的潘寿良说，我们分头去看看哪里可以做事，再拖下去谁也活不成了。潘寿良约好了大家晚上在原地集中。

不到一个小时，几个人差不多同时回到了山边，最后的结果发现工地被人抢占了，到处都是大大小小的帐篷和临时支起的铁锅。工地上有的人讲潮州话，有的讲湛江的雷州方言，另外一些则是看起来老实文弱的客家人。于是潘寿良说不如还是去最近的这个工地吧。

在万福，潘寿良、阿珠平时都是白话（粤语）和客家话混着说。潘寿良本来想用方言找找老乡然后打开打工的门路，可是完全不行，他们的语言很容易被人识别。用工友的话说，万福人的话是舌头出了问题的人讲的，好像舌头被烫伤了而不能卷曲。那些搞工程的湛江人用他们自己特有的白话，让他走远点，不要在这个地方。见潘寿良几个人还在原地站着不动，讲白话的便带着几个人，黑着脸过来。他们先是扯了潘寿仪的衣袖，做出要打人的样子。潘寿良理解这些工人都在护着自己的地盘，不让别人进来。这样一来，他很是绝望。他望着夕阳，生出伤感，他真的有点想念万福了。原来香港并不是他们描述的那么好，所谓的遍地黄金，每个人都可以吃上白米饭都是假象。

折腾了几天之后，带来的干粮已经吃尽了，他们总算是找了个地方干活。只是连工钱都没讲好，对方便又赶着他们去运沙子了。几天下来，几个人累得筋疲力尽。潘寿良心想做了再说，至少有个地方吃饭喝水，安下身来，先缓过神，只要没死，就不怕。

潘寿良只好继续厚着脸皮对湛江人说："老细（老板），以后我们都听你的。这一周有口吃的就行，不然我们兄弟就活不成了，又要睡到山上了，我们这里还有妹仔，如果让她们挨着你们的铁皮房睡下，也算是安全的。"他担心山上遇到野兽和蛇，把这些话在几个工地说了，都被赶了出来。最后绕了几圈，只好又找回湛江人当包工头的工地上，见他已经被晒得快虚脱，湛江人递过来一碗水，说："过来试试吧，这几天没有工钱领。"

潘寿良听了，高兴得差不多哭了，他不断地说："多谢！多谢!"

潘寿良、潘寿成几个万福的年轻人虽然讲白话，可是这种白话，有点怪，跟香港人那种软软的白话不同。他们声音生硬，每次说话都像是吵架，经常引得别人扭回头看他。有好几次，因为说话的声音太大，虽然是跟自己人说话，潘寿良却险些被打。当时工友们正在排队领饭，潘寿良喊了句潘寿成，不承想迅速就被人盯上了。潘寿良也没想到会这样，他连忙低下了头。可是那些拿着饭碗的人，眼睛却像钉子一样，容不得他动弹。潘寿良只好给自己解围，说，我还不饿，不吃了。可是话说得太迟，他便已被一群人围到了角落里，最后似乎连呼吸都困难。潘寿良生得矮小，架不住被人这么围困其间，他知道自己可能将要被人打。潘寿良蜷缩着身体，等着木棒和拳头落下。这时，他突然听见阿珠在远处骂他为什么不去吃饭，声音嘶哑，烦躁，用的是土话，意思是已经打好了饭，还不快吃，难道还要老娘喂你呀。潘寿良明显发现阿珠换了个人似的。可是他已经被人围住，动不了。很快，他便听见阿珠从远处奔跑过来的声音，她拉过潘寿良说，潘寿良，叫你不应我，什么意思嘛。我找你还有事怎么忘记了。说着她把潘寿良强行拖出了人群，身上还被什么人来回推了几次。阿珠像是什么事也没有发生一样，脸上笑意盈盈。这样的情景被一旁拿着饭盆的雷州人阿辉看到了，笑着说："还是有女人好啊，生得很靓呀妹子，啥时候，你也给我打个饭呗。"

阿珠低着头脸已经羞红了，潘寿良见了前面故意拦路的阿辉，说："兄弟，你不能这么讲话，让女仔多难为情。"

这时潘寿成走过来，他瞪着眼骂了句闪开，你胡说什么，随后推开了阿辉的手。

见此情景，阿辉的老乡不干了，骂道："你敢推我大佬！还有你，矮脚仔凭什么呀，刚到就有这样年轻漂亮的妹子侍候。我大佬过来四年了，还没沾过荤呢！你懂不懂事，如果懂，应该知道让出来吧。"

潘寿良低着头不说话。

倒是潘寿成急了，喝道："你说什么呢？"潘寿成抬高了下巴，问对方。对方笑了，说："我就这么说了你能拿我怎么样吧。"说话的人脸向前伸着，说："让这位妹仔帮我大佬去洗衣服，搓搓背，就是那一间。"男人指着不远处一个门口支了锅的铁皮屋。阿珠见状，说："好的，我有时间就去。"想不到挤到前面的潘寿成这时不干了："你为什么要去，怎么那么贱。我告诉你，他就是欺负人，拿钱来都不给他去洗他的脏东西。"

阿辉说："脏东西？你真敢说呀。"

潘寿良低着头，低着声音说："大家都出来打工揾食，都不容易，互相让一步吧。"

这句话是个导火索，瞬间点着了雷州人的情绪。阿辉说，你刚才说谁的东西是脏东西？阿辉伸手来抓潘寿成的衣领，我让你知道什么才是脏。说完，阿辉的另一位同乡揪住了一旁潘寿良的头，强摁到自己的脚上说，对了矮仔，今天这事是你引起来的，你是不想在这儿干了吧。你知不知道你这份活是这位妹仔求了我们家老大，答应给我们家老大洗衣服做饭，开工的前三个月再从工资里抽出一部分才换来的，还有什么条件我就不知道了。

一旁的潘寿成向后面退了半步，盯着阿珠，他没有想到这份工原来是阿珠这么找的。潘寿成问："阿珠，是这样吗？"

阿珠听了，低着头，不说话，潘寿成见阿珠这样，气得推开阿辉和一个万福同乡，走出人群。

潘寿良也从地上跳了起来，瞪了一眼阿珠，笑着道："原来这么回事啊。"

晚上潘寿良没有吃饭，躺在工地后面，手托着脑袋，脸对着天。半夜的时候，才被阿珠和潘寿成推回了铁皮屋，进了屋子，黑着脸的潘寿良躺在铁架床上，还在生气。他的脑子乱得要命，今天的事情搞成这样，尤其是阿珠的态度让他难受，好像在大家面前，打了他的脸。倒是潘寿成这回劝大佬了，吃饱饭要紧，你想那么多做什么，我们要填饱肚子。

潘寿良说："我不饿。"

潘寿成说："我知道你不喜欢她做那样的事。"

潘寿良说："不是这个意思。"

潘寿成说："你的心思我还不知道吗，你不高兴，可白天你怎么不说话。好了，管她做什么，我们现在最要紧的是活着。"

潘寿良抱着头说："怪我没本事啊！"

潘寿成说："书读多了是不是，酸了吧唧的。再说了，她又不是你的女人，爱做什么就做，关你咩事。"

时间又过去了半个多月，工地还是没有说到发钱的事，只是一日三餐还有得吃。潘寿成提出让阿珠去要钱，没有办法，潘寿良只能装作没有听见。

事情过去了几天，潘寿良终于拿了100多元港币回来，说是工钱。他猜到是阿珠去找了人，只是不好意思提。潘寿良不知道阿珠领了多少，想问又不敢。私下里潘寿良担心这个地方干不长，把潘寿成派出去重新找工。可是潘寿成找了几天连个人影也没见到，只是回来向他要了一次钱就消失了。潘寿良非常着急，又不知道怎么办。他担心这个细佬出去惹了祸。之前在万福的时候，潘寿成就是这样，在外面打过架。潘寿成的心非常大，有一次头上流着血，老豆还要打他。可他绕过桌子，拿了上面的一碗稀饭喝了起来，气得老豆的棍子不知道该不该落下去。

大舅等二舅到第四天的时候，已经想把工辞了，他担心大头虾一样的潘寿成不知深浅地在外面惹事出了意外，又不敢跟潘寿仪和阿珠去讲。这时潘寿成回来了，原来他没有去找工作，甚至连屯门都没有出，而是躲在不远处，不敢回来。后来索性把剩下的钱买了酒，喝醉了躺在树下睡了两天。

本来想攒点钱，支持另一个人换个地方找工，又被细佬潘寿成在街上打扑克输了。为此，兄弟两个人，站在大街上大吵了一架。这时潘寿成已经醒了，只是酒气还没有散，他嬉皮笑脸地对着一脸杀气的大佬说，用得着脸色那么难看吗，我就是想试试手气，如果赢了，就改善一下伙食，买点肉吃。太长时间没吃肉，实在没力气干活儿，头晕眼花，脚底总是打晃。潘寿良一脸愤怒，向着细佬潘寿成吼道："你干什么活了，让你去找工，什么也没找到，还把钱输了，你为什么还有脸活，怎么不去跳海呢？"

潘寿成讨好地说："不就是想多赚点钱，你在工地上累死累活，有什么意思。"

潘寿良吼道："你看谁赢过！"细佬说："我看过呀，昨天就有人拿了一大笔钱。"潘寿良骂："那是几个人合伙骗人的，托儿知不知道啊。"潘寿成也来了气，道："那也比现在好，再过两天我就撑不住了，还不如不来。"潘寿良说："谁让你来的，是你非要吵着过来的。现在撑不过也得撑，我们回不去的。"

潘寿成说："你不回有你的打算，我跟你不一样。"

潘寿良不解其意，问："什么不一样？"

潘寿成哼了一下："我是说阿珠，你如果回去，还能跟她在一起吗？她可是陈炳根的女人，别以为我看不懂。"

"你！"潘寿良抬起了手，想要打下去，见潘寿成不躲，他更气了。

说完，潘寿良气呼呼地调头往回走，潘寿成见了，只好跟着大佬潘寿良回去了。他知道自己错了，于是跟在大佬身后回到工地上，拿了毛巾，走到冲凉房，给自己接了桶水，举过头顶，淋下去。这时大佬潘寿良进来说，给你留了碗米饭，快吃了睡觉吧，别搞那么粗鲁吵到别人。潘寿成也不应，出门时，毛巾搭在了潘寿良肩上。潘寿成听着远处的水声，愉快地吃空了一碗红薯饭，尤其是筷子触到碗底的咸鱼时，心里暖暖的。他知道这是阿珠给大佬留的，脑子里想着大佬和阿珠的样子，偷偷地笑了。

他想起自己有次开潘寿良的玩笑，喂，我觉得阿珠和你倒是蛮配的。潘寿良瞪了细佬一眼："不要胡说，饭还堵不住你嘴。"

潘寿成看着大佬的背影不说话，他觉得大佬太傻，如果是他早就办了事，给对方一个措手不及。他不喜欢陈炳根，他耍滑头，玩心计，去了村委帮忙，连同学也不讲一声。

这一刻潘寿良黑着脸，低沉着声音道："不要胡说，她和陈炳根是订过婚的，你也知道。"潘寿成说："那又怎样，他人又不在。"

潘寿良说："不在也是他的人。"

潘寿成撇着嘴说："你真是番薯脑袋，他就是个官迷，大把女人想跟他好呢，他不上船，是要立功呢。你不好好待自己，这个时候还要帮着他。他当村长时，怎么不为你着想呢。"潘寿良说："他是应该当的。"潘寿成说，什么叫应该当呀，你们是同学，成绩不相上下，凭什么是他。阿珠也是你的同学，凭什么一定是他老婆。

潘寿良愣了下，才降低了语调说："阿珠从来没有喜欢过我。我如果那样做是不负责任。"潘寿成撇了嘴说："别装好人了，虚伪，这才是负责任好吗。说不定陈炳根早在那边和人好上了，他是村长，看上谁都是谁家的荣幸。"

潘寿良说："闭嘴，他根本不是那种人。"

潘寿成说："那他怎么就不过来了，当时答应得好好的，现在人影都不见一个，把你这个当年的竞争对手送到这边，他彻底安心了。以后，他可以心无愧疚，没有任何障碍地去当村长、乡长，然后再升到县长。大佬啊，你太傻了。"

潘寿成咧开嘴笑了："饭是太少了，几口就没有了，见碗底了，下次你让阿珠跟师傅说说给我也多盛点。她最会搞关系了，什么男人见到她腿都软了，会乖乖地顺了她的意。"

潘寿良瞪着潘寿成："细佬！你不要太过分！"他气得瞪着眼睛扬起手，做出要打潘寿成的样子。

潘寿成讨好地笑了，说："行了，大佬，你这辈子都没有打过人，就不要表演了。我看你情场得意的分上才说你，平时看你的脸黑得像包公似的，不想讨没趣儿。"随后，又说道："我真的看见阿珠给那个砌墙的师傅塞了烟丝的。"潘寿良说："那是为了你。"潘寿成说："为我？我有啥事要找砌墙的。"

潘寿良说，你这么大的一个人了，不学点技术呀，就一天天在这里推沙子，要干到老吗，这么干啥时候能娶上老婆？

潘寿成不说话了。我还是喜欢油漆，每天涂红的绿的，心情好。潘寿良说，这个你都要挑。

潘寿成也不辩，做了个鬼脸，跳上铁架床，很快便传来了他的呼噜声。

潘寿良挪了下身子，沉思起来，他的脑子里想的是前一晚阿珠对他说的话。

阿珠是半夜的时候过来找潘寿良说有事的。其实潘寿良是有些感觉的，因为整天阿珠的样子都有些怪怪的，心事重重。

潘寿良就跟着阿珠向她平时睡觉的地方走。一路上潘寿良有些紧张，他不知道阿珠要说什么，他最担心那个叫阿辉的人，又扣了阿珠的钱。

阿珠突然停下脚步低着头说："潘寿良，我肚子里有了陈炳根的孩子。"

潘寿良听了半天不会动弹，显然，他被吓住了，以为在做梦。他缓缓地抬起头呆呆地看着阿珠，他的大脑一片空白，已经说不出话来。这时两个人走到了工棚的门口。

潘寿良站在门口停住了。阿珠说进来吧，今晚就我自己。

潘寿良一时半会儿不知道要怎么答，被阿珠拖进了铁皮房后坐也不是站也不是。像是早已经准备好，阿珠递了一个水烟筒过去："这个本来是我给陈炳根做的，给你用吧。"

潘寿良愣了下，拿起来，又放下，他的手有些发抖。是阿珠帮着装上了烟，点着火。潘寿良接了，才吸了两口，便呛得流出了眼泪，完全说不了话。接着又咳了会儿，静下来，潘寿良说，好事，恭喜恭喜，我为陈炳根要做老豆了高兴。

阿珠哭丧着脸说，这个时候你还这么说，你什么意思！我都愁死了，现在可怎么办呢？再过一个月就藏不住了。

潘寿良拿着烟壶狠狠抽了两口，这回他没有咳嗽了。他望着黑麻麻的窗户说，我也不知道怎么办，现在阿根联系不上，也不知道什么情况，我又没办法回去找他。潘寿良低着头看着地，从来没有遇过这样的事，他也不知道该怎么办，尤其是遇到阿珠怀孕这样的事情。

潘寿良第一次觉得这条路特别长，他不知道自己是怎么走回住的地方，又是何时睡着的。睡梦里他喊着："阿珠别怕，别怕，有我呢。"被潘寿成听了个满耳，他躺在床上笑着，心说嘴硬骗我，我又不傻，早看出来你们两个人的事。

天刚亮，阿珠便跑到工地上做事。两个人各推着一车沙碰面时，潘寿良想起昨晚的话，责怪道，太辛苦了，你不应该这样。阿珠说，我是怕再过段时间做不了事，趁现在多赚点钱。

潘寿良说，这样很危险，对肚里的孩子不好。

阿珠说，我就是想危险，没了才好呢，我也就不用怕了。潘寿良说不要讲蠢话，不会的不会的。他边说边抢过阿珠车上的一桶水泥粉，提起来，向搅拌机的地方走去。阿珠在后面远远地望着他，再看看自己衣服下面微微鼓起的肚子。

潘寿良几次通过蛇头捎信到万福，叫人带话给陈炳根，说，阿珠快生了，让他快点想办法过来，可都是石沉大海。潘寿良心里很气，骂，陈炳根，你还是不是个男人了，敢做不敢当。他又不能把话直接告诉给阿珠，担心影响了她的心情，只能干着急。

所有人都不知道当晚的陈炳根推了船一把之后，小腿便受伤了。

这一年，村里走掉了200多人，上半年70多人，下半年130多人。

陈炳根的脸一直对着潘寿良和阿珠，他最后的印象是阿珠因为晕船刚刚吐完，没有力气，正伏身在船上，看不清她的脸。除了潘寿良睁大了一双惊恐的眼睛看着陈炳根，并没有人知道刚刚发生了什么事。那时陈炳根突然跳下小船，随后，他用力推了一把小船后，反转了身子并举起了手。

陈炳根被拖上岸的时候，身上的血流了很多，也不知是被树枝刮的还是被什么咬的，火辣辣的，没有痛，反倒有种隐隐的快感。直到上了岸，他躺下来，才觉得自己已经虚脱，根本动不了，也无法说话。经过包扎后，被关进看守所，醒来时，已经是第三天，他被送到了韶关。

等到陈炳根拖着一条残疾的腿出来的时候，已经是深秋了，而他的身上只有一件背心和短裤。路上的人像是看怪物一样，尤其是女人根本不敢直视他。回到村里的时候，没有人和他说话，甚至连看他一眼似乎也不情愿。陈炳根的家里只有生了病的老娘躺在床上。老母见了他，说不出话，只知道哭。陈炳根不敢想去了香港的阿珠，还有他的朋友潘寿良。直到有一次，陈炳根梦里突然出现了阿珠和潘寿良依偎在一起的情景，惊得醒了过来，满头是汗，他已经分不清现实和梦境了。

他并不知道，到了香港一段时间的潘寿良和阿珠也对陈炳根有了看法，只是闷在心里彼此不说破，更不会与其他老乡交流。因为万福那边的人已经传来了，分田到户的政策。潘寿良认为陈炳根早知此事，而不告诉他，把他推到了来香港的船上，纯属别有用心。

至于阿珠为什么也是这种命运，潘寿良一时半会儿想不明白。眼下阿珠说怀孕了，潘寿良突然明白了，这个陈炳根像要甩包袱似的，他害怕阿珠缠上。他没有把自己的想法告诉阿珠，担心阿珠会认为他心胸狭隘。

大舅潘寿良不敢与阿珠交流，他担心阿珠会当他是小人之心，和陈炳根一样，不想管她了。

潘寿良考虑了几天，没有别的办法，想着不如先熬过这一段时间再说。去医院的钱肯定是没有的，于是在临时搭建的铁皮屋里住了下来，等待阿珠生产。煮饭的阿姨之前帮别人接生过孩子，这次已经答应帮阿珠。

阿珠没有初为人母的高兴，而是忧心忡忡，她说，不知还要等他到什么时候。

潘寿良不知道怎么答，只好说，不要太着急，再等等吧。两个人都不再提陈炳根的名字，而是用他这个字来称呼陈炳根。

阿珠说，潘寿良，我有困难，你愿意帮我吗？

潘寿良说，我愿意啊，你为什么这样说话？

阿珠憋了半天才说，你愿意做这个多余的没人要的孩子的老豆吗？

潘寿良听了，脸瞬间涨得通红，脑子也出现了空白。他一时间百感交集，不知道是高兴还是忧伤，同时还像是被人用棍子打晕在地，他觉得自己正在慢慢地失去了知觉。

潘寿良结结巴巴地说，什么没人要啊，不能这么说吧。

阿珠说，你都不愿意要。

见潘寿良沉默，不表态，阿珠突然手捂着脸哭了起来。近半个月，工地上有几个眼尖的女人已经发现了情况，后来连上了年纪的男人也私下开始议论。各个都知道在香港出生的孩子可以取得落户的资格，只是没想到阿珠真的有了，刚来的时候还说是未婚的女孩子呢，人不可貌相啊。于是工友一个个肆无忌惮地盯着阿珠，有的已经敢当面议论；有的更大胆，直接问阿珠一天到晚帮人家洗衣服，是不是怀了个野种，太多人了，一下子找不到爹了。阿珠不说话，也不敢把这些闲言碎语告诉潘寿良，只能流泪。

7. 怀孕

阿惠的二舅潘寿成知道阿珠有了身孕后，嘲笑大佬，怎么人家有了就不敢认了呀，还是不是男人呀。

潘寿良气得说话结巴，说："你知道她的情况，她是想攒点钱，还有是为了让你学点东西。再说了，如果没有她当时去帮人家，我们会留下来吗？我们连个落脚的地方都没有。"

潘寿成说："你的意思是她肚子里的孩子是为了我们兄弟两个找工作才怀上的？"

潘寿良狠狠在地上跺了下脚，叹了口大气，他没办法和潘寿成讲出实情，如果说了，就变成阿珠没有结婚就跟男人生孩子，将来她和孩子都难以生存。

　　听了细佬的话，潘寿良苦笑，低着头，拿着盆子去洗衣服。他觉得眼下真的别无选择，他没有办法丢下这对孤儿寡母，也不知道接下来该怎么办。他觉得自己也不过是个大孩子，最多也就是个潘寿成、潘寿仪的大佬，很多事情都不知道怎么办。过去，他在梦里幻想过与阿珠在一起，但绝不是眼下这个样子，应该是那个清纯的阿珠，而不是大了肚子、蓬头垢面、脸肿得无法辨认、要利用他男人身份的一个女人。他想啊想，不知道应该怎么办，最后只好找潘寿成商量。

　　刚走到门口，便听到潘寿成与工友喝着酒说话的声音，他说："我大佬才是老谋深算呢，不只来了香港，还把对方的女人搞大了肚子，这让我佩服得五体投地。"随后，是几个人的笑声。潘寿良已经听不下去了，推开门，对着潘寿成说："你出来。"

　　潘寿成看见潘寿良说："怎么了，我没喝完呢！你也进来坐下来喝一杯吧。"

　　潘寿良冷着脸说："没喝完你也出来。"

　　潘寿成刚一出门，潘寿良就抓着细佬的衣服，压低了声音说："告诉过你的，不要乱说话，你是不是都忘干净了。"

　　潘寿成嬉皮笑脸地说："大佬你就别装了，你从小就爱装，把家里搞得跟庙似的。你跟老母一样，喊我们的大名，搞得好像我们不是你的细佬细妹一样。你跟家里人也不说实话，你早说的话，我也是可以帮你的嘛，早就看出来你的心思。"

被潘寿成一问，潘寿良突然忘记自己来干什么。他问："我什么心思。"

潘寿成说："你喜欢阿珠又不敢说，想当村长也不说，不过现在我服你，干得真是漂亮。"说完，潘寿成在夜空下向大佬伸出了大拇指。

潘寿良被气得干瞪眼，说不出话。

潘寿成不理，继续说："虽然你打过我，骂过我，可是我服你。我心目中的英雄就你这样的，做细佬的我服了。只是你应该敢做敢当，不要让我的阿嫂阿珠每天哭哭啼啼，心事重重的样子，连我这个细佬看着都心疼。"接着，潘寿成反倒像大佬一样，上前一步，拍了下潘寿良的肩膀说："其他不讲了，我今后就叫她阿嫂了，不要那么别扭。这样的话，我的衣服也有人洗了，打饭的时候，我也能多一点点了。总之我不算欠她人情了，这是她作为阿嫂应该做的事。"

潘寿良说，你自己没长手啊，她现在这个样子你能让她做这个事吗？潘寿成笑说："行啊，马上就暴露了吧，我只用了一小招就露出马脚了。她是你老婆，我也是你亲细佬啊。"潘寿良说："我是说她现在的情况不适合，要养好身体。她这种情况，你怎么让她做。"潘寿成说："我又没有说现在呀，就是疼老婆也没这样的吧。告诉你，现在有人给我洗衣服，我才不用她呢。"潘寿良说："不要胡说了，还有谁给你洗啊。"潘寿成说："我为什么要告诉你。好了好了，不说了，我还要去喝一杯呢。"

潘寿良说："你怎么又喝酒呢，不是说不喝了吗？"

潘寿成转回头说："多久没有这么高兴了，高兴还不能喝酒，不能说话了呀。"

回去的路上，潘寿良想着潘寿成的话，忍不住想笑，他也不清楚为什么会这样。见到路边的木棉树，他伸手摘下一朵，凝视了一会儿，然后放在手心里，捂着，并带回阿珠的住处。他在门口听了下没有声音，只好又轻手轻脚地退回到路上，转回自己的宿舍。

是阿珠让潘寿良快点搬过来住的，不然，这个事情就会装得不像。潘寿良和阿珠搬到一起的时候，阿珠的肚子已经非常大了，走路时都需要扶着腰。到了晚上，两个人只能一个在大床上，另一个躺在地上的草席上说话。说的无非东拉西扯，不说同学的事，因为只要说到同学就会说到陈炳根，两个人都有意回避。在这间临时搭建的铁皮房里，两个人本来相安无事。潘寿良穿着衣服睡在不远处另一张草席上也是天下太平。只是有次阿珠睡到半夜，突然大叫起来，说什么东西爬到自己肚子上了，吓得潘寿良也坐了起来，蒙蒙的不知道东南西北，不断地问怎么了怎么了。他急忙开了灯，只见一只老鼠从被子上面跑开。阿珠摆着手说关了关了，眼睛刺得疼。潘寿良听了，吓得赶紧关了。房间安静了会儿，可以听见远处有海涛声。又适应了一会，潘寿良发现阿珠裹着的一个床单，已经被她拧着一团，全部挤在了肚子下面，大半个身子露在外面。潘寿良慌了，他根本没有想到会看到阿珠这个样子，吓得不知道怎么办。阿珠见潘寿良这个样子，把脸埋在手里哭了。潘寿良还是不敢上前，也不敢说话。直到阿珠说，潘寿良你过来吧，就睡在我这边，我好害怕，刚才就是它在我肚子上走来走去。潘寿良轻轻地走到阿珠的身边，没有脱衣服便直直地躺了下去。原来在自己的席子上还可以翻身，手也可以枕在脑后，或者垂下来，现在，他只能僵硬地躺着，连呼吸也不敢大声了。

阿珠似乎很累了，很快便睡了过去。潘寿良两眼看着天花板，一夜无眠。天亮的时候，眼睛已经布满血丝。他索性不睡了，很早便出去给阿珠打水，在借来的一个煤气炉上煮稀饭。到了上工的时间，整个人恍恍惚惚，像是站不稳了，满脑子全都是阿珠雪白的身体。只是这身体是庞大的，变形的，甚至是没有任何美感的。她的身体里还有另外一个小小的身体。对于潘寿良来说，眼下的阿珠像是一只玻璃制品，不能碰。

这一天晚上9点刚过，潘寿良便扶着阿珠躺下，帮她盖好被子，正准备拿了盆子去洗衣服。

想不到，阿珠突然抓着潘寿良的手，强硬地放在自己的肚皮上。潘寿良吓得心快停止跳动了。很快，他便感受到了手在跳动，那是肚子里的小东西。随后，阿珠拉着潘寿良的手，向下，再后来，潘寿良整个身体肿胀得不行了，头已经晕得不成样子，完全失去了知觉般，连手也不是自己的了。阿珠把整个身体贴过来，她叫潘寿良把衣服脱了，说，你穿了衣服睡觉不卫生。潘寿良嗯了一声。他不知道是怎么把自己剥干净的。潘寿良的手触到了自己好兄弟的女人阿珠的身体时还是被强烈地电击了一下。他本以为自己会没有感觉，想不到是那么震撼。潘寿良心里想着我就是要保护这个女人，陈炳根你又有什么办法呢？阿珠差不多把身子贴在他的身体上说："潘寿良你得帮我啊。"他全身好像是煮水一般，彻底沸腾了。他会心地笑了起来，他的主意已经定了，决定让阿珠没有后悔的机会。陈炳根你想拿我怎样，你什么都赚到了，团委书记，生产队长，村长，然后是阿珠的男朋友，你能给我留点吗？最后，他非常不情愿地想起对方的出身，你身材比我高，学习比我好，就可以欺负我了吗？想到这里，潘寿良似乎明白什么。接下来的时间里，他虽然不敢正眼看阿珠，可是他已决心要得到她。潘寿良心想，是你陈柄根把她推上了船，推给了我，那就不要怪我了。凭什么你都能得到，而我还是一个穷得只能跑到香港去讨生活的流浪汉。凭什么你可以老子天下第一似的，万福村是你的，最美的阿珠也是你的，连我眼下上了这个船好像也要受你的恩惠。现在我还偏不，我非要把阿珠娶了，气死你，让你在万福生不如死。你想做可以高高在上的大佬你就在万福做吧，我就是要让你从此失去所有。想到这里，潘寿良把手伸得长长的，去搂阿珠……原来这是他刚才做的一个梦，潘寿良醒了。

天已经亮了，潘寿良躺在地上傻乐，刚刚做了一个美梦，一切像是真的。

孩子出生时，潘寿良特别开心，好像这孩子是自己的一样。他觉得这孩子是在没有出来之前和阿珠在梦里就做了那个事，理应就是自己的骨肉。他摸着小家伙的手，把他放在自己的脸上面。在阿珠转过身的时候，他偷偷亲了一口，并在对方耳朵上说了句，叫老豆。

阿珠见了，噘着嘴："你怪怪地讲什么呢？"

潘寿良说："没有啊，我什么也没说呵！"

当初老母潘寿娥死都要和华哥好，遭到全家反对，尤其是潘寿良。他认为华哥做好哥们可以，可做妹夫不合适。他认为华哥公子哥本性，嘴也花心也花，劝潘寿娥与这个人保持距离，他担心这个人没安什么好心。果然，后来他和潘寿娥好了一阵子却不想结婚，是潘寿成偷偷拿了菜刀威逼，华哥才同意和潘寿娥结婚，而这些事没有其他人知道。想不到，很快便有了去香港的事。因为潘寿娥被蛇头赶下船，华哥到了香港便与潘寿仪好上了。想来潘寿娥是白忙了，命该如此。用她的话说就是上辈子潘家人欠了华哥，才要两姐妹来抵账。

老母潘寿娥离开万福后，家里只剩下外婆了。潘寿良担心老母在万福受连累，只好找人哀求老母到香港与他们兄妹汇合，当时七十岁的老人在香港可以领"水果金"。

这一走便是四十年，潘寿良以为老母早已经习惯了那边的生活，不再想着回来。想不到，她最终还是有回万福的这一天。

大舅潘寿良获得第一瓶 XO 的时候，脑子里闪过陈炳根，潘寿良想念这个兄弟。他其间回去万福几次，都没有见到陈炳根。他知道对方正躲着他，当然他也不敢见陈炳根。自从他发现阿珠对他不再关心，态度发生了变化之后，便想到是阿珠真的不再需要他了。两个人的缘分应该尽了，到了把阿珠还给陈炳根的时候。试探了一下让阿珠先回万福的事，她像是早有准备，表现得非常开心。潘寿良的心凉了，阿珠竟然连反问潘寿良一句都没有。潘寿良只好对阿珠说："房子没人住会坏掉的，而且也会被人占了去，如果你想回，可以在祖屋住，到时花些钱翻修一下。"阿珠听了，果断地说："可以。"潘寿良听后，心里不舒服，本以为阿珠会拒绝，可她不但没有，反而提出，如果回去就要带着潘田。潘寿良明白了，这么多年过去，阿珠还是没有放下陈炳根。他觉得自己好失败，白白浪费了一片真心。他帮着她养了这么多年的儿子，却什么好处也没有得到，有一次潘田竟然还要对他动手。问阿如意见的时候，阿如不说话，显然是想跟着老母又不想得罪老豆。她很为难的样子。潘寿良看不得女儿这样，主动提出让阿如跟着回去，也帮着老母在村里做点事。见阿如愉快地同意了，潘寿良心里疼。这么多年，他已经分不出哪个是亲的，甚至潘田还会让他付出更多一些。他希望阿珠能够不舍，或者拒绝。可是潘寿良明显看到阿珠已经欢天喜地了。前几次回去的时候，她从万福带回些吃的回来，明显认为万福的东西更好些。那一次，他在村子里走了一圈，没有见到认识的人，只有一个在街角晒太阳的阿婆，是他小时候就见过的，他很吃惊她竟然活了这么久。他走到对方的面前，那人完全认不出他，还问，老板你要找谁。潘寿良在商场也转了一圈，通过橱窗他看见了自己，那是一个身材臃肿的中老年男人，似乎比年轻时显得高了一些。他打量自己的时候，发现了镜子里还有另外的一个人，一眼便认出那是陈炳根。

他看见陈炳根也通过镜子在看他。想不到，分离多年的兄弟竟然在镜子里相遇了。

显然两个人是同时认出彼此的。他们没有想象中的握手，也没有寒暄，更没有潘寿良梦里出现过多次的拥抱和喜极而泣。沉默了半分钟，陈炳根冷冷地说了句，回来了。

潘寿良说，嗯，两天了，帮她们收拾一下。

陈炳根除了上眼皮迅速跳了一下，其他表情没有变化，说："哦，好！"

潘寿良怯生生地说："我看了，都很好，应该不需要再做什么了。"

陈炳根说："是的，不需要。"潘寿良鼻子已经酸了，说："我明天一早就回，那边还有事情。"接着他忍不住问，"你怎么知道我在这儿。"

陈炳根说："不知道为什么，只是特别想上来看看。刚下电梯就发现有个人在室内还戴着墨镜，这么热的天还穿着波鞋，便忍不住想多看一眼。"

潘寿良感觉陈炳根每一句话都带着讽刺和报复，他瞬间做了决定，那些话不说了，他晚上就回，连晚饭也不吃了。

潘寿良想，陈炳根你是想用这种方式赶我走吗？他本来是想等等，等到阿如放学后，父女见了面才回。

悲怆的潘寿良想问问陈炳根，你和阿珍还好吗？我告诉你阿珠可一直想着你的。可又觉得太唐突和情绪化，甚至可能会有什么不测，于是把这话咽了下来。潘寿良的眼睛看着窗外说："树长高了，当年种的时候还是一片光秃秃的，连个遮阴的地方也很少。那时，为了这些树苗，我们还特意去东莞拉回来的，现在都长这么高了。"

陈炳根说："你看到的并不是当年的树，这都是后来种的。种树时，全村人都出来了，像过节一样，集体过节。你应该很久没有体会过集体生活了吧？"

潘寿良听了，笑着附和："是啊，还要种树，对对过节。"听见潘寿良酸溜溜的话，陈炳根似乎好受了些。他在心里说，这种集体生活估计你潘寿良这辈子都过不上，包括正常的家庭生活也过不了。当年你抢走了阿珠，现在又抛弃阿珠养了小三，你算什么男人，什么便宜你都占了。虽然没有明说，可是在阿珠的话里，陈炳根知道了潘寿良的"秘密"。

潘寿良不知道怎么接话，也不知道陈炳根除了旧恨，还有新仇。

陈炳根看了看场地，心想，如果在四十年前，他可能就会把对方放摔倒在地上，痛打一顿，替阿珠也替自己出了这口气。眼下，彼此都太老了，摔不动了。有什么风吹草动，整个村子瞬间就能知道。到时阿珠会受不了的，还有她的孩子们会怎么看呢。陈炳根努力让自己心平气和一些，只是他不想就这么便宜了潘寿良，他想好了，就是要让潘寿良生气，愤怒，难受。只有这样，自己当年那些苦才没有白受。

陈炳根不想让潘寿良看见自己走路的样子。当年为了自己的恋人、朋友，那一刻，潘寿娥被逼下船之后，他也跳了下来，不然船上的几个人可能都活不成。结局却是如此，陈炳根变成了一个瘸子。这么多年过去，他连一个问候都没有收到过。

当然，如果现在潘寿良跟他说当年的事，他会痛苦。此刻，他希望潘寿良闭嘴，这样他才会好受一些。他不想和潘寿良再有任何纠缠。更不想见到。他不想看见对方在他面前显摆那几个臭钱，也不想听见那些假惺惺的话。陈炳根记得自己从看守所出来的情景，拄着棍子，也没有人管他，甚至忘记了他的存在一样，不要说安慰，谴责他的人都没有。后来他知道潘寿良已经做了老板。几十年过去，潘寿良连句话都没有带回来，他和陈炳根的这段历史似乎不存在一样。

当年剩下的木料竟然还没有坏掉，仍然留在潘寿良的祖屋里，这是两个人从山里砍回来的。潘寿良、陈炳根约好，就用这个木材做床，谁先结婚谁用。下海前，两个人还约好，无论将来发生什么，谁活下来，都要负责照顾对方的家人。阿珠并不知情，回来后见了用一间屋子装这些木料，感到奇怪。陈炳根便说了当年两个人的约定，还笑着说到这块地方严格说起来也算是我家的，我也有份，可惜当年不存在手续的事情。当年我们太好了，好到不想分开。当时潘寿良家盖屋，我买了木料。陈炳根并没有告诉阿珠，当时他是因为愧疚才这么做的。

　　潘寿良感到不安，说：谁先结婚就谁用吧。我是老大，这个房子我也能做主。

　　事情过去了这么多年，阿珠也不清楚该怎么办，只好打电话去香港问清楚。潘寿良说，是的是的，有这个事情，约定不变。后来村里几户人家听说了，很不高兴，觉得陈炳根这个村长帮阿珠办理各种手续，开证明，原来是为了方便自己啊，这样就是有私心了吧。再想到阿珠的男人潘寿良，便忍不住替他可惜，唉，太傻了，只懂得汇钱回来，而不知道家已经被别的男人占了。这么多年，他们很少见到潘寿良，听说有时晚上过来，天一亮就回，也不知道他变了没有。倒是他的细佬潘寿成离开了几十年，每次见面还是跟当年一样，充大佬，喜欢喝酒。那些年过去香港的人有不少回到村里养老了，可潘寿良还是没有回来。他还说万福的治安不好，卫生条件差，文明程度低，不讲规矩，不排队，太吵闹报警被人笑话，河粉的价钱和味道都还与过去一样，没有进步之类。听到潘寿成如此转述的时候，万福人不高兴了，你们万福你们万福，你潘寿良装什么装啊，你身上有几块疤村里人都知道的，还在我们面前扮嘢，还知不知道自己几斤几两啊。

这次万福人见到潘寿良，觉得他除了老了，说话做事还是老样子，笨笨的。他穿的用的和过去一样，显得寒酸又土气，包括用的手机都是老款的，连万福人一半的生活水平都赶不上。他说，现在什么都贵啊，水泥一下子涨了一倍的钱。

"水泥怎么回事，这都湿湿碎（小意思）啦，你不是早做大老板了吗，还在乎这种小事情？"村里人明知故问。

这样一来，潘寿良慌了，急着说："做什么也得吃饭，做老板也要靠乡亲们帮衬着才有饭吃。"这时他取出口袋里的烟，发给看热闹的人。之前他不会这样，除非过年，他会封许多个红包，给村里那些老人。

说话的人连看都还没看，就摆手："不要不要。谁抽你那种有死人头的烟了，你看这里还画个了丑婆。"见对方还要向后退去，似乎怕烟盒上的女人跳下来，亲他一口似的，潘寿良笑了，说："上面那女人如果还在，早已经是老太婆了。"他故意抬高手里的烟给人看，惹得过来说话和看热闹的人都笑了，话题也就转开了。

接烟的几个老人中，有小时候一起长大的伙伴。他们有的身体不好，逃跑的时候被人抓回来；有的根本就没胆跑的。此外还有跟他在工地上坯过墙的，当然活儿没有潘寿良做得多，又总是装病，只好改行去做了室内装修，最后也提前回来了。

潘寿良在工地上干了四十年，除了屯门，他还在九龙、尖沙咀和新界打过散工。工地他都熟悉，工头们也喜欢找他，因为潘寿良虽然笨了些，可是不偷懒也不耍滑。只要对方答应让他带上潘寿成和华哥，否则，给多少钱，他都不干。潘寿良说到做到，跟当年一样，决不戾，头上顶着子弹，都敢开船划桨的。当年不服软，他现在也一样，包括谁劝他都不回去养老。算了吧，哪里都差不多呢。潘寿成则会说："如果回万福，那我不是白去那边混了吗。再说了，你们各种好处都捞上了，过得比我还好，我到哪里讲理去。"

第三章

积　怨

8. 传奇人物

阿惠是 1989 年到的香港，所以她对万福村改成社区的情况还有些糊涂。当年改变称呼的时候，村民的确还没有从过年的气氛中缓过来，突然间听说自己的万福村已经变成了社区，以后不能再叫村，而是叫咩咩万福社区。似乎为了再加一棒，几个穿着蓝色制服的人应景地出现在万福广场，嘴里念着什么围合围合之类的。他们先是站在广场中间说了一会的话，似乎商量着什么，然后便四散开来，走到各家各户，敲开了门，对着万福人一遍遍地说，要做登记了。他们拿着笔，盯着说话人问，你们在这个社区生活了多长时间，你们对社区的管理有什么意见。

万福的人不知道该怎么回答，他们刚醒来不久，还正犯着春困。他们睡眼惺忪地说，没意见，或是不知道，你问问其他人吧，我咩都唔知。有些老年人则瞪着一双迷惑的眼睛，不清楚这些人到底要做什么。大家都是自己生活不管别人的事，再说了，什么管不管理的。到了第二天，他们发现真的有这回事，因为街道上有人划各种线，是停车用的，还有人穿着蓝色的套装过来搞清洁，另有一些人微笑着把一些印了可回收、不可回收的垃圾桶放在了离各家门口不远的地方。这么一来，万福人知道自己真的被管理了。再后来，他们发现自己成了被统计的对象，比如自己是五保户行列，还是有港澳关系的居民，全部被工作人员存在了电脑里。万福人出门的时候经常会遇见有人跟他打招呼，问家里的阿伯怎么样了。

听话的人心中一惊，心想，怎么咩都清楚啊。

噢，没事，还好。万福人开始用这种冷漠的表情回敬那些对他们微笑的人。

这期间还发生了一些事情，万福人已经和城里的人一样，到了六十岁便可以按月领取养老金。也有人对这不满意，觉得还是有块土地心里才踏实，养老金算什么呢，万一政策变了呢。万福老人的脸是不屑的，因为他们看不上这点小钱，分红、租房子早已让他们变成了有钱人。只是后来听说这是趋势，谁也拦不住。管不了的时候，便不再发牢骚，各个都认命了。接下来的日子里，他们只是过着自己的慢生活。当然这只是那些上了六十岁的万福人，其他人谁有资格呀。万福人望着不远处的宝安国际机场，心里冷笑，他们忙什么呢，什么成功都不如慢慢地叹茶，坐在万福广场看风景舒心。万福的老人们通常不会起得太晚，因为村上的鸟儿会吵得他们根本睡不成懒觉。再说了，早年做惯了农活的万福人，哪个会在这个时间躺在床上，哪怕是收租也要早早起来，吃饱喝足收拾好了再去呀。万一遇上那些不讲理的外省人怎么办，至少要让自己体面些，毕竟是有钱人了。

"不说那个，我们不操心那些没用的东西，反正口袋里有钱就好办。"万福人一脸富足的表情很是气人。

外省人扶了扶自己的眼镜说："再有钱也没读过书，上次我想在村里搞个吉他和围棋的培训，报名的没有一个万福本地人。"外省人总是用文化沙漠来打击万福人，所以万福人会把房租故意抬高一些。

"那又怎么样呢，学了还不是要打工。"万福人心里生了气，却故作漫不经心地说道。他们冷冷地看着前方，懒得停下脚步争辩。前面停着一辆奥迪A6，他们在心里佩服那些上半年还尼桑，下半年便已宝马的家伙们。至于外省人嘴里的文化这些无聊的词，他们一律反感。什么？围棋？那是做什么的，太费脑筋，会把孩子累坏的。吉他？隔壁村的唢呐才是真正的乐器。见说话的外省人，有嘲笑的意思。万福人马上回应，那又怎么样，现在我们不用看人脸色，自己说了算吧。

外省人说："还是要融入社会才行，不然就会被社会淘汰了。"万福人伸长了脖子，眼睛向着远处说："我早把社会淘汰了，我们都炒了社会的鱿鱼你知道不。"说这话的万福人撸了撸袖子，故意露出腕子上面一个硕大的金表。现在已经不再流行金链子，那是早年的玩意，早成了流氓的专利。现在他们对身份这件事比较敏感，毕竟自己已经成为社区的居民，而不是什么万福村民。要么不戴，要戴他们只会戴这种体面的手表。

　　阿惠小时候就知道福高，可在万福村，只有地位高的人才能进去享受一番。现在不一样，不管咩人，只要口袋里有钱，都可以进去吃顿大餐，当然厨师要顺德那边过来的才行，所谓的沙井蚝也必须是在沙井生，而在顺德养的那种，肥厚，肉美，沾了芥末吃，回味无穷。黄油蟹最肥美的季节是八九月，东莞人、深圳关内的人每到周六也会驱车来吃。万福人嫌自己做的菜不好吃。再说了，谁有钱还要自己做事呀，享受生活多好啊。所以在不收租的日子里，万福的老人们通常会洗漱完毕，分别从自己家里慢慢走到福高酒楼，找个靠窗的位置坐下。万福人如果没有遇见自己能说上话的，刚好又是一个人，就先找个空的位置坐下来，要上一壶菊花之类的茶，慢慢地喝着，顺便等着其他人。转眼间，茶楼便已经热火朝天了，推出装满了一屉屉粤式刚出笼早点的台式车子，上面装满了叉烧包、凤爪、猪肉丸、蒸排骨……万福人先点了几笼自己爱吃的，放在眼前。如果有人前一天约过，就由约的人买单；如果谁都没说，那则是自己花钱。早茶一直喝到中午，各种闲话也基本讲完了。这时他们才腆着肚子出门，一手遮着太阳，另一只手则掐起一根牙签，放进嘴里。就这样一直叼着，一路看东看西，迈着方步，慢慢踱步到了潘氏祠堂，先找了个位儿坐下，洗个杯子，等对面的人给自己倒上。于是他们的这一天开始了。

万福人在这个时间里真的很舒服。如果站到山上还可以看到更美的景。平时万福人不会到山上去的，他们只有逢年过节，或是祭祖的时候才会集中到那里。去的时候通常会走特殊通道，让外地人看得眼红。外地人排了几个小时的队，却还是要等万福的人拜完了，才轮得上自己。因为这座山就是万福村的，他们小时候就是在这山上捉迷藏。如果不是后来连东莞、中山的人都过来求神保佑，把山的知名度搞了上去，他们不会这样连自己家的山，上去下来的都这么不方便。

当然，在庙里上班的也都是村里人，老的少的，各个都有事做。这么一想，大人孩子也不会再嫌弃什么了。

万福的人们多数时间是在喝茶，老人是到茶楼里喝，年轻人则是刚吃饱了饭，用茶来消化一下，然后就要出门去工作。有的是到镇上，比如劳动站、房管所之类的单位，另有一些则是到不远处的经济发展总公司。

也就是这样的一天，看似平淡无奇却又暗藏了杀机。有个万福人并不熟悉的面孔突然在街上出现，很快便有人发现了他，用手机拍下，并发在了万福社区的群里。

迅速有人跟紧了问："就是顶包的那个人吗？"

有人接话："嗯，是噢，真的有点像。"

另个肯定地说："是的，就是他，变成灰也是潘寿成，就是那衰仔，不过他老母才是个人物呢！"

有人纠正："还有一个，那个是华哥呀。"

有人问："华哥？没听过。"

再有人接话："生产队会计的仔呀，当年家家靓女都等着被他挑的，因为家里底子厚，有油水，不少亲戚在外面汇钱过来。"

说话的人继续道："哇，这一家子怎么回来了，都快忘记了呀。"说话的人把自己说得一脸油光。听的人也站了起来，对着亮处举起了手机。万福老人们说了这一句，突然把自己惊得变了脸色，然后其他人也坐不住了。另外一些人对此则不感兴趣，虽然他们盯过几眼，但还是觉得不关自己什么事，与房价、旧改，还有股票什么的都没有关系，谁还会关心呢。万福的年轻人都有自己的重要事情，没有人愿意在意一个过时的人或是家庭。尽管老人们想要就此人多说几句，可是年轻人多数不愿意听的。如果不是因为他把万福这个地方带到了网络上，相信万福没有人会记得他。尽管他年轻时风度翩翩，可到了六十多岁，便与其他的万福人没有什么差别，秃顶、微胖、容易疲惫，他就是回来给潘家阿婆过生日的华哥。与潘寿良、潘寿成、潘寿仪三兄妹相比，其他人真的不被人记起了。因为他们没有一个像潘寿娥这样的亲人，差不多每一天都是用最恶毒的语言来骂着自己的兄弟姐妹。骂着骂着这三兄妹便成了万福村的名人。很长一段时间里，坐在福高喝茶打牌的老人们还会问起，香港那边的三兄妹还好吗？在他们的记忆里，不仅仅是这三兄妹的故事，他们的老母，万福村如今走得最远的女人，更是他们忘不了的。

听的人笑着答："这件事还得找潘寿娥，那是她的菜，每天都在嘴里，嚼来嚼去。除了这些，她不会说别的了。"

这时人们才发现真是有段时间没有见到潘寿娥了。如果被她听见，她一定会站起身，立马向地上呕过三次，说："咩菜啊，想起来那些人就要呕。"

有人打听："这段时间她去哪里了？"

有人答："又被两个衰仔气病了，正躺在床上呢。"

有人跟着叹："唉，房子的事情闹的，两个仔争她这套屋呢！如果她当年跟着华哥去了香港，怎么会混得这么惨啊，早就不知多少套了。两个仔太不争气了，女儿又卖了出去，不会再回来，听说最近钱也不给了，她当然郁闷了。"

有新来的人问："华哥是谁，怎么没听过？"

从另一张台走过来一位端茶的老人，给每个人斟上茶才慢吞吞地说："上电视那个呀，一个花花公子，没人记得。当年仗了老豆做会计有权有势，跑到外面打架，把人打伤，在里面关了一年，出来时正式工作也丢了。而这个潘寿娥不管不顾，愿意跟他好。可好过一段时间，想不到这条仔老毛病又犯了，拐走了潘寿娥的细妹潘寿仪，一起去了香港。轮到最后，两姐妹谁都没娶。他倒是潇洒，找了个香港女仔结了婚，现在有仔有女，过得不知多滋润。"

"阴公啊！"最老的人瞪着一双深陷的大眼，看着说话的人。说话的几个人似乎都想不起这个华哥的模样，只是想到了当年潘家的这个事情。对呀，事情闹得不小，潘寿娥气得写出了公告，贴在万福村的村委门前。而这些还不算，潘寿娥一鼓作气把公告拿到了村里的广播室。女广播员以为不过是这家的猪或鸡丢了的事，可念了几句发现不对，吓得从椅子上掉下来，不知道怎么办。而这时站在一旁的潘寿娥似早有准备，她推开正不知所措的广播员，对着话筒，念完了后面的内容。包括她今后与潘家其他人无关，自动脱离母女、兄妹、姐弟、姐妹关系，以后谁也不认识谁。随后几天，村里人再也见不到她。过了很久才知道潘寿娥坐上火车跑去了新疆。

　　谁都知道是受了刺激的。后来她带着阿惠回来了，走的是她老母当年的路子。

　　"好远啊，那个地方会落好大雪。唉！"听的人摇头叹气后，隔了眼前的杯盏，夹了最远的一只叉烧包咬了一口继续道，"事情太久远，冇咩好讲，咩北京上海啊都没什么印象。除了人多，车多，空气不好，还有什么可说呢。"说完，一只包仔已经落进肚里。这就是万福人，外面再好，他们也一律不关心。除非每年村里安排的那次旅游，他们才出去看看，但也只是走马观花。眼下，他们认为世界上最好的地方就是万福，其他城市根本不值一提。

　　受潘宝顺一家的影响，这一顿有人请的早茶已经喝得不咸不淡，没有滋味。各个人吃得也很模糊，他们脸上的疑云先是一点点散开，后来又一块一块地重新聚在一起，似乎潘宝顺一家把他们的记忆也带了回来。

潘宝顺到底是何方神圣呢？

潘宝顺是阿惠外婆的大名，这些年，她的口头禅是有钱喽，有钱喽。对于外婆的情况，阿惠是从大舅潘寿良这里得来的。比如她看见大舅唯唯诺诺的样子，便认定外婆在家里的绝对权威地位。大舅潘寿良手握电话，头点得像啄米的鸡，嘴里还哒哒哒地应着时，电话那头的外婆露出了满意的笑容。阿惠觉得外婆喜欢欺负老实人，把家里的孩子都当成自己的兵。看见潘寿良花白的头发，阿惠心酸起来，她认为外婆就是个不讲理的女人。后来证明阿惠的判断的确没错，潘宝顺早年到过新疆，回来后又做过民兵，所以她喜欢发号施令。

潘宝顺过了七十岁之后，不愿意再有人提起生日这事。她觉得那就是有人故意要来刺激她，提醒她老了的意思。所以，她对老书上说的那种七十三、八十四是两个要命的坎的说法一律不打听，至少是不回应。她在懵懂中逃过了前面的两劫，如同当年逃到了香港。可是总有东西是躲不过的，比如大女儿潘寿娥是扎在她心里的刺，再比如回万福养老。

痴呆中的外婆一觉醒来，算好了时间，多一天也不能留，她要翻屋企。

回万福这件事情开始时发生在早晨。阿惠的大舅潘寿良醒来后刷了牙便发现老母房门开着，平时她起得没有这么早。眼下，阿惠的这个著名的外婆，穿戴整齐腰板挺直端坐在房里，脸上呈现出一片严肃。大理石地板上面放着一个深红色的老式旅行包和几只潘寿良多年没见过的编织袋。潘寿良吃了一惊，显然老母这不是平时那种意义上的小打小闹了，而是一次有准备的出行。此刻，外婆坐在床边，她连皮鞋也穿好了，平时她会呵住把鞋穿进来的人，哪怕是重要的客人，她也不客气，她认为房里不能有脏的东西带进来。眼下这个样子，让潘寿良一下子觉出了不同。

外婆的大女儿潘寿娥曾经质疑过老母这种土不土洋不洋的做派，说："老母你是被赶回村里的吧。"

外婆纠正道："是干部下放。"

潘寿娥说："为什么只是你一个回了村里？"

外婆瘪了瘪嘴，说不出话，喉管处鼓了下。潘寿良后来劝潘寿娥不要这样对老母："你没有看到她快要哭了吗？"

潘寿娥一脸不屑："有什么事是她怕的。"

潘寿良觉得老母和潘寿娥不是母女，反倒像是几世的仇家。

潘寿良看见老母长裤下面露出的一截红色袜子，他理解老母的心情，从她变得越来越抖的手就可以看出来。老母这个病已经得了十几年，只是她不愿意承认。有时看她弯着腰走路的样子，潘寿良着急地叮嘱一句："老母，你慢点呀。"外婆听了，便会走得比之前快了许多。用潘寿仪的话说，一家人都是怪人，生来就是要作对的。潘寿成听了，说，还不是因为老母太强势，如果不过来这边，也不会这样。

潘寿良、潘寿仪都不敢再说什么，因为两个人都有亏欠的人，他们分别是陈炳根和潘寿娥。

关于回万福，潘寿良在心里想了很多遍，一直未能成行，可眼下，就这么突然地摆在了他的眼前，不容迟疑。这一刻老母与平时的闹腾是有区别的，她的神态，是决绝、坚定而毋庸置疑的，甚至有一瞬间，她仿佛手里是持有一把上了子弹的枪。

阿惠的外婆潘宝顺在一段时间里，经常出现谁也不认识的情况，包括大儿子潘寿良、二儿子潘寿成，还有每天给她做饭洗衣的二女儿潘寿仪。见有人跟她说话，外婆笑容满面："你们是谁呀？我怎么都不认识呢，是万福村的人吗？"要命的是接下来，外婆已经用万福土话了，本来她早已经会讲香港白话。她说："怎么过来的，坐船还是游水呀，你们身上怎么还有雾呢？"

"什么雾，那是您眼睛又花了几度，得让大佬给你买鱼油补补了。"潘寿成调侃，他喜欢用这个方式来提醒大佬花钱。

潘寿良并不搭腔，因为他见到老母脸庞浮肿，像是发生了变化，心里有数了。他决定改变思路，不能再等，而要提前带着老母和兄弟姐妹一起回万福，把他要解决的人生几件大事一次性解决掉。

之前，外婆几乎没有过过像样的生日，每次都是小打小闹地在家吃顿便饭。潘寿良知道老母心里是委屈的。这一次阿惠外婆八十八岁大寿，潘寿良精心策划要在万福广场摆酒，吃大盆菜，宴请全村老少。而外婆如此隆重地回去，就是要找回潘家四十年前丢掉的面子。只是如此兴师动众，在阿惠心里总觉得还是有些虚张声势了。

话说半个世纪以来，除了村里筹钱建过全镇最大图书馆的潘强恩，剩下的便是这位大名鼎鼎的潘宝顺了。虽然她后来长年居住在香港屯门，人不在万福。可她当年小小年纪便出过深圳去到新疆，成为万福走得最远的女性，成了一个传说。后来潘家几十年的恩怨，以及潘家的说话方式和彼此间的称谓，曾经深刻地影响万福村的生态。这使潘宝顺被许多人记得，直至被写进了万福村的村志中。话说潘家这种直呼其名的说话方式，导致了潘家人与其他人家拉开了距离，用村里人的话说，就是潘家的人个个都是神经病，中意扮嘢。他们实在不能理解这家人为什么要这样说话。比如他们从小到大彼此间没有阿猫阿狗地互相称呼，而是用大名来称呼彼此。哪怕见到了一个襁褓中的孩子，也不放过，他们要这样逗孩子：潘国瑞啊潘国瑞啊。这件事情缘于外婆的公家情结。潘宝顺回到了村里之后，除了使用普通话，还把外面说话的习惯也带回了家里。不仅如此，回到万福的潘宝顺不再安于做回一个普通人，她从中年到晚年，一直好管闲事，走路风风火火。村里其他女人都是脑后挽个髻子，而潘宝顺习惯的装束是男人穿的中山装和齐耳短发，说话时经常夹杂普通话或是官文语言。这形成了她不严自威的形象，也影响了全村人说话做事的风格。潘宝顺成了传奇人物。直到儿子潘寿良带着细佬妹妹们过到了香港，潘宝顺再唱高调已经变成了一种讽刺。

外婆的口头禅是：我这个人做事公道公平，街坊四邻哪个不说我好。她的这些话只可以对居住在香港的万福人讲，不可以对自己的儿女们说，哪怕只说出一句，也不行。因为她的儿女们除了老大潘寿良不会反抗，其他人，包括潘寿成的儿子都不答应，甚至还要声讨她，告诫她不要再讲此类与事实有出入的话，太假了。他们普遍认定造成家里今天这种局面，罪魁祸首就是外婆。如果她当初有远见，有定力，在那样一个关键时期，拦住家里的子女们，潘家决不会像现在这样，眼睁睁地看着万福人咩都有，而自己家还只处于温饱水平。在别人满心欢喜地回万福的时候，他们潘家人只能远远地躲着，只有羡慕的份。在阿惠看来，外婆口口声声的一碗水端平其实是可笑的。因为外婆的碗里不仅没有水，而且什么也没有，她端的是阿惠大舅的血汗。在外婆眼里，老大潘寿良老实，逆来顺受，没有怨言，有取之不尽的财富，她不欺负这个做大佬的儿子又该欺负谁呢，要知道，这些年，她已经太难受了。

到了屯门后的潘宝顺彻底变成了外婆，不仅驼了背，说话也不再有播音腔，而且时常处于失忆状态。尽管家里的各种杂活她一样没能落下，比如洗碗拖地帮带孩子，可是她脸上傲然的神态是不会变的。过了些年之后，她手上的活儿多数交到了潘寿仪手上，这时，她便正式游走在失忆和正常人之间，根据自己的需要随时调整自己的状态。

87岁之前的一段时间，外婆得了老年痴呆，一夜之间变得谁也不认识。要知道之前她可是村里村外方圆百里什么人都能说出名字和家里状况的。有人开玩笑讲，她好像在给村里站岗放哨一样，连个过街老鼠，都知道是公是母，是从谁家窜出来的，这是阿惠大舅潘寿良带着细佬细妹离开万福之前的事情。失忆之后的外婆只认识钱，当然也只是人民币和港币两种。而对于美元这种绿色票子她仅限于莫名的好感，每次见到，都会盯住不放，可具体使用，她还没有掌握。在阿惠眼里，外婆除了钱，其他一律六亲不认，甚至还对人产生了敌意。她宁可对着爬行的壁虎说话，也不愿意与人多说半句，除了发火。潘寿良几次见到她对着墙上的壁虎说话，又不知道如何制止，只好叹了口气走远。阿惠二舅潘寿成的两个混血儿子见了，出门前对外婆说："阿嬷，墙上那条仔它有没有对你说，阿嬷你的香港话一句也听不懂，不如就说万福话吧，土是土了些，可好过现在这样。阿嬷你不必装香港人的呀。"

阿惠外婆说："你老豆不敢惹你，可不是我。"

二舅潘寿成的儿子笑道："千其冇给差佬（千万别被警察）抓去。"上次潘寿成教训儿子时，没管住脾气，拿出晒衣架，刚打了一下，做儿子的便报了警。潘寿成被带走问话。放回来时，正赶上儿子出门，彼此都冷冷地，没有打招呼。

外婆愿意用黄白灰三种混淆在一起的眼珠打量每个人，仿佛眼前的家人都很陌生。她除了不喜欢潘寿成儿子怪怪的相貌，另一个原因是对方提到了差佬时让她心惊肉跳。似乎他们已经掌握了降服阿嬷的法宝，乐此不疲，频繁使用。所以她不顾及自己长辈身份，死盯住对方。直到刚才说话的这位真的怕了，说，阿嬷，你不要搞我啊，我脸上又没钱。说完，这条仔想转头撤离，而一旁的潘寿成忍不住插话，说老母您冇咁样睇我，有时真是怕呢，好几次我被你盯得脸都疼，整个身子不舒服。当然这样的话只有阿惠的二舅潘寿成才会这么直接，如果换成大舅潘寿良，他只会吞吞吐吐地说："老母您辛苦了吧，如果累，就进屋休息去吧。"他或是打个岔说，"老母今天煲了您最中意的糖水，我给你端到房里抑或是在厅里喝？"

大舅潘寿良和老母潘寿娥虽说是对孖生兄妹，一前一后，相差不到五分钟，性格却完全不同。潘寿良木讷，心地善良，除了头大而身材矮小，像个大头娃娃，眼睛总是湿答答的，整个人再无特点；而潘寿娥高大、强悍，说话有力，走路带风。两个人反差很大。潘寿仪针对大佬反应慢，喜欢给人打圆场这一特点，概括为两个字，装傻。而潘寿成的仔说，我大伯是最典型的选择困难症。

潘寿良最喜欢这样的打岔，目的是让老母把注意力转到他的身上。回到家中的潘寿良总是耳听八方，眼观六路，他人在厨房，耳朵却要悄悄地守在客厅，免得这有怨气的一家人哪句话没说对，吃饭的当口吵起来。这样的事情每周都会发生几次。只要他听到，便会当机立断，迅速走到当事人面前，打岔，或是说些玩笑话，目的是把火引到自己这里，然后烧遍全身。

用潘寿成儿子的话说："我大伯傻傻的，成日唔知霖咩嘢（整天不知道想什么）。"有几次潘寿成说："如果换作其他人，我会动手打人的，他总是影响别人讲正事。"

倒是潘寿成的小儿子不管不顾地说，怪不得大伯总是被人欺负呢。大仔则说："我老师讲过这种人就是虚伪。"

有次潘寿仪对着潘寿良歇斯底里地喊叫："我早受够了！"因为之前的五分钟，潘寿良低声下气地劝潘寿仪带着潘寿成的两个仔去离岛参加学校组织的亲子活动。潘寿良说："他们没有老母，好可怜，你是当阿姑的，帮他们一下吧。"这些话已被潘寿良重复了几次，到了后面他已经近乎哀求。

潘寿仪说："大佬啊，这样你要我做，那样你也要我做，知不知道你已经欠了我太多，我记得你说过要还的。"

潘寿良听了，继续鸡啄米："会的。"

潘寿仪说："会你个头，谁信你啊，说了几十年。你不是说要送我去学画画的吗，我等了这么久，只见到洗不完的尿布、做不完的家务，我这一生还能等到这天吗？"当年小船漂在海上两天，身体被雨水一直淋着，潘寿仪哭着说太冻了，坚持不住了。潘寿良鼓励潘寿仪要坚持，他说，潘寿仪到了那边你可以去学画画的。

潘寿良听见这样的话，说："都可以的，都可以的。"阿惠认为大舅这辈子没有为自己做过一次决定，的确如人所讲，他有严重的选择困难症。他不仅有这个症，还有一个问题就是脾气超好，从来对人都是一张笑脸，而眼里却总像是有泪一样。这复杂的表情，让人无法判断他正处在何处状态。潘寿良哪怕心里苦得要死，也不会对人发火。如果有人看见他发脾气，一定会认为是自己眼花了。

有时大舅也会急得瞪眼，拿起剔骨的刀，对住那些欺负他的家伙，大喝一声："我不怕你们，有种我们打呀！"当然，这些都只是他梦里的情景。这样的梦，年轻的时候，他蹲在工地上打个小盹也能做，后来则是躺在自家的床上翻来覆去到了天亮时做的。很多时候，阿惠的大舅潘寿良会被自己吓醒，醒来时，他矮小的身体已经大汗淋漓。然后，他庆幸自己什么都没有做，什么都还没有说。

这就是阿惠的大舅潘寿良，他差不多在梦里都要说那句"都可以都可以"。

潘寿良对老母突然提出回万福一事回答："都可以都可以的。"他耳朵里仿佛灌满了风，发出了呜呜的响声。而外婆提出这件事情的时候，她的脑频道调回正常，好像老年痴呆这件事是别人的，并未在自己的身上发生过。全家人已经习惯了外婆的做法，也不揭穿，似乎是怕惊醒了她。

在阿惠眼里，潘寿成这个属猴的二舅，人长得也像个长臂 Monkey。成日游手好闲，一副哕都唔在乎的模样。用潘寿仪的话说就是爱把痛苦给别人，而把自由和快乐留给自己的小混混。潘寿成的口头禅是"冇所谓啦"！或者"有咩所谓呢"。有一段时间，他似乎不用五分钟便说这样的一句话，尤其是回到万福这边的时候，他认为只有这样，才像个香港客。有一次在上水，他见了拿着耕作证的万福人时，内心很不舒服，回到家，甩掉鞋躺在床上沉默了半天，这是他第一次觉得大佬潘寿良可能真的帮他做错了决定。回到万福的时候，他愿意像个香港人那样在夏天的时候穿着波鞋，而用眼睛去鄙视穿着人字拖的万福人。潘寿仪最讨厌潘寿成这副嘴脸，她脑子里装的是潘寿成的那些劣迹，如全家人在吃苦受累，包括当时的阿珠生仔后连月子都没有结束就起身打工之际，他潘寿成却敢旷工与一个印尼女孩谈起恋爱，然后不管不顾地生下一对双胞胎。在全家人发愁吃饭的时候他倒是秀起了恩爱。可惜好景不长，小印尼生下两个仔之后，便悄然回国了。到这个时候，潘寿成还是不见愁，他把一大一小两个仔扔给大佬和细妹，自己又变回自由人士。潘寿仪骂他的时候，他说有咩所谓啊，不就是带个孩子吗，何必大惊小怪呢？

潘寿仪气得狂叫："不是一个，是两个。"

"两个又怎样，有咩所谓啊！"潘寿成摇头晃脑地表示潘寿仪小题大做的样子吼，"不就是带两个孩子吗？如果我是女的，带七八个也冇所谓啊！"

潘寿仪大喊起来："冇所谓冇所谓，你只会这个，那你为什么自己不带？"

潘寿成说："我可以带啊，可是我要做事要养家的呀。喂，你做咩咁讲话。"

潘寿仪说："谁不在做事？"

潘寿成说："我也想带呢，在家里什么也不用做，只带仔，多舒服啊。"

见潘寿仪脸色已变，潘寿成又改了口气说："哎呀，是我带不好，行了吧？"

潘寿仪说："是你自私不愿意负责任。"

二舅潘寿成摊摊手说："是老母让你做的，你问她，我有什么办法？"

潘寿仪听了，从心里生气老母这么说话，实在不公平，她从心里怪老母太喜欢摆布，分工，总把自己当成一个县领导。当潘寿成把两个儿子放在了她和大佬潘寿良面前时，她抱着孩子气得连哭都没时间，大骂潘寿成害人害己。见潘寿仪这么不客气，潘寿成倒像是有了理，道："谁让你管的，我的仔又没有让你带，是老母让我带回家的，帮着我们潘家传宗接代。你以为我愿意啊？谁不想轻轻松松地生活？她说这是亲孙子呢。要怪你怪老母去。"

当时还在万福的潘宝顺听说潘寿成有了两个儿子，一下子像是得了救命稻草，不仅急着办好手续来了香港，还急着改变形象，瞬间从妇女干部变成了有孙子可带的奶奶。

"你！"潘寿仪气得快晕过去了。这就是二舅潘寿成的逻辑。潘寿仪这几年辛辛苦苦地带孩子，却换不来潘寿成一句暖心的话。他最多也就是偶尔心血来潮没头没脑地说句细妹你最好了，是我见过最好最好的女仔，在我心里你最漂亮，比香港小姐还靓。这是他喝多酒时说的话，醒了之后像是变了个人，之前的话一律不认，更不会想起当年自己抱两个仔回家时的落魄。喝酒之后，他总是劝人要向前看，过去的事情有什么所谓呢。

"是的，你是可以丢下不理，让家里人负责，做你的屋企人真是阴公。"潘寿仪骂着。

二舅潘寿成的确说到做到，他扔下一堆乱七八糟的事，谁沾手，就赖上了谁。所以在屯门一带，工程队这个圈子里，很多女人都要躲着他，他再也找不到老婆。尽管他英俊潇洒，仪表堂堂，尤其还长了双乌黑发亮的眼睛。潘寿成说起话来头头是道，可是坏名声却早就传了出去。知道了他事情的人，各个都在他背后摇头，说："就是个公子哥呀，可惜没有生在富人家，不然的话，还不知要怎么折腾呢！如果不是老母帮忙，他恐怕就要带了仔去乞讨喽。"

潘寿仪在家里帮二哥带孩子，对外人则扮演潘寿成两个儿子的妈咪，否则两个小家伙在学校要受欺负。外婆潘宝顺更不许别人提，免得孙子会自卑，连在家里也不许多提这件事情。这样一来，潘寿仪想要请功都难了，憋了一肚子的气，觉得全家人没有一个守信用，让她学画画，将来当个美术老师。

偶尔二舅潘寿成想用语言来贿赂她："我细妹对我最好了，如果运气好，肯定可以当个大画家。"

潘寿仪听了，快要哭出来："什么运气，你们就是戏的运气。"她想起自己被耽误的青春，对着潘寿成说，"谁是你细妹啊！我不是，我更不想是。"

潘寿成说："那你又想来帮我。"

潘寿仪说："不是我想，而是我命苦。如果能选择，谁要过这样的生活。"

潘寿成说："一家人，讲咁难听做咩啊！"

潘寿仪拖着哭腔："因为我上一世作了孽，才遇见你这种家人。"

潘寿成没想到细妹这么理解带孩子的事情，于是他像个弹簧一样弹起，刚准备来次习惯性吵架。潘寿良便从门里走出来，拦在两个人中间，转过身对潘寿仪说："细妹，你是不是说过今天要早点做饭，晚上还要开家长会吗？"遇见家里发生争执的时候，潘寿良总是把火引到自己身上来，因为他知道事情到了他这里，就等于没了矛盾，再大过错，他也会认下来，如果是钱的事，自己会让的。

潘寿仪有一肚子气，马上把脸转向潘寿良："开家长会？真正的家长都溜之大吉了，让我受罪。都是你这个大佬，从来都是做好人，谁也不得罪，他才会变得这样的无赖的。"

潘寿良安慰人的话永远是那么贫乏，他说："冇事冇事。"

潘寿仪听到怒了，叫道："冇事你个头啊！这个家的全部不幸都是由你造成的。"

这样的声音已经被阿惠的外婆听见了，她挑起稀松的双眉下面的两条拧成一团的肉条,嘴巴里啐出尖锐一句:"这是做咩嘢,是不是嫌我来到香港吃了你的米呀?你要是嫌我,我马上可以回万福的,我可不是开玩笑的。"外婆绝不容许任何一个人骂潘寿成,回万福也是她的口边话,每到不如意的时候,她都会说要回万福。大舅潘寿良听了,只好转过来对外婆说:"我上次给您的钱是不是被您搞丢了?我在电梯里看见了一张,好眼熟。"

外婆听了,惊得坐在椅子上,眼珠乱窜大叫:"是啊,我的,我的,我的港纸呢?"瞬间她又变回了痴呆症时的模样。

潘寿成这时气已经消了,他瞥了眼还在生气的潘寿仪,后又去逗潘宝顺:"您有多少钱不见了。"

"很多万很多万,你赔我赔我。"外婆似乎急得要哭。

大舅潘寿良摇头苦笑,从口袋里掏出一张十元的港币,外婆见了,笑逐颜开,大叫:"我早就估到是被你藏起,你这个衰仔,总是骗我!"

每逢此时,大舅潘寿良便会松口气,显然他不想再纠缠,于是放下手里的碗或杂物求饶道:"对对对。"他知道如果再给对方两张,情况马上又会变得更好。外婆一扫之前的愤怒,乐成一朵花,整个人变成了几岁的孩子,把递过来的纸币迅速抓在怀里,用双手扣住,生怕别人抢走的样子。

外婆除了吃饭,多数时间都待在席梦思上数钱。高兴的时候,还会像个孩子那样弹跳起来。可现在她再也做不到这些了，因为她不仅跳不起来，甚至还会尿在床上。那个时候，她的脸上挂着永远不变的微笑，一边数一边笑，直到困了，才闭上嘴躺下来。她很长一段时间都是这个样子，如果有人打岔，问她腿还痛不痛啊，她不会因为上当而搭理对方的。只有对方和她说到万福的祖屋，她才像是醒过来，眼里的蒙眬也消除了，然后转移了视线，认真想起事情来。刚开始的时候，大舅也跟着高兴，说老母，您慢点，您现在不缺钱，已经过上好日子了。潘寿良理解老母，当年穷怕了。

外婆露出婴儿般的眼神，对着窗口哼唱："有钱喽有钱喽，我有钱喽。"接着她用手指从东指到西，画了个半径，对着面前的几个人说，"你们说我是不是万福村最有钱的。"

大舅说："老母，我们现在不在万福，而是住在屯门。我们这个地方的官名是上水屯门文曲径，也叫新安仔。"

"咩?"外婆用了双做梦眼睛看着潘寿良，"你刚才讲了新安吗，是离我们村很近的那个地方吗?"

潘寿良说："是啊，万福的县城，我们上学的时候都要路过那里，山路很多，路边总是有蛇爬出来。"

外婆神情变了，说："是我工作的地方，二区，广播站在法院对面，那是个小二楼，只有我一个人坐在里面，对着稿子说话。每条街上都有一个大喇叭，里面说话的人就是我。"

"是的是的。"大舅以为自己打岔成功，不承想老母直盯着潘寿良问："咩嘢？在万福的东面还是西面？"

大舅说："老母，我们现在住的地方是香港的东面，住了很多我们万福人。您如果身体好了，我可以带您去找老乡，他们现在搞了个同乡会，说有什么事要商量呢。"

外婆瞪着眼睛，问："那万福在什么地方呢，他们去了哪儿？我老豆老母呢？"

潘寿良笑着对阿惠的外婆说："老母，可我们现在是屯门呢，香港的，村里人个个都想来却来不了的香港。万福在深圳西面的宝安县。你看外面，大禹山，你不是想看山吗，都是香港的。"

外婆问："那凤凰山呢？那里有个庙，我们的潘庙，里面放着保佑我们全村人的观音菩萨，它会保佑我们村的大人小孩都有饭吃。"

大舅潘寿良笑了："看起来老母的记忆力还是不错。可惜总是错乱，不断穿越。"她总是把过去的事情说得特别真，有几次，她说隔壁的阿婆送云片糕过来了，你记得要回个礼，他们家里有个小孙女，记得要带个糖果给她。说完从口袋掏出一个裹了红纸的利市糖。

大舅接了，从桌子上拾了几个桔子，放进红色的塑料袋里，然后推开门，便径直去按邻居家的门铃，出来的是一个老外，问大舅有什么事。大舅知道误会了，连忙边说"对不起对不起"边向后退。有时候外婆还会说隔离来个新的女仔，脸上生了一颗痣，就在这个地方。她用手比画着，看着自己的仔笑。潘寿良见到惊得心快要跳出来，潘寿娥的痣就长在那个地方。他明白老母在用这件事情来刺激他了。

外婆早已经把过去现在的事全搞乱了。比如说，外婆的老豆老母离开她已经五十年了，可她总是忘记，经常气呼呼地说被自己老母打了，然后指着被打的部位要涂跌打药水或者风油精。有时会说老豆又带回什么东西给她了，自己吃了两块，很香。二舅的仔听了自然又会恶作剧，说："阿嬷啊，你怎么不多拿几块给我，你不是说最疼我的吗？你说过什么好的都给我留着，可每次你都是自己吃了不管我。阿嬷，你是说梦话吗？"他是故意去揭穿的，就是为了让外婆出丑。这个时候潘寿仪会生气，她觉得自己老母被这个小洋鬼子捉弄了，黑着脸训潘寿成的儿子，说："你不体恤自己的阿婆，反倒让她难堪，这是一个孙子应该做的吗？你真的不像我们潘家的男人。"

潘寿成的大仔说："阿嬷总骂我是鬼佬。"

潘寿仪说："对，你应该回到你老母那里去。"

潘寿成的细仔说："不知道她什么时候来接我，不要以为我愿意留在这里。"

潘寿仪说："做你的大头梦吧，你们两个是被她抛下的，知不知，如果不是你们眼下嘲笑的阿嬷发了慈悲，请我带你们，你们两个早已经饿死在街头，好好想想吧。"

二舅的仔被这顿突如其来的训斥搞得伤了自尊心，索性取了椅子上的衣服，跑回房里反锁了门大哭起来。

大舅赶紧拦住潘寿仪，拍着房门说："当然不是这样的啦，你不要像个女仔好吧，我们一家好好的谁也不会丢。"

潘寿良帮阿惠的事不能让任何人知道，他要躲着所有人，增加的许多开支只能自己去处理，比如多做点事，自己少用些。可是他想好了不告诉任何人，主要是说不清楚，也容易为阿惠带来麻烦。尤其是不能对潘寿成说，当初就是他乱说话才挡住了陈炳根来香港的路。现在的潘寿成每天神神秘秘，下了工便出去，有时潘寿良刚买了早餐，还没吃就少了一份，也不知是怎么回事。问了潘寿仪，也说不知道，潘寿良想什么时候要跟这个细佬谈谈，他已经多次夜不归宿，问了也不说实话。潘寿良担心惹了黑道上的人，不知道怎么收场。他最怕潘寿成去赌。

潘寿成说："不会赌的啦。"

事后，潘寿仪对潘寿良说："我知道你看不惯他。"见潘寿良沉默，潘寿仪继续说，"我反正不理你们的事，两个细路仔大一点，我就要搬出去的。"潘寿良像是得救了似的："你当然应该搬到老公那里的，总是住老母家也不合适。再说了这里的这些醪糟事不用你一个女仔费心的。"

潘寿仪冷冷地看了眼潘寿良问："那我想问问，让我搬过去住的那个老公在什么地方？"

9. 苦闷

　　潘寿成的仔在背后学了大伯潘寿良走路和说话的样子，邻居认为这是潘寿良修养好，情商高，而潘寿仪则最讨厌大佬对什么都可以可以的样子。不管哪个人吩咐潘寿良做事，哪怕是个细路仔，他都会嗒嗒嗒地应着，并放下自己手里的事情，马上去帮对方。潘寿良这副窝囊样，让潘寿仪看不上，每次她憋了一肚子的火都发不出去。她认为潘寿良装出这个样子就是心虚，亏欠大家的。

　　潘寿良回万福的计划不断在调整和修改，包括张罗摆酒的事，请哪些人，收不收礼，包不包红包，要不要请大妹潘寿娥一家，需不需要安排节目，要不要请人舞狮，沙井粤剧团的人请不请。还有借车的事，是开自己的货车，还是借华哥的宝马。华哥倒是愿意，可是这车子太嚣张，会不会招摇。直到华哥前一晚过来吃饭，说服了潘寿良。他说，不用讲了，还是开我的吧，也是为阿珠和子女长脸，这样才没人欺负呢。摆酒的时候，我叫多几个弟兄过来，也威风一下，不然真的以为我们没脸回来呢。就是要让他们知道我们这些年没有白辛苦，日子过得还不错。听华哥这么一说，潘寿良也就同意了。看见潘寿良这样，华哥笑说："你躲躲闪闪了这么些年，最终什么问题都没有解决，总是瞻前顾后，不如就大大方方，气派一些。不只是为了阿珠和子女们，也为老母想想啊，她受了那么多的苦和误会，连那么近的老家都不敢去想，这次应该体面地回去了。"

经他这么一说，潘寿良同意了华哥的意见，决定开宝马，让外婆坐在里面尽情享受荣归故里的感觉。想到这里，他远远地看着老母说："老母您放心，我们几个带你回万福，不会让您去乘中巴。这么多年都委屈您了，因为我的缘故，让一家人没有好好地生活，更没有回去探过亲。"

潘寿仪撇了撇嘴，斜眼过来，道："你终于承认是因为你自己的缘故了。"

潘寿良说我这么说是让老母好受些。

潘寿成说："不是你的原因，难道还是别人的？"

外婆也不接话，只是笑着喊："有钱喽有钱喽。"潘寿良也跟着笑："对啊，老母。"

外婆说："给我一瓶王老吉，等下我还要吃白切鸡。"她最喜欢用这个方式打岔。

说话间，潘寿良关好了窗户，此刻外面下起了大雨，雨点重重地敲打着玻璃。

这场雨差不多下了整整一夜，天亮前才停下来。大舅潘寿良中间醒了几次。他整晚不断在做梦，梦里全是小时候在万福的情景，还多次出现陈炳根和阿珠。他是在陈炳根与阿珠结婚的时候吓醒的。醒来后，天还没有亮，周围漆黑一片。潘寿良从床上下来，走到窗前，看向远处的灯火。

潘寿良失眠了，他想到了对岸那些人，那些事再也逃避不掉了。最担心的是外婆的遗嘱，这是外婆回去的主要目的。

怎么向潘寿娥解释？潘寿仪除了照顾一家老小的生活，给潘寿成带孩子，并对外冒充孩子的母亲，去给孩子开家长会；还要给潘寿良的公司做饭，给公司做账，发工资，严重影响了自己的生活。所有这一切说明潘寿仪应该是潘家的功臣。没有她，这个特殊的家庭不可能走到现在。潘寿良想到这些，觉得这个遗嘱不仅要写清楚分配，还要把潘寿仪的功劳摆一摆，免得其他人不知情。外婆回万福摆酒吃饭只是由头，而将来埋在哪里，潘寿良兄妹三人如何选择自己后半生在什么地方生活才是真正的大事。

基于这个原因，眼下，潘寿良把细佬潘寿成、细妹潘寿仪喊到一起吃了晚饭，在老母回房之后，三个人坐下来商量此事。毕竟这是兄妹三个此生的一件大事，关乎后面的安身立命。潘寿良想把摆酒搞得气派些，是有原因的，他觉得这些年委屈了老母，虽然老母没有说，可是他很清楚再也不能回避这个问题，毕竟老母已经这个年龄了。潘寿良想当着全村人的面把老母的决定宣布了，也就是两间房过户给潘寿仪的事情，免得日后潘寿仪在这里长住的时候，后代说三道四，或者生出不必要的争端。为此，潘寿良找人写好了一份协议，到时请兄弟姐妹签好字，拿到公证处去办个手续。这算是对潘寿仪的晚年有个交代。这也是作为大佬潘寿良心里的结，他要替死去的老豆把这件大事办了，当然，主要还是老母的意思。最近这两年，潘寿良总是梦见老豆，他愁眉不展的样子应该是为了这个事。老母提出用这个方式回去，显然是决心已下，并且从之前的失忆里清醒回来，变成又认识人认识字的老母，显然她在逼迫潘寿良尽快处理好家里的大事，而不要等她离开没有人管。

潘寿良找人要了份协议范本，按着上面的话，重新写了一份。他需要把这份东西带回万福，之前他给潘寿仪看过，让她放心，告诉她不要天天摆臭脸，更不要总是跟华哥和邻居们说他这个做大佬的太自私，不主持公道。

潘寿仪一段时间不愿说话，潘寿良知道她心中不快，在给他施压，心里也不痛快，他越发不愿意看见细妹这张要账的脸。可是房里出来时，潘寿良脑子里突然闪出潘寿仪脸上的老年斑和皱纹，又免不了心酸起来。来香港这么多年，她除了容貌，其他都没有变。单身，没有孩子，没有钱，没有房。潘寿良回想起很多事，难道是这个家风水不好吗，怎么每个人的命运都是那么坎坷！自己有老婆却跟没老婆差不多，没过上几年好日子，阿珠就回了万福，连孩子也带了回去。潘寿成有老婆，却丢下孩子跑路了。潘寿仪一生未嫁，有喜欢的人却结不了婚。潘寿良觉得一家人像是被下了咒，尽管各过各的，却都有各自的不幸。

潘寿良这两年总是想着把钱拿回万福，把家里的房子起得再高些，然后自己回到万福养老呢；还是就这样留在香港，永远不要再提回万福的事。那次，他是夜里回万福的，没有见到陈炳根。潘寿良捎了话想过去看看，却被拒绝了，说如果敢去就要被打出来。那时的阿珠和孩子还没有回去。家里冷冷清清，家里连端茶倒水的地方都没有，村里人显得生分了很多，说话总是吞吞吐吐的样子。最后竟然连潘寿良和潘寿成也没了话，在酒店住了一晚便匆匆忙忙赶了回来。

因为第二天早晨还要出车送材料到工地，然后再到荃湾看场地商量工程的事情，这也是一个老乡介绍的事情，考虑了两天，他还是不想错过赚钱的机会。眼下生意已经越来越难做了，为此，潘寿良特意准备了一些茶叶给人家。这些年潘寿良就是用这个方法和人打交道的，自己少吃点，少用点，除了要换取帮助，更不能亏了帮过自己的人。赚钱也要懂得感恩，他不想过河拆桥，发不义之财。关于这一点，他整天教育细佬阿成，可是感觉成效不大。潘寿成这些年除了大嘴巴，做事情毛手毛脚，有时还会骗人家的钱，再无其他进步。当初与外面的女人生了孩子后，印尼妹扔下孩子跑掉了。他在这边又欠了钱，跑回万福躲着，后来在万福喝酒打架，惹出了几单事，赔了钱才算了结。总之，他把家里害得很惨。为此，阿珠还对潘寿良有了意见，怪他总是护着潘寿成才把他变成这么不懂事。有一次，阿珠抱怨了几句，被住在另一间的潘寿成听到，跑到客厅想要吵架，甚至动手摔东西。潘寿良吓得赶紧跑到客厅把事情揽到自己身上，才算了结。到了晚上潘寿良睡不着了，他想啊想，觉得自己的前程渺茫，没有人懂得他的心，接下来的日子怎么过呢。尤其是不同意潘寿成把孩子送到收养院，而是请细妹潘寿仪帮着一起带的时候，潘寿成还怪他偏向潘田，有好吃的多给了潘田。那一阵子每个人的神经都紧绷着。

有次潘寿成和阿珠吵架后，潘寿良让阿珠先带孩子回万福，守住祖屋；同时也想到了应该分家。他觉得谁家有潘寿成这样一个只说不做的人，都是灾难，再这样下去，家里每个人都会对他有意见。于是潘寿良建议潘寿成去申请廉租屋，虽然只有7平方米，可好歹算有个落脚的地方，免得家里人再这么闹下去。

潘寿成的两个仔与潘寿仪住在一间房，两个孩子住在下铺，潘寿仪住在上铺，上上下下不方便，难免黑着脸。这在当时，在屯门的普通人家里，上下铺也很普遍。而阿珠觉得房子是潘寿良买下的，房子只有70多平方米，他们房间连个大床都放不了，实在是难过。她便生了潘寿仪的气，自己是因为肚子里怀了阿如，才从上铺挪下来。而潘寿仪却不懂事，仗着自己带着两个小孩，好像立了功似的，明明可以住进潘寿成那个廉租屋，却不去，死都要赖在这里。阿珠有时阴着脸说，这么多人住在这里，都不能呼吸了。

潘寿良听了，也只是嘿嘿笑着道，是呀是呀，然后便没了下文。潘寿良不能表态，只好装聋作哑，全家人的关系便越发紧张起来。潘寿良脑子里装的事情很多，除了把房产证的事情办理好，还要按照老母的意思，把祖屋的两间房过户给潘寿仪。潘寿良知道，如果自己不同意，老母将会死不瞑目。眼下已经装疯卖傻做了很多事，还不就是为了这个。

在香港每个夜深人静的时候，潘寿良都会站在小小的窗口向下望，思考自己应该何去何从。香港并不是自己的家啊。作为一个在万福村野地里奔跑过的孩子，他当然不想被困在这样的一个地方，过着如同监狱般的生活。可是他回去之后，还能拥有那间大屋吗，现在他有资格回去住吗？离开了万福，离开了陈炳根，现在的他没有朋友，甚至找不到一个人说话。什么时候回去，用什么话把当年的事情引出来，才不尴尬。潘寿良担心陈炳根的态度，如果处理不好，可能就会害了阿珠，他不知道该如何掌握这个火候。经历了这些事情之后，他们还能和解吗？他已经从华哥和细佬那里知道陈炳根见到了阿珠，并帮助了她，两个人相处得还不错，但其他的情况却不了解。眼下陈炳根正在作为证人，积极地帮助阿珠申请房产证，如果申请到后，再分出两间房给潘寿仪，阿珠会同意吗？潘寿良不知道接下来会发生什么。这颗定时炸弹，谁也不能碰。潘寿良现在回去，会不会影响事情的进展？有时候潘寿良会跑到老母的房间，坐在老母床前和她说话。老母多数时间里谁也不认识，除了数钱的时候会哈哈大笑，其他时候都是闷闷不乐。她一旦清醒就会指责潘寿良把一家人都害了，害得她有家不能回。所以潘寿良并不知道老母应该清醒还是痴呆下去。

外婆常常连潘寿良也不认识，见这个仔推门进去的时候，她会问找谁呀，是不是来要钱的？潘寿良苦笑："老母，我是你的仔呀，我是给你送钱的。"说完，潘寿良从口袋里掏出一张10元的港币，扬起来，再推到外婆眼前。见到钱，老母开始笑得像个孩子了，欢呼着，抢到怀里，然后再放到几张港币之中，嘴里叫喊："我有钱了，我有钱了。"潘寿良摇头，他已经无法正常地跟老母说话了，这些年自己心里的苦，没有人可以倾诉。有时他会在黑暗中来到老母的房间里，对着黑暗滔滔不绝，甚至有时会哭了起来，看着老母翻了个身后继续睡，潘寿良激动起来。说："老母，你是听懂我心里的话了吗？我知道你听进去了。我知道你是要回去的，我送你，放心吧，也算是给我的一个理由，我一个人回去还是很害怕。因为阿珠想的男人是陈炳根，你认识的，我同学，所以我不能强迫她的。还有细妹潘寿仪，她应该有个着落，她不应该像我，哪怕在工地也能睡，她需要有个自己的房子落脚、洗澡、做饭，正常的生活。老母，我虽然没有得到阿珠，可是我不能一句话都不交代就把阿珠交给陈炳根，让她过得不明不白吧。老母你呢，表面是担心在万福受欺负才过来香港的，其实我知道，你是放心不下我们。可是我明白你心里天天想回万福，你喜欢万福的太阳把地晒裂了；你喜欢看孩子爬上正泛着绿色油光的荔枝和龙眼树上偷摘；你喜欢中午天最热的时候的万福。热得连鸟儿都不敢出来的时候，你愿意到万福的大街上，闻那土被晒的味道。可在香港，你闻不到咱们万福泥土里的味道，来了这么多年，你都没进过商场。我知道你想那个地方想得心疼，你的病也是因为想万福才生的吧。老母，我虽然刚六十五岁，可是已经怀旧了，天天想万福。每次过到深圳做事，我都会绕着咱们万福那个地方走，有时趁中午路上没人，坐在车里进到村里去看一看。如果没有当年那些事，也不会让你跟着我受苦，我也不可能变成现在这个样子。"

对于重新恢复记忆的外婆来说，似乎前面那些事情并不存在，眼下，她不仅认识自己最大个仔潘寿良，还认识潘寿成和潘寿仪。她现在什么都想起来了，她对小区里见到的每个人微笑。

当潘寿仪、潘寿成表达吃惊的时候，潘寿良用眼神制止了他们的发声。潘寿良希望老母就这样演下去，不然的话，她怎么面对之前的一切呢？

潘寿良早几天眼皮就跳得厉害，总担心有事发生，果不其然，老母眼下就不对劲儿了。潘寿良心里也清楚很难改变老母的想法，却要故意装着平静无知地问，老母，你这是扫屋么？让细妹做就好了，你腰骨不好，可别太累到自己。他指着放在地上的旅行箱，说，这个要放在哪，我帮你。

外婆气呼呼地说："讲了几次你都忘记了。"

大舅潘寿良说："对对，我忘记了，是要出去走走吗？"

外婆差不多叫了起来："我要回万福，翻屋企。"

潘寿良指着外面的餐桌说："等会我做你最中意的牛肉炖瓜脯和巴浪鱼好不好。"

"要吃你去吃，我不要。"外婆已经黑了脸。

潘寿良知道躲不过，说："老母你怎么糊涂了，这里不是你的家吗？"潘寿良用手指着外面的客厅说，"这里外都是您的家，我们早在香港买了大屋。"潘寿良心里怕了，他记得老母说过自己将来要死在老家，不能把老骨头留在外地。

潘宝顺说："这里不是家，是你和潘寿成打工的地方。"

潘寿良说："我现在都做老板了，您是老板的老母，你看我们有吃有住，有屋住，有车用，我们这些出来打工的，就属你的仔最争气。"

外婆说："什么争不争气，我不知道，我只知道万福是我屋企。"

潘寿良不再说话。

外婆说："对对，你是老板，我的仔是老板。"过了会儿外婆似乎想起什么，说，"你是你，我是我，我还是得回去，你要是不送我，我就自己走回去。"

潘寿良笑了说："你怎么走？能飞呀。"

外婆说："我有脚，也能走，当年你们不就是两条腿走到这儿吗？不是轿子把你们送来的吧。"潘寿良说："对对，我们是走过来的。对了，老母，眼下我有些忙，让你回去，也没有人服侍你，所以回去会很孤单的。"外婆口气坚决，"我不用服侍，有手有脚，能做了给自己吃的，饿不死。"大舅潘寿良说："可是您这么老了，身边需要人照顾的，如果我让你回去住，还不被村里人骂死呀。您能不能等到过了年，我再送你回去，然后好好陪你住些天。"外婆说："让潘寿成送我回去就好，送过罗湖关口，我自己坐中巴到村里。"潘寿良说："老母呀，您现在八十多岁的人，我不放心啊，你回去了，我睡不着觉的。细佬的性格，谁都知道，做事没头没尾，这些年，他惹的这些事还少吗？他哪可能帮到别人，我烧香拜佛就是求他不要惹出事。如果不是他惹的那么多事，我可能也没有那么辛苦，细妹也不会跟着受累，嫁人都被耽误了。"说完话，潘寿良下意识瞥了眼潘寿仪的房，"这么多年来，潘寿仪一直留在家里，她本来是可以申请公屋的。"

外婆说："那我可不管喽。"此刻外婆回过头看了眼外面正越发光亮的天空。

潘寿良帮老母脱掉了皮鞋和袜子，安抚好外婆的情绪，他答应了老母，并商量好回屋企的时间。当然，回去前，他需要把手上的一些事情处理好。他知道再不做已经来不及了。想到这里，潘寿良拿起电话，打给村里的小罗汉，刚拨了号，又连忙掐断，这可是凌晨啊。村里所有的红白事都由小罗汉来主持，这是村里的习惯，也是经过潘寿良深思熟虑的结果。不仅小罗汉的老豆一直是村里话事的人，小罗汉当年还在公社里做过干部，帮过村里很多人，逢年过节潘家祠堂的事务都是由他来召集。由这样一个人来张罗并主持，有这么多大事要解决的贺寿宴至少不会乱。潘寿良想好了，因为太长太长的时间里兄弟姐妹间没有交流，所以需要有个外人在场，否则没有办法收拾场面。主要是潘寿娥那里不好摆平，所以有个话事的人主持还是必要的。贺寿宴的议程包括找人唱粤剧、舞狮，然后就是小罗汉向大家介绍到场的嘉宾和外婆的亲戚，再后面是兄弟姐妹还有孙子外孙们给外婆磕头，给外婆送红包，当然这些费用都是潘寿良负责的。最重要的环节是由小罗汉的父亲作为潘家祠堂最有威望的人，代表外婆当场向大家宣布这个祖屋的两个房间归潘寿仪永远使用，并产权过户。

大舅潘寿良长了一双水灵灵的眼睛，与他的经历和年龄都不符。当然，在潘寿良身上不符的事情还有很多。这个家里他最辛苦，可是却没有人尊重他，潘宝顺时常指着潘寿良的鼻子骂："你想想自己又做了咩，有咩理由讲其他人。"说这些话的时候，她是当着全家人的面，包括潘寿成的两个仔。"怕咩嘢，他这么老了不会做事还不能说咩！"说完潘宝顺气呼呼地给自己倒了杯花旗参茶，这是不久前潘寿良给老母买回来补身体的。

为了回万福，潘寿良先是整理手里生意，比如把有些工程，转给别人，自己只收个介绍费算了。如果是小工程，就趁着还能做，赶个工多赚点；有些工程干脆提前验收并结账；有的索性转移到深圳里面做。然后，叮嘱华哥把车换成两地牌照，方便往来。还有一些必要的证件，也需要尽快办好。不知为何，大舅竟隐约地觉得自己是在处理后事。他想好了，这次回去必须有个仪式才行，也算是给自己和老母的一个交代。当年全家人出去，全部灰溜溜的，留下了许多事情在后面，没有机会解释，总是被人拎出来议论。在此之前每次回万福办事，他都犹犹豫豫，偷偷摸摸地过来，既不像外来客也不像万福村的本地人，如果口音没有暴露的话，他甚至不愿意跟别人说到他是万福人。还有些时候，大舅特意先绕远去新桥，在新桥打听万福这边的情况。这些年，他断断续续回过万福多次，有时是为了生意，比如修路，需要实地考察，这没有办法。当然，他在心里也愿意接一些离万福比较近的生意，比如去沙井或是西乡镇修一段路之类。当然很多人会不理解，你修个路还要用到香港人吗？可是大舅愿意修，少赚点也愿意，就是因为这两个镇离万福最近。

　　"屯门人怎么了，很多生意都是这样做的呀。"显然这是不了解情况的人说的话。很多屯门人，家还是在深圳的某个村里。多数时间这些老板住在深圳，甚至还不是市区，而是某个村里或者现在的社区，他们是当年"三来一补"的搭桥和牵线人。这样的人有大把，他们愿意吃苦，熟悉环境，活儿也做得细致。他们接的工程通常是香港老板在深圳这边的老房子要修了，或是捐赠了一点钱，准备给家乡修路，这当然要找些自己熟悉的人，价钱先在香港谈好，合作方式也讲好。

　　这样的事情，潘寿良愿意干，哪怕万福变得再多，他也知道每条路最终通向哪里。有好多次，他选择了傍晚过来，天黑的时候便可以坐在万福村的旧房子门前的石阶上，看着不远处早已不再被封住的井口。虽然水井早已经没有了水，可是他好像总能听到水声。恍惚间，潘寿良仿佛看见趴在井沿上那些儿时的朋友和细佬细妹。他喜欢这里的每个角落，这是小时候他经常捉迷藏的地方，那时候不是跑到村上，就是躲到谁家的杂物间里。潘寿良最怕这种游戏，每次心脏都要跳出来，等待的时候，他快要晕过去了。有一次他竟然顺着绳子下到了井里，差一点淹死，一个过路的妇女见了，大声叫喊，几个人把他救了出来。

夜色里，他坐在村里的石头上，闭上眼睛，辨认哪里是当年的村委、供销社、小学，甚至哪里是妇女们洗衣服的小河。哪怕那些店都已经重新装修过，甚至路都是重新修的，房子也是新启的，每个人都讲着港味普通话，他也能想象到当年这里是什么样子。

他去万福的时候，会选择一些特殊的时候，通常是晚上，路上没有人，他开着车，路过这个地方，用眼睛去抚摸这些个小街小巷。这样的时候，潘寿良是舒服的，好像做梦一样。他先是从村口开始，然后看到了文昌塔，这是他经常梦到的地方，他经常梦见躲在它的石阶上睡觉。相对于那些堂皇的大道，潘寿良更喜欢这些石板小路、路边的野花小草，哪怕是跑出来的一只流浪狗他都觉得亲切，会盯着狗很久，甚至有冲动想上去抱住它，哪怕什么都不说，他也知道那个狗是懂他的。

之前回万福几乎都是为了些小事，比如带回中药给阿珠，或是为了个小生意需要在深圳谈。而这些小打小闹的回去，他觉得都不算什么，只是给自己壮胆和预热的，也算是探路。离开万福这么些年，他发现自己胆子变小了。如果真的回万福，他需要有个标志性的事件。对于村里人来说应该是件大事才行，然后给大家一个交代，这样对阿珠和孩子才有不一样的意义。

当年潘寿良离开万福屋企的时候，是在风雨交加的晚上，前途未卜。而这次，他一定要选个风清日丽，阳光明媚的白天，而且他想图个吉利，一大早就出门，中午前必须到。所以他在日历里翻了很久，希望这是个出门大吉的日子。晴天、不堵车，整个过程是一种享受。这是潘寿良梦里经常出现的场景。除了给家里每个人准备好的伴手礼，他还把一个藏了多年的护身符也带了回来。这个护身符太特殊了，潘寿良走到哪里都随身携带，不敢有什么闪失，别人不知道，只有他自己明白是怎么回事。所谓护身符其实是个细长形的白珠算盘，那是潘寿良从生产队里偷出来的。当时想着练好后，就还回去。为了这个事，自己的同学、好兄弟陈炳根因为丢了村里的财产，受到批评不说，还在会上做了检讨。整个村子就这一个宝贝，如果不是陈炳根提出自己承担责任，大队几乎提出要挨家挨户地搜查了。毕竟白珠算盘是村委的传家宝，用了几十年，每个人都知道那玩意长什么样儿。潘寿良偷出来的原因很简单，他想偷偷练习，希望学会之后，争取进生产队，先从出纳做起，然后副队长，再是队长，他觉得自己可以干得比谁都好，包括有一天超过陈炳根。当然，这是心里话，他不会对任何人讲的。他这辈子都活在陈炳根的阴影下，各种难受说不出口。陈炳根是他的同学、好朋友，每天形影不离，对方对他也几乎无话不说，包括喜欢阿珠的事情。每周两次回家取煮饭的白米和咸菜，几个小时的路程里，他们像影子一样，不离不弃。可好归好，却因为阿炳根和阿珠的关系，潘寿良在心里和陈炳根已经拉开了很大的距离。当然，还有一件事就是陈炳根在进大队上班的时候，连声招呼都没有打，让潘寿良心里不舒服。这件事潘寿良一直闷在心里，他想看看陈炳根到底要不要给他一个解释。虽然他也觉得整个村里没有谁比陈炳根更适合做村长，要文化有文化，要威信有威信，可这样还是让他不舒服。陈炳根当了村长就显得潘寿良很落后，没有能力。虽然别人没有直接比较，但免不了心里会这样想。有次潘寿娥嘲笑他说："你要是长得像陈炳根那么高就能当村长了。"

潘寿良看着比自己还高出一小截的大妹，心里苦得要死。潘寿娥并不知道大佬怎么想的，还不知深浅地帮着对方说话，说陈炳根高长威猛看着舒服，再说了，他做事情干净利索，能担当。

潘寿良听了并不服气，都是同学，连这个都要隐瞒。当然潘寿良连个生产队的边都没沾上，所以他不想还，也没机会还。发生了那件事情之后，生产队的公家财产已经全部锁在了柜子里，而且大门还加了一个锁头。在家里算盘只能锁在柜子的底层，潘寿良也不敢随便拿出来，甚至他连自己会算账这个事情也不敢告诉任何人。如果出远门，他一定要拿出来带在身上。因为这个东西全村人都见过，也都认识，他觉得自己好似把万福背在了身上。

关于回万福，潘寿良做了很久的思想斗争。一想到回家，他脑子里会浮现出各种人，除了大妹潘寿娥，还有的就是阿珠和潘田、阿如，眼下哪个都对他不友好。父母如果只有一方在香港，儿童是不容许在香港逗留，迟早被遣送回原地。政策一出来，读四年级的潘田便和阿如被阿珠带回了万福。这件事情潘寿良没机会与潘田解释，虽然他知道早晚需要与陈炳根摊牌，把话说明白，还阿珠一个清白。

潘寿良知道，潘田知道自己身世的时间到了。而他身体越发不好，担心熬不到那个时间。否则阿珠即使对陈炳根讲了，也没有证人，谁也不会信的。到时潘田怎么办，连认祖归宗的机会都没有。所以这件事情必须正式说，哪怕被村里人继续嘲笑。潘寿良想过做亲子鉴定，可是那将惊动太多人，局面难以控制，到时阿珠的名声就没人给洗清了，她提早回万福的意义也没了。这些年潘田从少年叛逆到青年，现在已经年近四十了，还有阿如，三十多了，只恋爱，不结婚，理由是不想重蹈父母不幸婚姻的覆辙。潘寿良不断怀疑自己当初的选择，看看万福的今天，还有自己的同龄人，他觉得自己太失败了，这辈子，欠了这么多的人情债，死不起，更活不起，无路可走。

潘寿良知道阿珠心里有气，认为他们全家联合起来欺负她，逼她回万福。眼下这种情况，潘寿良只有自己亲口告诉阿珠，回到万福，是因为政策变了，内地形势越来越好，如果有户口还可以享受村里的分红。潘寿良的用意很明显，让孩子们的户口回到万福，父子相认，享受政策分红。如果阿珠和陈炳根能消除误会，他这辈子也就解放了。

潘寿良眼下急得很，他觉得你陈炳根如果真的爱阿珠，应该懂她的心，阿珠回去了这么久，两人都接触上了，做咩还遮遮掩掩，不把话说透，哪怕不能在一起，至少也可以消除误会吧。大舅心想，阿珠你也不用谢我，可至少应该了解我的为人，大家不把事情摊开说透，真是死不瞑目啊，我又怎么能够安心地离开这个世界呢？可是大舅阿良并不知道，阿珠后来见到陈炳根一副客气礼貌的样子，还有阿珍的虎视眈眈时，便已经泄了气。不要说回到以前，连做朋友的可能性似乎也都没有了。于是她越发生潘寿良的气，你就知道让让让，内疚内疚，把我当商品吗？就算商品也应该是我自己做主，况且女儿总该是你的吧，你还不是为了你自己。阿珠早就知道了潘寿良的用意，只是不想说破。

潘寿良与陈炳根很久没有接触，他认为需要一个仪式，两个人才能把事情说开，接下来他也可以考虑自己何去何从了。他不想因为自己的原因，把阿珠和潘田都害了。虽然潘寿良是那么舍不得阿珠和这个仔，可又能怎样呢，做人不能太自私。他自己这样的一个人，当初因为特殊情况才与阿珠在一起，如果其他时间，阿珠怎么会选择他呢？

潘寿良清楚阿珠是因为当初要留在香港，需要有人帮她养儿子，才委屈自己和他结婚的，心里是没有爱过潘寿良的。尤其是阿珠对申请户籍时表现出来的犹豫，让潘寿良感到，阿珠对阿炳根没有死心。

潘寿良听说陈炳根和阿珍住在一起很久，结婚证都没有领。潘寿良知道陈炳根这么做就是为了等阿珠。所以，听到有了新政策，潘寿良便让阿珠再好好考虑，也可以再选择。听到潘寿良这么说，阿珠觉得潘寿良明显是要把她推回万福的意思，这样一来，也就越发想念陈炳根，于是带着孩子们一起回到了万福。

这一刻潘寿良受了刺激，他先是在老母面前停顿了下，然后才缓慢转过身去，像是去看柜子里放着的小摆设那样。潘寿良的脑子里还在想着老母刚才的态度，他需要辨别自己是不是在做梦。

家里的橡木柜子上放着一张旧照片，这是老母的宝贝，她每天都去看，即便潘寿仪替她收拾过，她还是会自己重新擦拭。那是老母带着他们兄妹四人坐了两个小时的手扶拖拉机，到镇上去照的，也是唯一的全家福。后来在香港拍的相片，不仅少了潘寿娥，还引得老母几天吃睡都不好，这也是潘寿良不敢提议照全家福的原因。潘寿仪有次趁老母出门，悄悄把照片取走，用纸包好，收进柜筒。到了晚上，还在睡梦中，几个人便听见了隔壁传来呜呜的哭声。潘寿良还在睡梦中，只是翻了个身，倒是潘寿仪一直没有睡实，她整整一天都提心吊胆。听到哭声，她心倒是放下了，光着脚迅速跑到大佬门前，敲了一声便走了进去摇醒潘寿良。潘寿良睡得糊里糊涂，不知道发生了什么，似乎想起刚刚听见的声音。潘寿仪在大佬耳边道出实情，求大佬帮忙把照片放回去。潘寿良来不及怪罪细妹，他清楚老母的想法，从小到大，潘寿娥与她吵得最凶，却是她最疼的，也是最让她放不下心的一个。老母说过子女中最像她的就是潘寿娥。两个人因为赌气已经太久没有见面，用老母的话说就是她们一家把潘寿娥丢在万福受苦了。也就是这个事情，让潘寿娥恨上了老母，发誓不去香港，更不许别人提这两个字。这对于万福人来说也是不可思议的事情，毕竟万福离香港还是很近的。

潘寿良最懂老母，所以老母心里那些想念竟全部移到了他的心里、骨头里，在雨天大风天一阵阵地发作，隐疼。有那么一瞬间，潘寿良感觉自己好想变成一只小虫子，钻进老母的那堆旧衣服里面，藏进去，然后由老母背在身后。就这样走啊走，一直走回他日思夜念的万福去。想到这里，潘寿良的情绪已经不太稳定，一会儿欢喜一会儿难过，甚至有两次他发现自己在静静地流泪，好在老母的眼神不好，也不看他。

潘寿良听见不远处有小鸟的叫声。已经有段时间，他总是能够听到这样的声音，起初还以为是幻觉，到了最近，他知道是真的，只是声音像小时候，每天在他家房门前叫他起床的那只。

潘寿良知道不能劝动老母，她这次是真的下了决心。之前，老母闹脾气的时候也会这样，拎了件外衣做出要走的样子，到了门口时再由家里的什么人把她拦回来，然后拖到房间，任她哭着骂一顿，事情也就到此为止了。她有些任性，经常把自己当成个细妹仔一样宠着，尤其是觉得这个大儿子潘寿良已经彻底没有脾气，变成一块松软的棉花的时候，她便开始由着自己的性子了。比如，她会骂潘寿良："都是你，带着这一大家子离开万福，让我跟女儿分开，见不到泥也见不到土，住到这么高的楼上，连阳光也见不到，找个人说话都不容易，等哪一天，我就从这上面跳下去。"说完，外婆的眼睛望向外面黑茫茫的天。

潘寿良不敢说话，心里想，到这边不是你的意思吗，还说全家住着热闹。其实是因为担心在万福受人欺负，会被子女的事拖累。外婆刚到香港时就把全家人凑到一起，让潘寿仪不要费事再申请公屋，不要花冤枉钱，而应该搬到潘寿良这里，负责带孩子，做家务。潘寿成听了自然高兴，而潘寿良不高兴也不敢说，只能劝阿珠想开些。阿珠知道潘寿良的性格，事情定了才通知她，心想这是成心要赶她走，说，"不用跟我商量，这是你们的家，我始终都是外人。"没等到潘寿良缓过神，这边的潘寿仪也不高兴了，说原来是把我当保姆了。外婆头也不抬地说："你好好想想家姐吧，她在那边一个人是怎么过的。"

潘寿仪说："关我咩事啊？"

外婆盯着她的脸问："真的不关你事？"

潘寿仪被老母盯得害怕，站在原地不动，眼睛不敢正视老母。

这时潘寿良端着个杯子过来，说是我的事情我的事情。潘寿仪听了，一肚子苦水不知倒给谁，只好流着泪跑进房，倒在床上。

见潘寿仪这样，外婆对着潘寿仪房间的门说："最苦的就是你的家姐，我真是后悔啊。"说完叹了气，然后便去抹眼泪了。一家人停在沉默中。

这样的话，外婆念叨了很久。潘寿良当上小老板，买了人货车之后，还时常低着头，赔着笑脸对老母说："老母，都怪我，都怪我，等忙过这一阵子，我带你回去看看，看看阿娥啊。"

外婆听了，顿时把矛头对准了潘寿良，冷着脸说："不是看，是回去住，我要睡到我的老屋去，不想待在这个鬼地方了。"

潘寿良笑着说："对对，我们回去要住下来，不能总是潘寿成一个人过去，我们也要回，到时我先把房子装修了，卫生搞好，让您住得舒服。"潘寿良尽量不说重点。他大清楚老母怎么想的了，因为这也是自己想的，甚至他比老母更加想念万福。老母可能只是觉得下楼不方便，又没有朋友说话。而他潘寿良不是，潘寿良任何时候都想家，刮风时想，下雨时想，晴天时也想，甚至因为想家，他变成了一个爱哭的男人。用潘寿成的话说："我早就知道大佬变成个女人了，到了香港就被阉了。"

外婆每次听到，都会瞪一眼潘寿成，骂道："不许你这么说话。"

潘寿成说："你不是说他没用，总是害你伤心吗？"

见外婆这时已经黑了脸，潘寿成又嬉皮笑脸地说："那是两回事，我是说他老婆走了之后，他才变的，换成其他人早就守不住了，你看他，每天婆婆妈妈，早把自己变成了一个女人，所以他不需要女人的。"

除了大舅潘寿良，其他人都以为外婆早不想回家了，因为她总是把舒服呀，有钱了挂在嘴边。用潘寿成的话说，任何时候老母都走在时代的前沿。比如香港话能说上几句，英语也能讲两句，站在屯门街口，如果不说话，倒像个地道的本港人。有段时间，她也会对邻居说到对万福没有什么感情了，同龄人大多也都不在了，回去了也没意思，她说自己谁也不想见。

对外婆这一次提出回家，潘寿良没有劝阻，而是在脑子里做出规划。兄弟二人明白老母的意思，就是她在为自己处理后事了。眼前被她呼来喝去的潘寿仪，是外婆的心病，毕竟已经五十多岁，今后的生活一眼看到头，不可能再有什么好事情发生。所以潘寿仪心烦得要死，她希望在老母活着的时候，帮她把大事解决好，安排好养老问题，免得后面没人替她张罗，出现什么意外。潘寿仪感觉潘寿娥没那么容易善罢甘休。

潘寿仪的这些计划，要在外婆还能说话的时候处理好。

而外婆在等潘寿良自己提出，免得落下一碗水没有端平的话柄给后人。

外婆年轻时，也就是二十几岁开始便是一副女强人的形象，这样的老母在潘寿良心里一直是厉害和无所不能的，直到她的老年痴呆发作后，她也从来没有对谁示过弱。有些时候，他真的想跟老母亲多说几句，冥冥之中，他觉得老母的老年痴呆只是一个手段和工具。老母一直在逃避，就像是潘寿良一直想逃而没有机会。而年过八十的老母终于得了一个机会，蜕变成老年痴呆，她想蜷在这个症状里面，不再出门。

潘寿良不知道下一步怎么办。很多时候，他站在老母的门前，有许多话说不出来。所以潘寿良对女儿阿如说，如果有话要说，什么时候都可以给我打电话，哪怕半夜哪怕天亮前，都可以。因为那个时间，也正是他潘寿良的黑暗时刻，有好多次，他渴望从楼顶飞奔出去。

10. 家产

阿惠小姨潘寿仪不止一次对潘寿良说过："你欠着我的，要记得还。"说这话的时候，潘寿仪的脸上充满了怨气。

这些话潘寿仪不是开玩笑，眼下，她在等着老母为她做主，免得潘寿良赖账。这年头人心隔肚皮的，谁知道潘寿良葫芦里卖的是什么药。

　　回家的日子是大舅三个月前选定的。当天潘寿良对着日历牌，用铅字笔重重地画了一个勾，笔已经划破了纸，他郑重写下了两个字：回家。转回头对潘寿成说："回去了也不能大手大脚，如果吃饭，你去大排档，不要到最好的那个福高酒楼去吃，否则会被人骂。"

　　二舅潘寿成说："大佬，我没所谓呀，可是老母回去，那就不同了，我总不能带她去那种地方，被人笑话吧，她身份和村里人是不一样的，如果处理不好，闹出笑话也是你这个大佬没做好。"

　　潘寿良说："细佬，我腰骨又酸又痛，好似瘫了，唔知道做咩，以后你要生性，家里要靠你撑的呀，不要一有事就是大佬大佬，我真好累。"

　　潘寿成说："咩意思？这两件事没有联系吧，再说我有家吗？我连老婆在哪都不知道，大佬你是不是有什么好介绍啊，不能总是你有好事情吧。"

　　潘寿良说："我是让你做事情要稳妥，不要四处乱跑，给家里惹祸。"

　　潘寿成不耐烦地说："好了好了，我都这么大个人，好像什么都不懂似的，我辛苦赚钱反倒连餐饭都要别人做主，这是什么生活呀，你怎么不管管自己呢。"

　　潘寿良被呛得说不出话，听见潘寿成咣当一声摔门的声音，接下来，他的心开始堵得慌，可是找不到一个人去说。

潘寿良只好边拖地边嘟囔："如果都懂，你还会害得细妹到现在还没嫁。"

潘寿仪这时突然冲出来，对着潘寿良大叫："讲够没，做咩讲我，是不是嫌我碍事。我告诉你，你这个做大佬的就是欠我的。"见到潘寿仪手里还拎着饭铲，潘寿良停住了嘴，说："要吃饭了吗？"

潘寿仪听了，看看身上的围裙和手中的物件，似乎更加委屈了，于是把铲子扔在地上："我不做了。"前一晚她整夜失眠，大佬对回万福推三阻四，明明老婆孩子都在万福村，这还不是害怕面对老母上次提到房产的事，说到底就是不愿意面对房产的分割。想到这里，潘寿仪又转成温和的语调，说："大佬，有时间你还是回去看看吧，不能只给钱，还要给人的。"潘寿仪从来没有就这个话题和大佬好好谈过，她觉得大佬的心思没人能猜得懂，这么多年像个谜。

潘寿良说："我的事以后再讲，你先回去，把自己和老母的生活安排好吧，接下来再考虑我。"

潘寿仪见大佬还是不提祖屋，如果他不回，自己回了也没用。刚有了一次机会说到这里，潘寿良又故意岔开。潘寿仪暂时不想惹大佬不高兴，这些年家里人说话都是绕来绕去，越发生分。潘寿仪觉得回去也好，留在香港也罢，反正最后都是要孤独终老。想到未来的日子，很是难受。前不久她去几家老人院看过，那里被隔成一小间一小间，里面的老人除了动作迟缓，眼球子似乎也不会动，全部僵硬而惨白的脸对着她，加上难闻的气味扑来，潘寿仪被吓到了。怎么好似养狗养猫，难道下半辈子只能住在这样的地方吗？她怪自己走错了一步，导致没有收入来源，只能依靠华哥，而潘寿良做生意也算是靠天吃饭，说不准哪一天就没得做了。潘寿成自私成性，加上老母附和说这毕竟是我们潘家的种这样的屁话，把两个孩子交给她来带。而华哥在潘家人面前心虚，只能装糊涂，不敢强行娶了她做老婆。潘寿仪想来想去，她知道应该恨谁了，对，就是大佬潘寿良，就是他。如果当时狠下心谁也不带，怎么会搞得每个人有家不能回。

第二天早晨八点钟，潘寿良听到开门的声音，是潘寿仪，每天这个时间她会从市场带河粉回来，煮给全家人吃。老母和大佬一大早就在房间里说话，各个人样子严肃。见了潘寿仪，大舅说反正细妹在这里也是帮着我干杂活，不如跟你一起回去，陪你在万福生活。

外婆说："跟着我生活可以，但是她住在那个地方算什么，你这个做大佬的要给她个交代吧，你知道的，她本来和阿珠关系就不和睦。"

潘寿仪心中一喜，老母终于说到正事。

潘寿良说："我给她生活费，再说了，细妹不会缺钱花的。"潘寿良的意思是华哥每月给潘寿仪的生活费。

见老母不说话，眼睛望向窗外，细妹低着头去看餐桌上的花纹。潘寿良接着说，华哥的钱是给潘寿仪存起来养老的，我们都不会动，家用的钱我会一分不少按月给她。

外婆笑了，说："仔啊，这样就好了吗，你可是做大佬的。"

大舅潘寿良才听明白："老母的担心我知道，也早想过，你回去住的那个房子，虽然是我花钱做的，可还是老母您做主的，细妹想要住，多久都行。算是帮您了却这份心愿，这下她就没有后顾之忧了。她的确为这头家牺牲了好多，把后半生都搭了进去，只是这笔账本来应该由细佬还的。"

外婆说："帮他们做些事情也是你本分，当初是你把他们带出来的，你负责也是应该的。如果不出来，他们现在各个都享福了，光是分红这辈子都吃不完的。"

大舅潘寿良心里不舒服，可又没办法讲，他觉得老母用他的钱做了人情，反过头还来怪他。于是嘟嘟囔囔地说："谁能想到村里现在这个样子，过去可是鸟都不拉屎的地方，再说当年也不是我逼他们来的。"

外婆听了也不理，继续抱怨："他们个个都被你耽误了，现在也没混出个样子，又有什么钱，而你现在是老板了。"

大舅潘寿良说："那是细佬好吃懒做，不务正业。"

外婆说："是你没有带好他，机会也都给了自己，他哪里还有什么机会呢。"

大舅说："我这些苦他愿意吃吗？"

外婆说："谁不吃苦，我吃的苦还少吗，把你们几个养大我容易吗？如果不是因为你，我不会从县里下放回村的。"

潘寿良停了半天，这是老母最喜欢说的话，似乎自己把老母的前途耽误了。

外婆继续说："如果不是因为你，我早在县里吃上了商品粮，有了城市户口。"

这样的话，潘寿良听了大半辈子，他不知道怎么接这个话。潘寿良说："细佬有手有脚，机会不是只给我一个人的，他天天这个样子，有机会也抓不住。"

外婆说："你是大佬，细佬混成这样你就安心？"

潘寿良说："老母，你都这样讲了，我会做出让步的。再说了，细妹每天在我这里也没闲着，打扫卫生，做饭送饭做家务，有时还要跟着我去工地，我记在心上呢。"

外婆说："你说了那么多，家里的房子你还全要吗。你愿意让她住，可是将来你的孩子不让她住怎么办，她找谁说理去啊。"

潘寿良说："那房子是我花的钱，我让细妹住，他们应该不会反对的。"

外婆说："万一你那个时候不在了，她还能住吗？"

大舅听了，突然间心酸起来，看起来老母是知道他病情的，可是生病后没有人关心过他，而说到房子的时候才想到他的病情。

外婆说："到了那个时候，你更没有权力做主给谁了吧，你老婆将来还会同意？下一代人哪里还会听你的。"

大舅潘寿良说："如果老母你还是不放心，细佬也不反对，这两间房留给潘寿仪住，你写下来，这样她就可以放心安度晚年，也算是给她的补偿了，你看行吗？"

二舅潘寿成是在自己房里听见的，先是愣了下，随后脖子变粗，仰起脸，对着客厅大声道："我有意见，凭什么细妹有房子，而我冇。"

外婆说："那你就得求大佬替你想办法了。"

潘寿良说："我也没有办法啊。"

这时潘寿成已经站在了老母的眼前。

外婆说："做咩，我又唔係大佬。"

二舅听了，脸对着大舅说："大佬你是不是看不起我？"

大舅潘寿良说："怎么会？"

二舅潘寿成说："那你心里有细妹没有我。"

大舅说："不会不会的，我是大佬，哪里会这样。"

二舅潘寿成故意噘起嘴："那你为什么不管我。"

大舅说："我的意思是不应该我补偿，长孙住这间大屋，这是祖上传下来的规矩啊。"

外婆冷冷地问："那你应该给我抱的长孙呢？"

大舅潘寿良顿时心慌意乱，说："老母，我们明天再聊这个话题吧，到您吃药的时间了。"

大舅发现老母说完了这句话之后，又变回口齿不清了，最后连神智也不清。他搞不清刚才是气着了老母让她病情加重，还是外婆间歇性发作又开始了。

二舅说："老母的这个病生得好及时。"

大舅潘寿良板着脸说："我们还是不要这样讲老母。"

二舅嬉笑着道："我是说，她这病想犯的时候就能犯，根据自己的需要。"

外婆除了不认识人，其他的事都还知道，包括锅碗瓢盆放在了哪里，她全都清楚。有次华哥过来，她向华哥要钱，讨好地在厨房的柜子里找到华哥爱喝的普洱茶，冲好，端给华哥，还准备做饭，非常清醒。还有次外婆竟然劝大舅带个女仔回来。她说："要生个仔的。没有仔怎么行，将来你老了怎么办，潘家不能无后啊。"

大舅潘寿良懵了，他突然意识到一切都没有瞒过老母。潘寿良慌乱了，过了会才说："有人陪您回万福是个正经事。那就让潘寿仪陪您回去，还能全程照顾老母。"

大舅说："不然我帮您写个遗嘱吧，把房子的事写进来。"

潘寿仪说："随你啊，反正我没什么所谓的。"

大舅潘寿良不爱听细妹这样说话，如果不办，她会几天不出门，也不做饭，如果办了，她又会如此说话。

大舅说："到时你还要不要拿去做个公证呢？"

潘寿仪说："随你喽，我有什么所谓呢。"

显然这是外婆在逼大舅做决定，也就是让大舅把祖屋的一半，留给潘寿仪。而这意味着潘寿良不仅放弃了祖屋一半的产权，也放弃了老婆阿珠，还有儿子潘田。阿珠早就认为潘寿良是让自己回来占房子，等盖好了房就会有人过来争了，果然被阿珠预测对了。潘寿良失眠了几个晚上后，眼珠越发深邃，连眼皮也陷了下去，头发差不多全都白了，他大清早跑到外婆的房间说："老母，你的意思我懂了。"随后，他看了眼正推门送早餐进来的潘寿仪说："你去收拾东西，陪老母回万福住，我让细佬放下手里的事情陪你们过去，顺便也让他熟悉下万福的情况，他不是想回去找个老婆吗，万福女仔不错的呀，老实可靠，家境也不错。"

潘寿仪翻着白眼道："新安好的人谁会要他。"

关于这个话题，外婆不爱听。有一次她拉长了脸，心里不高兴，怪潘寿良不懂心疼细佬，说只顾自己快活，也不知道帮帮细佬。

大舅说："我又不能帮他找老婆。"

外婆说："你多给他一些钱呀，多见几个就找到了。"

大舅没办法顶老母，只好自己生闷气，二舅似乎越发不着调，除了打麻将输钱，有时还会玩六合彩，总是找大佬要钱。下午借钱上午态度诚恳，钱刚装进口袋，口气立马就变了，说话开始骂骂咧咧。潘寿良听了，只要嘀咕两句细佬不争气，乱花钱，外婆便瞪了眼对大舅潘寿良说："你是做大佬的，有这么说细佬的吗？他那么年轻老婆就跑了，除了脸上没光，也不好意思回村里，怕人家笑话他，你怎么不理解。"

大舅说："我觉得细佬从小到大被惯坏了。"

外婆说："如果他不到香港，会这样吗，还不是你惹的。"

11．绯闻

舅妈阿珠虽然没有见过阿惠的正面，可是她已经听说过潘寿良带女仔吃饭、给钱的事情。有次她见了潘寿良递纸巾给对方擦眼泪，帮着拎东西。有工人说，几次见到潘寿良拿钱给对方。阿珠希望不是真的，可是潘寿良这个状态持续了两年多。回想起这一路，阿珠觉得这事也不能完全怪潘寿良，还是把他当同学和亲人吧，看起来自己没有这个命。所以等潘寿良提出想让潘田回到万福上学，避开香港那些烂仔时，阿珠便彻底死了心，说："我也应该回去了。"说话的时候，阿珠脑子里全是那个女仔的背影。她心里难受，这个年龄了，真是有种说不出口的尴尬。想想也怨不得潘寿良，人家帮她带了这么多年的仔，应该有自己的生活了。阿珠灰心了，不再抱有幻想，而在心里与潘寿良说了再见。

阿珠本以为带着潘田回万福是个明智的事情，不然便欠了潘寿良太多，毕竟潘田是自己的孩子，还是自己带吧，不要连累别人，潘寿良是时候甩掉包袱了。本以为回到万福的潘田会懂事。想不到，潘田回到万福后受到了歧视和冷落，他先是被人背地里扔石块，接着是当面嘲笑。潘田为了讨好同学，会拿着潘寿良给的钱去唱K，吃夜宵，醉了还会砸店家的东西。

潘寿良一直犹豫着，他知道阿珠和陈炳根都恨他。当然了，恨他无所谓，耽误了彼此才是真的。这辈子快要过完，他觉得应该成全他们。

潘田想好了看住老母，因为事关他的面子问题。曾经有段时间了，潘田被同学嘲笑和欺负。这样一来潘田越发生潘寿良的气，他觉得老豆捆不住老婆，因为想偷吃才不愿意回万福。为了这，他已经不想理睬老豆潘寿良。

潘寿良并不知情，他早已把这个仔当成了自己的。眼下这个被称为老板的潘寿良想早点见到潘田，他印象里的潘田一直都是那个小小的粉红色的一团，这是潘寿良在铁皮屋第一次看到潘田时的样子。潘田这个名字还是潘寿良起的，他希望孩子活得气派、高级、有出息，不要像父母那样受苦。就在阿珠带着潘田离港的前一周，潘田对潘寿良说了狠话，因为他已经听到阿珠的哭诉，说潘寿良在外面有了女人。潘田几次想根据阿珠提供的信息去找那个女孩，都被阿珠拦住了。潘田心里有气，却不说，只是冷着脸对潘寿良。直到听潘寿良交代他要好好做人时，潘田反问道："我怎么了要你管？"

潘寿良说："我们不论在学校还是社会，做事情都要小心，凭着我们的出身，任何时候都夹着尾巴做人。"

潘田说："你是有尾巴给人抓住的，我没有。"

潘寿良说："我的意思是小心驶得万年船，就是劝你不要给家里惹事情。"

潘田说："你管好自己先。"

潘寿良："我怎么了，管你吃管你喝，是不是我哪里做错了？"

阿珠不说话看着潘寿良，显然是怪潘寿良说得太重。潘寿良讲不出道理，他只是希望这个男孩不要无情无义，挥霍无度，对家里人这么狠，偶尔还会夜不归宿。潘田说："你也配谈情和义吗，我老母为你受了这么多的苦，你给过她什么，除了钱，你还能给这个家什么？你现在穷得也只剩下了钱吧。"潘田说话时跷起了二郎腿。

潘寿良耐心地说："没有钱，日子是很难过的。"

潘田说："那又怎么样，这难道不是你该尽的义务吗？如果你连赚钱都不行，对于我们来说还有价值吗？"

潘寿良可怜巴巴地问："我这个老豆只是赚钱的吗？"

潘田故意气潘寿良："难道不是吗？"

潘寿良被噎得讲不出话，他没有想到潘田会说出这么伤人的话。潘寿良做了一个要打的动作就被阿珠拦下，哭道："你当然可以不心疼，潘田的命太苦了呀。"

潘寿良垂下头，再也不知道怎么应答。

回到万福之后，阿如见老母继续袒护潘田，开始生老母的气，她觉得老母袒护大佬，早晚会害了大佬。尤其村里有人说三道四的那些话，七拐八拐也传到阿如耳朵。作为一个女孩，她真心受不了。有两次，她在路上被高年级女生拦住，拉进洗手间，问，你承不承认你老母是个老狐狸精。阿如不说话，高个的女生抓了阿如的头发，说，你承认就好了，又没让你怎么样。

阿如说："你们是想要保护费吧。"对方说："没人要拿你的钱，因为你的钱脏，你老母的钱都是男人们给的，然后再用到你们身上，所以你和你大佬都很脏。"阿如逃开是因为上课的铃声响了，她的脸上挨了巴掌，伙食费还被人从口袋里摸了出去，本以为打了人便不会再取钱。这一天，阿如没有及时回家，她爬到了自家的荔枝树上，看着老母像个热锅上的蚂蚁，一会儿从家里出去，一会儿又跑到马路上站着等她。阿如一直到很晚也不肯下来，她想好了，从此以后她不会再帮老母。过去，她陪着老母去镇上拖回喝醉的潘田时，还会心疼老母；可现在阿如心里只有恨，她终于明白老母为什么不跟着老豆在香港，原来在万福她是有野男人的。

阿如仔细想想，越发觉得老母回来这事蹊跷。无论屋企还是外面老豆都需要个帮手，做饭，洗衣，服侍阿嬷，包括有时下车去办事，也需要有个人坐在车里，才不会被罚款。阿如想到万福人那些话了，他们说老母是那种女人。想到这些的时候，阿如准备报个外省的学校，离家越远越好。

阿珠不知道阿如的心思还有她在学校的遭遇，所以把心思花在了潘田的身上。可让她苦恼的是，她越是花心思，这个仔就越是不听话，也不知道要折腾多久才会好，她觉得这个仔不知道像谁了。有几次，她骂他的时候，你到底这是干什么，你跟谁有仇吗？潘田听了说："你应该问那个衰人。"阿珠听了，在沙发上瘫成一堆泥。她知道潘田恨潘寿良，他认为就是因为这个老豆，把他丢回万福，才让他每天都要见到那些怪怪的眼光。

阿如生气的是，你骂老豆自私，只知道在香港享受，那你就不要四处说自己老豆是香港的呀，也不要拿他的钱。阿如的这些心里话，不会跟任何人说，她觉得潘田又自私又虚伪。正是因为这个原因，阿如生老母的气，她觉得老母把个好端端的仔惯成了坏小子。小的时候，大佬还不会像现在这么窜。眼下，像是完全失控了一般。如此一来，阿如开始心疼老豆，她想去香港和老豆再见上一面，也算是告别。高考之后，她希望自己走远点，最好是去西北，哪怕远点，生活苦，也没所谓，而不要留在这个家。总之，她再也不想待在万福村了。于是她给老豆发了短信，说想老豆了，希望他回家里来看看。她给老豆买了烟，虽然只能带过去 19 支，可也算是她的一片心意，她希望老豆能懂她。她在短信里没有提老母和大佬，也没有提老母和陈炳根，她明显感觉到老母和那个陈炳根不是一般的关系，小时候不觉得，那次在学校被人打了之后，她越发觉得老母和陈炳根两人之间的关系不正常。

有次后亭村的一个男人听说阿珠回到了万福，便动了心，加上旁边的人不断打趣，说阿珠可是当年村里的美女加才女，害得男人虽然只见过一面，便犯了相思。男人找借东西的理由过来说话，阿珠没有搭理，那人便赖着不走，说想吃阿珠做的菜，煲的汤。阿珠见了，只好说，你再不走，等会我的仔放学回来了。男人说："那又怎么样嘛，来你们家的男人又不只我一个。"见阿珠不说话，男人笑了："那你是同意喽。"阿珠说："你乱讲什么，他是我高中同学。"男人说："我又没说那人是谁，你自己倒是承认了，心里有鬼吧，听说他可是为你受了很多苦，脚都拐了，你倒好，不用半年便跟潘寿良那家伙好上还生了仔。"

阿珠不说话。

"哪个男人可以为了你家争回这块宅基地，连队长都没得做也愿意。"见阿珠沉默不说话，男人得寸进尺，继续说："原来都是离不开男人。现在你香港的老公好久没回来了，我猜是离了，至少是分居吧。"见阿珠不说话，男人笑着说："不如今晚我留下来陪你吧。"阿珠听了，皱了眉头，站起身，正要开口，放学回来的听见此话的潘田刚好进来，只见他去杂物间的门后取了铁锹出来，打阿珠主意的男人顿时吓得慌忙站起，屁滚尿流，夺路而逃。阿珠见了，对潘田说："这叔叔是过来借稻谷机的，仔你饿了吧，老母现在给你做饭去。"潘田说："别叫我仔，我不是你的仔。"阿珠说："你怎么又这样说话。"潘田说："我还以为同学说的不是真的呢，原来你就是个勾引男人的坏女人。"阿珠说："你今天说话很难听。"潘田说："那我还应该夸你做得好，让你再多给我找几个后备的老豆吗？"

这时陈炳根进来了，显然他听见了之前的对话，黑着脸对潘田说："不可以这么和老母讲话。"潘田凶了一眼陈炳根后，出了门，他故意把门摔得很响，言下之意是告诉阿珠自己今晚不回来，他喜欢为自己的坏习惯找借口。

12. 凤凰山

阿惠的表妹阿如成了村里唯一的大龄剩女，只是她并不着急。

在万福给女儿阿如办个漂亮的婚礼，是潘寿良的心愿，可是他一直等不到。阿如虽然三十有四，却不谈恋爱，更不想结婚，也不许别人提这个话题。更年轻的时候，还赶时髦学着别人要出家，直怪凤凰山不收尼姑。所以一直拖到眼下这个年纪，直到后来遇见陈年。

潘寿良劝阿如早点结婚，说："不要做老姑婆，将来就会像细姑潘寿仪那样，没人疼，好惨的。"

阿如说："还不是要怪你，如果当初你不去香港，她的生活也不会这样。"

潘寿良不接话，他没有想到连女儿也这样说。

阿如叹了口气道："这也许是我们潘家的命吧，很多人也过去了，可是各个都不会像这样。"

潘寿良讨好地说："乖女，等你举行婚礼时，费用老豆帮你出晒哈。"

阿如说："你赚的都是辛苦钱，留着养老吧。"

潘寿良说："这个钱我还是有的。"

阿如说："老豆你这点钱自己留着吧，你其实没有什么积蓄，又没有保险，只有当年寄钱让老母快速建起的这栋楼。可是连手续还没有完全办好，还有那么多人等着来分，最后结果怎么样还不知道，你总要为自己留条后路呀。"

潘寿良说："乖女，你现在怎么开始心疼老豆了呢。"

阿如见过老豆消沉的样子，不忍心继续说了，她觉得这个家族除了她，没有一个人理解老豆，后悔自己讲错了话。想到潘田，阿如说："你怎么不管管他呢，他的恋爱谈了快一个排，还是不结婚，四十岁的人，还总到夜店喝酒胡闹，让老母操心。我和老母总是一家一家去找，才能把他找到，再接他回家，有时还要帮他买单，赔偿打烂的东西。"

潘寿良问："他也不理我。"

阿如说："那么小就把他丢回万福，人家怎么看他，说他是个野仔。"见潘寿良陷入沉思，阿如又说，"你还给了他那么多钱让他挥霍。"

潘寿良说："我没有想到的，不过你不是一样被我放回万福吗，怎么不像他那样闹。"

阿如看了眼潘寿良说："已经有个人这么折腾，我就免了吧。你从小惯着他，只要他要钱就给，家里的脏活累活都是我做，说他应该读书，可是你看看，他现在成了什么样。他根本不像你生的儿子，从不心疼你，你拼死拼活每天去工地，赚了钱拿回万福给他用，最后却把他养成了这样的小混混。老豆，我真的同情你。"阿如说完，起身去拉放在门口的行李箱，出门前还不忘跟老豆说："定下日子就告诉你，到时你带着阿婆一起回，有人给你撑场子，才不会害怕。"

潘寿良被人道破了心事，笑了："你这是怎么说话呢，我有那么胆小吗？"

阿如说："大家都回的时候你才敢回，我知道的。"阿如心疼老豆，却又不知道怎么开口。这些年，她和老母在一起，可是不喜欢老母的脾气，老母与陈炳根这种不清不楚的关系让她抬不起头，外面的人看她的眼神都不同。

阿如出门，坐上中巴，便会发现箱包不一样，重了很多。汽车开出香港时，阿如坐在座位上，打开箱包后，便发现里面多了条裙子和名牌包。阿如看着窗外，想起老豆满头的白发，鼻子酸了。她觉得这一次，她需要好好跟老母谈谈。虽然大家都没说透，可她清楚是两个人心里冷了。平时连个电话都不通。之前老母还会回香港看看老豆，看看阿嬷，现在连问一下都没有。阿如觉得好在后来心软了，没有去到太远的地方，她总是期待老豆老母还能像她小时候那样。她认为两个人的关系是在万福人富了之后，才有的变化。那个时候潘寿良总是怪老母回万福的次数太多，后来又吵架，再后来是同意老母先回。当然，回来之后，情况似乎都变了，两个人说话也越发客气。

纠葛

13．相亲

  阿惠的朋友陈水英在村里是个特殊的存在。她从小想事做事，与万福村的女孩不同，人家各个都想着大把赚钱，她倒愿意清静。用阿珍的话说就是染上了阿惠那种北方人的毛病，大意是不切实际。万福人各个都活得很实在，没有那么多要想的，也不太愿意规划人生，走一步算一步，子子孙孙就是这么活着。没几个人会像阿惠那样，爱看书，爱想事，不像个女孩子。女孩子就应该想着嫁人一件事，而不是什么看电影、看书、听广播、写日记之类。那个时候的阿惠喜欢日本演员山口百惠，还把自己的头发剪成了那个样子。为了像这个女孩子，她把自己的衣服也改成了那个样子，这在村里还是第一个。

  陈水英也喜欢山口百惠和邓丽君，所以她不理老母说的那些。她觉得阿惠不假，做事情像个男仔一样，有种说不出来的味道，所以她愿意找阿惠玩。显然阿惠很感动，把心里话一股脑掏出来，还让陈水英从家里拿些纸出来，她教陈水英剪纸和包饺子。阿惠在北方待过，可早就忘记了这些，为了教陈水英，不得不慢慢地回忆，最后，一点一点，她竟然全部想了起来。可惜家里的面粉太少了，她们只好到海边挖一些泥回来包着玩，那时候的海还是海，甚至比较蓝，没有被开发商填成陆地，盖成豪宅。

阿惠下雨天不打伞，也不躲，而是在街上跑，脸对着天，这让万福人觉得太不可思议了，各个不愿意理她，认为她和潘寿娥一样是个神经不正常的女仔，同时也认为北方妹又脏又土。只有陈水英不这么看，她认为阿惠长得就是好看，有点帅帅的感觉，追求的东西也特别。有一天，阿惠在沙子上面写下了友谊两个字，让陈水英念，还说念对了赏一包瓜子。她明明知道土生土长的陈水英只会讲白话，虽然喜欢读书，却很少用这种酸词说话、造句。

跟她预料的一样。陈水英一张脸憋得发红，手扎进细白的沙子里说不出话。而阿惠像教小孩子一样，硬是逼陈水英开口。每次念完这句，阿惠都要学着陈水英的发音再念一遍。陈水英知道阿惠在捉弄她，故意装出生气的样子，追打阿惠。阿惠则甩掉了鞋，笑着，撒了欢跑在前面，短发扬起来，在阳光下面显得特别好看。那时候的天异常干净，有些蜻蜓在海边飞来飞去，阿惠见了，停下脚，伸出手，等待蜻蜓。她不捉，只是静静地看着它在指尖上打转、停下，再飞走。陈水英看见阿惠这么文静的样子，心里特别安静，还以为这样的日子再也不会变了。

陈水英的手脚跟着季节走，冬冷夏热，只有阿惠不嫌弃。冬天的时候放在阿惠温暖手心里，陈水英似乎等着阿惠生气。这时的阿惠只是笑，随后把另一手也盖了上去。夏天时陈水英把发烧的手放到阿惠冰凉的手臂上，阿惠忍着，最多瞪陈水英一眼，想铁板烧猪肉啊！

　　陈水英知道阿惠会这么说，继续嚣张："是啊，我想吃呀，还是上等嫩猪呢。"她享受阿惠那只手高高抬起，再轻轻地落在她皮肤上面，对于陈水英来说，那是一种美妙的感觉。陈水英觉得如果阿惠是个男仔，她一定要嫁给她，然后让她带着自己远走他乡，离开万福。哪怕阿惠是个穷光蛋她也不会犹豫，要知道这个世界上谁能容忍她呀。

　　有一次，陈水英和老母吵了架，跑到阿惠家里去睡。那一晚，像是受到刺激，陈水英只穿了一条内裤，便钻进了阿惠的被窝，她如同婴儿，绻成一小团，伏在阿惠的胸前，脸被烤得发烫，脑子一度出现了晕眩。她觉得自己像是跑到了阿惠的子宫里，安全，幸福。

　　阿惠的身子一动不动，像是在发着低烧。陈水英积攒了一天要说的话，竟然忘了一个精光。

　　到第二天醒来，两个人的眼睛发红，脸的颜色也有些暗紫，显然都没睡好。整一个上午，彼此都没怎么说话和正视。

　　用陈水英的话说，两个人的关系属于患难之交。她发现自己竟然用普通话的成语来形容两个人的关系了。当然她这个话有点夸张，只能说明阿惠在陈水英心里的位置。

她有什么心里话都跟阿惠说。阿惠只是听，不喜欢说。直到后来阿惠嫁了，再不理她，陈水英才缓过劲儿，明白怎么回事了，而这一刻感觉天塌下一样。她觉得阿惠和自己的感情是假的，这种事，对方竟然瞒着一起长大的好姐妹。陈水英得出结论，阿惠不如一条狗，养不熟，没人情味，把她的心偷走了，就不管了。实际上，阿惠和老母潘寿娥在外省待的时间不长，因为担心带个孩子嫁人难，有心想把阿惠留给北方男人，可又放心不下，还是带了回来。当然，回来之后就像是阿惠欠债一样，对阿惠不是打就是骂，和后面的两个细佬待遇完全不同。

连阿惠也不清楚自己为什么这么服从老母，后来，她仔细想过这件事，那就是她不愿意看见老母和两个细佬，那真是没有希望的生活。

陈水英的境遇与阿惠不同，陈炳根只有陈水英这么个女儿，爱得不得了，每天都要去接陈水英放学，不知道为什么，他担心陈水英被人欺负。为了这个，陈水英和老豆吵了好多次，她觉得老豆这副样子，会让同学笑话，再说了，那个时候，农村孩子哪里需要什么接送呢。可是很快陈炳根便不担心了，因为有个阿惠在陈水英旁边，有时还会帮着她拎书包。

鸡屎围后来成了海上田园，成为深圳一个著名的景点，吸引了来自世界各地的朋友。当年阿惠和陈水英经常到这个地方来说悄悄话，因为她们想躲开街上那些八婆和家里人的眼神。

话说阿惠唯一的好朋友便是陈水英。陈水英是阿珍的女儿，当年两个女孩子长得都好看。有人说，好看的女孩儿之间多半不会有什么矛盾，或许因为相貌的缘故，还会有些自视清高，看不起别人，尤其是那些邋邋遢遢的人。这样的时候，会导致两个人惺惺相惜，所以之间嫉妒也会少很多。这样的女孩子从别人的眼神里得到过不少赞美，所以她们的心思没有那么阴暗，互相的猜忌也没有那么多，至少她们的友谊会持续一段时间，除非遇上什么特别的男人。

老母潘寿娥和阿珍因为怀着同样的恨，团结在了一起，他们的女儿分别是阿惠和陈水英。由于两个做老母的每天粘在一起，使得这两个女孩子在一段时间里也成了好朋友。陈水英从小就羡慕阿惠，主要是阿惠家里人口多，她觉得打架的时候能赢。不像陈水英，里里外外就自己一根独苗，每天老豆老母看来看去，一会夸她一会骂她，让她浑身难受，无所适从。除此以外，阿惠家里的香港亲戚多。这是她听村里人讲的。而陈水英从祖宗到现在，没有香港和海外亲戚。外人们不觉得怎么样，甚至有阵子还是种炫耀，可对于陈水英老母来说，那是一件特别没有面子的事。

在潘寿娥和阿珍两个女人的心里，香港是联结她们的秘密武器，她们连做梦都是香港，内心既向往又躲闪。

潘寿娥骨子里最看不上阿珠那一套，她觉得作为一个阿嫂你应该主持公正，所以她找机会与阿珠套近乎，想争取一下，让她透露些华哥和潘寿仪两个人在香港好上的事。阿珠像是明白这位姑仔的心思，每次到这里就把话绕开，显然是不想说到这个话题。这样一来，阿惠老母的敌人不仅仅是大佬，还包括眼前这个阿嫂了，显然他们有意隐瞒真相。潘寿娥一气之下，恨了这个家里的所有人，她联合阿珍，导演了拦车，撒泼，改遗嘱，破坏寿宴、订婚酒，她就是要在财产和名誉上让他们受到损失。

　　潘寿娥只要见了万福的人便说，我是石头缝里生出来的，我和他们有仇。

　　这样的潘寿娥四十年之后变成了一个气质有别于潘家所有人的人，她既不像老大潘寿良那种温吞水，半天放不出个屁，选择困难症，也不同于潘寿仪。她骂潘寿仪是个婊子，把暗恋变成明恋，是个抢走了家姐恋人的伪君子。她对细佬阿成的好吃懒做更是不屑。潘寿娥活活把自己长成一块倔强的石头，反正已经烂到了被家里嫌弃的地步，所以死也要把女儿阿惠嫁出去。只有这样，自己才能过到香港，将来以香港富太的身份报复自己的兄弟姐妹，到时给两个儿子大大方方地摆酒娶老婆，气死那些把她看衰，认定她翻不了身的村里人。总之，老母潘寿娥的仇恨在体内发作，并且长成了一棵歪脖子树，谁也砍不断，她要让村里的人看到她是永远不会死的。你们越气我，越欺负我，我潘寿娥越要活得有力量。想到这些的时候，潘寿娥的相貌发生了巨大的变化，面部已经棱角分明，四肢强硬，说话时会带动喉结的跳动，就连两个平时软塌塌好吃懒做的儿子也被她的样子吓住了，不断过来求饶："我们不要老婆了，老母你不用变成这个样子，好怕呀。"

"你们两个死番薯，你不要我要，我当你们两个是太监，娶回老婆放在那里看，只要村里那些死八婆不要一天到晚追在我的背后笑话我就行。"潘寿娥用食指点着儿子们的脑门，说，"别说话，我看不上你们这些软蛋。"仇恨把老母变成另外一个人，她就是这么个样子横冲直撞地活在了万福村，老人们看着她像男人一样越发雄厚的背影，叹着气，说道："她这是拿命和自己的亲人干上了。"这样一来，害得阿惠两个细佬回了房间叹大气，说老母这是要活活被气死。

阿惠其中一个细佬说："理解下老母吧，换了谁都受不了，她没有别的本事，如果能飞，她早就离开万福了。现在可好，拖儿带女，她成了一只跳不起来的老母鸡。"

另个细佬像是抓住了对方的把柄，幸在乐祸地问："你敢说老母是鸡，不怕我告发你？"

前面那个说："我只是打个比喻，你敢说，我就把你上次偷了她钱的事告诉老母，看你还嘴贱不。"

两个中年妇女虽然是好朋友，也怀着同样的心事，可还是不能什么都讲。虽然在潘寿娥和阿珍这两个女人心里，香港是联结她们的秘密武器，可各自用的手段还是不同。

为了让阿惠嫁到香港，潘寿娥经常到万福广场晒太阳，找人聊天，主要是打听哪里还有什么香港男人，年龄、相貌都无所谓，她认为只要阿惠去了香港，她们家就有救了。阿惠一定会通过努力让全家人过上体面的生活，更主要的是两个细佬会因此而脸上有光，还会找到老婆。不然的话，这两个好吃懒做的男仔就要打一辈子光棍了。

阿珍则通过娘家人四处打听，看看有哪些门路，给陈水英找个合适的人，只要年龄不要相差太多就好。

有一次，老母潘寿娥听说镇上刚开业了一个叫南城的士多店有门路，便借着换港币的理由，悄悄把阿惠的事对老板娘说了，还给对方封了个红包。过了不久，便拉着阿惠去相了次亲。对方是个穿了一身白衣服的中年男人，这样的男人模样帅，人还亲和，连潘寿娥自己都动了心。想到自己遇上的这些个人渣，潘寿娥很心酸，她觉得这就是命。想到这里，她在女儿的手包里塞了些零钱，让阿惠一定把握住机会，不要让男人跑了，而且她还悄悄地提醒阿惠，不要傻瓜似的把这人介绍给好朋友。见阿惠答应了说好，潘寿娥还是不放心，直接狠狠地说，你记得不要告诉陈水英。

针对潘寿娥的叮嘱，阿惠说："陈水英怎么会和我抢呢，再说了人家才没所谓呢，她家哪里舍得让她一个人去那么远的地方。"

潘寿娥不满地说："你傻咩，香港谁不想去，到了眼前，你看她会不会和你抢。"停了下，潘寿娥还不满足，继续说，"你是不是认为我狠心，我是为你好，万福穷成这样，你是老大，不为细佬们想，你总得给自己找个出路吧。"

见阿惠低头不说话，潘寿娥想了下又说："老母只能靠你了，你愿意帮老母争一口气吗？"说这话的时候，她的眼睛瞥了下潘家祖屋的方向，说，"他们把我一个人扔在这边，当我不存在似的，一分钱都没有带给我，村里人都在笑我是别的村捡来的。现在我不与他们理论，等你嫁了过去，我要气他们，让他们后悔当年欺负了我，抛下我不管。"

阿惠说："那不算是欺负吧。"

听了这话，潘寿娥已经气炸了："你还在帮着他们说话呀，我真是白养了你。"

"你没有白养我，我会还你的。"阿惠冷着说。

潘寿娥问："你这话是咩意思。"

阿惠用普通话说："我什么意思也没有。"

潘寿娥说："不要乱说话，你要给两个细佬带个好样，让他们知道咱们家也不是这样给人看衰的，我会让那些看不起我的人知道我的厉害。"

潘寿娥说这些话的时候，好像在酝酿着什么大事。

阿惠不理，她不喜欢老母的这套，好像全世界都欠了她。当然，她也能理解老母，被亲人抛下之后，确实不信任何人。

马智贤和阿惠的相亲，全村都知道。只是村里人并不知道马智贤是替哥哥马智慧相的亲。相亲的对象便是阿惠。阿惠家里条件差，连个像样的椅子都没有，只好借陈水英家的客厅说话、吃午饭。村里女孩找的老公多数都是香港货车司机、酒楼厨师、码头工人和再婚的中老年人，只有阿惠找的是大学生，据说还去过日本留学。这样一来，家里非常重视，一丝一毫也马虎不得，吃的菜也是从褛高订好送来的。也就是这一天，陈水英见到了冒充哥哥来相亲的马智贤。马智贤好像有点心不在焉，基本是由大人代表他说话。后来干脆就把他丢到了客房，让他干坐着，后来他看到架子上面的影集，便问门口站着的陈水英能看吗。陈水英见马智贤喜欢看，又翻出了两本。这样一来，两个人就挨得很近，一张一张地翻出来，她看见了里面的老豆还有几个人，都很眼熟。这些旧照片很久没有动了，害得两个人手都是黑黑的。陈水英带着马智贤去阳台上面云洗。路过客厅的时候，马智贤看到了墙上的剪纸，很是动心，问是谁剪的。陈水英说是自己。马智贤回头看了她一眼，不再说话。可是陈水英心里竟然猛地紧了一下。她突然觉得这个男孩子和自己很亲。

　　很快便有人来叫马智贤说正事了。陈水英站在客厅远远看到了马智贤和阿惠并排坐在那里，那一天的阿惠显得比平时都要白皙，她低着头，微笑着摆弄自己的手指。

　　陈水英的心里突然酸楚起来，她明白是怎么回事了，好像阿惠抢走了她什么东西一样。看着连老母也跟着别人一起笑，陈水英生起了恨。可是这些话她不能跟人说。她迅速回到房间里，把门关了起来。她听见这些人一路说笑着离开，从窗口看过去，她真的希望那个马智贤能回头看一眼。

阿惠出嫁的时候，差不多整个村里的人都出来送了，村委会把唯一的汽车也用上了。小轿车一直开到罗湖桥。陈水英记得阿惠要去的地方是屯门，村里人也都记下了这个名字。

那一晚，陈炳根莫名其妙地喝醉了，倒在了街上，最后被人送回家里。躺在床上他还在念："可惜了阿惠呀，她可是我们村最靓最知书达理的女仔，现在情况都好了，政策很快就好了，为什么要嫁到外面去受苦啊！"阿珍刚开始还以为陈炳根就是喝多而已，赔着笑，到后来见别人不怀好意的眼光，才整张脸变了颜色，如果不是有外人在，阿珍会给陈炳根两个耳光，太丢人了。她认为眼前这个陈炳根不是自己心目中那个人，而是一个老不正经，心怀鬼胎，脑子里净想着年轻妹仔的咸湿佬，用北方话说就是色鬼。

马智贤留下个电话，这是两个人看影集的时候，陈水英提出来的，她不知道自己当时为什么那么大胆，后来想起来还认为自己是鬼使神差。所有的人散掉以后，陈水英从写在那一年的挂历上，抄下了这个香港的号码。很多年之后，陈水英还认为自己当时是勇敢的。像是害怕这些人走了，什么痕迹都没有剩下。至今为此，她也不知道自己为什么那么大胆，或许潜意识里就觉得不甘心吧。

14．出嫁

阿惠嫁人这天，天亮得很晚。听村里人说，从头到尾都是几个中年人在说话，新郎站在前面倒显得像个哑巴一样，从头到尾没开过口。阿惠也没办法说话。只记得被个人扶着，倒了几次中巴，阿惠晕得快要吐了的时候，才听见耳边有人说到了，然后被推上一个电梯，似乎坐了很久又被推进一个小房子里。有个中年女人看也没看她，便与带她进来的人一起出去，并在门口说起了话。

阿惠进到了房里之后再也没有人理她。过了好一会儿，她才想起手上还提着东西，于是，她放下东西，并把鞋子脱下，用脚踩着，她发现自己身子已经酸痛得不行。远处的新郎马智慧已经坐在了那里，借着外面楼房里的光亮，他的脸是僵硬的，与之前相亲时见过的仿佛不是同个人。

不知道过了多久，才听见黑暗处有人咳嗽的声音，是阳台上靠着墙坐着的马智慧的阿爷。阿惠心里一惊，黑暗中他看了眼阿惠，说，为了给你们腾房子，其他人出去了，我中风走不了只能留在这里，他们明天一早才回。你们抓紧时间休息吧。说完，这个老年人用阴森森的眼睛上下打量着阿惠。

随后，马智慧的阿爷躲在了阳台的一张草席上，拎起一条床单，直接盖住了全身。室内只留下了马智慧和阿惠。

阿惠不知道什么时候坐下的，她的脸贴在饭桌子上面，睡着了。天亮前，她去了趟洗手间，并接了水龙头里的水喝。她脱掉了身上的红衣服，光着脚把自己带来的两个袋子里的东西，全部拿出来，想要找个地方摆放，却发现根本没有这样的地方。长这么大，她从来没有见过这么小的房子。看着已经睡着，露出半个眼白的这个男人，阿惠还是在想，当初在万福见过的那个爱笑的人去了哪里。到了天快亮的时候，她突然感觉自己这是被骗了，先后两次来相亲的并不是同个人，虽然长得很像。似乎陈水英的老豆陈炳根暗示过她，可是她没有听明白，后来又被老母给搅和了，没有听清说什么。当然，他们从来也没有提过住的地方，他们似乎什么都没有说，所有的事情都是家里人去谈的。她只记得老母说过一句，这个是最好的了，村里人找的多数是货车司机。

　　想不到会这么快，阿惠到香港的第二天，马智慧的病就犯了，连阿惠准备好的这一句，"你害人不浅，我不会原谅你的"，也没来得及对马智慧说。

　　阿惠的家公黑着脸说："已经很久没有这样的，他这次是最重的一次。"

　　阿惠已经吓傻了，她不知道发生了什么事。到了第二天晚上，马智慧的细佬马智贤也急急忙忙地赶了回来。他刚推开门的那一刻，阿惠便什么都明白了。

　　见阿惠脸黑着对着他，马智贤有些尴尬，随后笑了下才说话："不要害怕，过两天就好了，他们是吓你的。"

阿惠已经反应过来，她质问道："你还敢回来，知不知道你们全家在做什么？"

马智贤听了，眼睛不敢看阿惠。这时阿惠的家婆从外面进来，似乎听见了什么，她说："衰仔，知不知道，这是最严重的一次，你大佬这次病很重，还不知道要到什么时候才会好。你们看，这是她进家里的第一天，就有这样的事情发生，太晦气了。"

阿惠不清楚到底是怎么回事，眼睛无助地看着马智贤。马智贤也在看她，说："阿嫂，不用担心，已经吃了药，睡一觉，休息两天就会好，你不用担心的。"

阿惠觉得天快要塌下来了，此刻，她恨死了马智贤，当初就是他代哥哥过来相亲的。如果在万福，阿惠会不顾一切拉住眼前的马智贤，问个明白，明明来相亲的是马智贤，最后竟然变成了大佬马智慧，现在她到底应该怎么办啊。

阿惠的脸上流满了泪却不知道，她看着马智贤问："到底是怎么回事，你告诉我吧，我还能回家吗？"

马智贤看了看大佬和不远处的老母还有阿爷，摇了摇头，说："阿嫂，我还是个学生，什么都不懂，下周才回家里，有什么事情到时再讲啊。"说完这句，马智贤开了门，向阿惠说了句拜拜。阿惠耳朵里还听着马智贤的声音，人却被留在了黑暗里。

阿惠是差不多两个月之后，才能接受自己已经到了香港这一事实。在这之前的每一天，她都以为自己是在做梦，梦里自己到了一个特别破的地方，家里除了穷，还有一个癫痫病人，这个人就是自己嫁的老公马智慧。一眼看过去就知道是个病人，阿惠到香港这一晚，他差不多要瘫倒在阿惠身上的样子。她听见了阳台上老人的咳嗽声，除了马智慧，他们都没有睡。

马智慧老母冷冷地说："你老母收了我们的钱，你找谁说也没用的，就是回去，也会被他们送回来的。再说了，如果你死了，你们家里要把钱全部退回来。"绝食了两天之后，马智慧的老母放了一碗白粥在阿惠的眼前，说出了这些话。

阿惠认为自己比马智慧的病还要严重，她昏昏沉沉睡了几天之后，才醒过来。醒来之后的阿惠走到厨房对正在做饭的婆婆说："怎么还吃稀饭？"

家婆吓了一跳，前一刻这个女孩还在床上软得像个面条，面如死灰，让她差不多也绝望了。她最怕的是又白花了一笔钱。之前已经有个二婚女人刚见了马智慧就说当天来了月经，身子不方便同房，第二天一早借故去买卫生巾跑掉了，全家人跑遍了屯门都没有找到。

阿惠倒是没有逃的样子，她先是洗干净了脸，提着毛巾走到马智慧的面前，帮马智慧擦净了口水，后又走到家婆的面前说："我不会走的，你放心吧，家里早已经告诉了我，是他们把我卖掉的。"

阿惠的家婆说不出话，冷冷地看着这个万福女仔。

阿惠平静地说："这样很好，明天你就陪我去周围看看，放心我不会跑的，我就算回去也还是会被送回来的。所以你放心，我不会走的。当然我也有条件，不然我就要报警，让你们都去坐牢。一听你们说话，我就知道你们都是万福人，看在同乡的分上，我眼下不会做这么绝的，希望你们也如此，不要把我逼急了。"

马智慧一家已经被阿惠镇住，他们想不到这么一个文弱的女仔竟说出这样的话。于是马智慧的老母十分不情愿地交出了家里的钥匙和财务大权。当后来阿惠对潘寿良讲述这一切的时候，已经云淡风轻。时间过去了几年，她和马智慧的女儿已经两岁了。这时的她，已经去附近的几家市场找活儿干了，有时是杀鱼，有时是帮助摊档老板整理青菜。虽然挣的钱不多，可是家里每天的开支是有了。

阿惠这个样子倒是赢得了马智贤的称赞，他暗中给阿惠竖起了拇指，有次还发出了声音说厉害。阿惠忍着气，不说话，她觉得等自己站稳了脚跟后，必然会与马智贤好好地算账，你有文化，却做了如此缺德的事情，害了我一生，她准备找个机会给这个小男人一记耳光。

阿惠每次看见马智贤，一张脸都是冷着，她在心里都在重复这句，你不是一个读书的人吗，那么我想问你，你替大佬去相亲，这算不算是诈骗，那好，我被骗过来之后，你又没事人一样，又接着去读书了，你到底读的是什么书，是教人丧尽天良的书吗。

马智贤并不知道阿惠这么恨他，每次见到阿惠在忙，都会去帮，有时见阿惠提很重的东西，他会说，你不要自己做了，让我大佬干，他生的又不是软骨病。

阿惠家婆听了，脸立马拉下来，冲着马智贤说，你到底是谁家的，你不对大佬好，你想什么呢。

马智贤说，大嫂也是我们家的，如果累坏了，大佬怎么办，我们家连吃饭的钱都是大嫂自己赚回来的。

听马智贤这么一说，几个人不再讲话。总之，经过这次事情，阿惠在家里没那么受气了，即使家婆想说什么，也只能是在背后，而不敢当面。有一次家婆让阿惠洗菜。刚好这一天阿惠来了月经，肚子正痛得直不起腰，本来想要拒绝，又懒得解释，洗完菜，身子已经冻得发抖。她饭也不吃，她想起自己在家里就这样，老母任何时候都不会想关心她。躺在床上，阿惠想起了陈水英，开始心痛。在万福的日子里，只有陈水英关心她，真心实意对她好。可是她连这次来香港的事都瞒了陈水英。阿惠知道陈水英已经把她恨死了，这类似于欺骗了对方的感情，这么多年来，两个人无话不讲，想不到她阿惠却藏住了一个天大的秘密。从头到尾，陈水英没有当面问过她一句，连借用了陈水英家里的客厅她都不问，阿惠知道陈水英的心真的冷了。可是没有别的办法，这是老母潘寿娥的意思，要速战速决，不然的话，可能有人会坏了家里的好事，到时两个细佬会打一辈子光棍。潘寿娥告诉阿惠，即使是亲姐妹也不能交心，我就是例子。看见老母欲言又止，阿惠懂了。潘寿娥说："我就是因为太相信别人，才把自己这辈子毁了。"阿惠明白了，老母把她的事办成这样，也想给自己争脸呢。

阿惠有两个细佬正等钱娶老婆，家里修房子还欠了很多钱。陈水英当然无法理解阿惠的难处。

　　再想想马智贤说的话，阿惠心里又觉出了温暖，但每次见马智贤拉门出去的时候，阿惠的心又变回冰冷。她觉得这个家里的人与房间里的东西一样，混乱不堪。为什么这个细佬要替大佬去相亲，把阿惠骗到这里受苦。

　　家婆说："拿给你家里的钱是我去借来的，你不要想东想西了，你是回不去的。如果你跑了，那我只好找中间人把钱要回来，所以我不担心什么。"阿惠听了，笑着说："我说过要回去吗？我本来就想过来，你们刚好又帮了我。告诉你吧，现在是我自己不想走。另外，请你们跟我说话客气点，既然是做生意了，就要讲点信誉。马智贤在哪里上学我也知道，你们采取了什么手段对我，我到了警局也能说清楚。"阿惠说完这话，转身回屋。听着一声重重的摔门，阿惠的家婆心惊肉跳，她开始担心床上的儿子马智慧的安全了。

　　老实听话？原来都是骗人的。家婆后悔自己没有亲自过到万福去看看，而听了媒妁之言。她主要是担心自己被些年老的人认出来，当年她也是跟着叔叔跑出来的。

　　阿惠后来是有机会回万福的，可是她已经不想。原因是阿惠走的时候太过风光，万福人一直把她送到罗湖桥，大队人马跟在她的身后，却没有她的好姐妹陈水英。如果有陈水英，她可能会拉着她跑，实在跑不掉，她想好了，就跳河。这个话题，她和陈水英很早的时候就谈过，她不明白自己为什么不敢跳河。

后来阿惠跟马智贤说这个事的时候，见对方满脸的好奇，她说："马智贤，你跟我说，这事你有责任吗？"

马智贤一脸不解，问："是说我吗？"

阿惠说："对，我就是问你，不要装糊涂。"

马智贤说："怎么了嘛？"

阿惠说："好，那我问你，你凭什么要替你大佬去相亲，来害我。"

马智贤说："我那么小我哪里知道怎么回事，就说让我去哪里玩的，还有饭吃。"

阿惠说："你小吗？我和你同样大，不然我为什么会同意。"

马智贤脸红了，他作了个揖，说："大嫂，对不起。"

阿惠说："你一句对不起就完了吗？"

马智贤已经在阿惠刚要伸手捉住他之前站起身，说了句："大嫂，我有事先回学校了。"便起身出了门。

阿惠坐在床上欲哭无泪，小声叫喊了句："你害人不浅！我这辈子也不放过你，你害了我，你也别想逃。"

15. 新安影剧院

阿惠到了香港之后，整整一年多没有任何音信。陈水英不敢再提阿惠这个名字，像是自己最丢脸的一件事，她感觉谁都在盯着她，想看她笑话。陈水英不仅自己不提，连别人提她也会生气，甚至发火。作为老豆，陈炳根试图安慰她，每次还没有走到她的门口，她便砰的一声把门摔上。有两次饭桌上只剩下陈炳根和陈水英，陈炳根看了眼陈水英，并夹了咸鱼放到陈水英碗里，刚要开口，就听见陈水英说："别说我不爱听的话，也不要提那人的名字，我不认识她。"

如果不小心，陈炳根提到了一句，陈水英便会站起身，拿起碗，把里面的饭和菜全部倒在垃圾筐里，然后昂着头，回到了自己房里，并重重地关上了门。

阿珍远远地见了，坐到了陈炳根的对面，两公婆都没有说话，心情沉重，不想吃了。因为陈水英的事情，两个人必须每天说话。

又过去了一段时间，陈水英的瘦和郁郁寡欢谁都看出来了，不仅不爱吃饭，连话也不说了。阿珍安慰陈水英，知道你会坐不住，其实老母比你还急，当时我已经偷偷拿了一个大红包交到了她的手上，托付她给你留着心，不要错过了好机会。

陈水英说："还要偷偷吗？"

阿珍解释说："不是怕你不好意思吗，我是当着她全家的面，直接放在她手里的。我跟她说，你要帮我们家陈水英，你们那么好，她如果过去了，也可以给你做个伴儿，毕竟你一个女孩在外面，有事可以商量的，不然受了欺负连个诉苦的人都没有。"

听阿珍大骂阿惠，陈水英突然说："阿惠才不是占小便宜的人呢。"

阿珍见陈水英这么说，心里突然又惊又喜，证明两个人的关系没有那么坏，还是能挽救回来的。阿珍心里是这么想的，可还想试探，说："谁知道这种人，会不会拿了人家的钱不办事。"

听老母这么说话，陈水英急了，对着阿珍的方向喊："你不要小看我的朋友，阿惠是个讲信用的人，有情有义。"说完话陈水英哭了。

阿珍说："好好好，你说得对，我就是看她能不能做到，现在都快过年了，谁等得起啊，我心疼我的钱，那可是帮你存的。"

陈水英趁老母没看到，抹干了眼泪，气鼓鼓地说："谁要你给我存了，我不需要。"

阿珍告饶道："好，我是给自己存的行吧，我是为了自己行了吧。"阿珍是对着外面泼辣，可是对着陈水英却没有办法。因为她只有这么个女儿。陈水英说，如果不是你四处说我非香港不嫁，我会搞得这么惨吗。

听了这话，阿珍有口难言，回到床上。她对陈炳根说，早知应该多生几个，怪你想做队长，要表现，怕人家处理你。

陈炳根说："说什么都晚了，就不要再讲。"

"都是因为你，把她惯成了这个样子，谁也惹不起。"阿珍只好把肚子里的怨气发到陈炳根身上，"你有那么多朋友，不是上来吃饭就是过来喝茶，为什么没个人过来帮帮我们。"

陈炳根说："你要帮什么？我们不是挺好的？"

阿珍说："还挺好的，谁挺好了，是你自己没心没肺吧。为了这个女儿我快愁死了，她自己也发愁，又不好意思说。"

陈炳根说："你怎么知道。"

阿珍说："她连饭都吃得很少，最近快瘦成了把干柴。我还不急吗。你要跟人说说，我们家女儿的事。"

陈炳根说："我们家女儿有什么事啊，你不要自己吓自己。"

阿珍说："你个番薯，我愁什么你不知道吗？转眼她就二十四五岁了，人家女孩子这么大都做老母，孩子都几岁了，你看她，连个影都没有。明天一早，我要去山上给她求个签，我要在菩萨面前给她祷告一下，求菩萨保佑我们家陈水英早一点嫁到香港去。"

陈炳根说："万福不好吗，为什么一定要去香港？"

阿珍说："你什么意思啊，你自己去不了，还被人骗了，就把怨气发在我们身上，还让我们不要去香港。对了，你几次劝我不要把客厅借给潘寿娥，我就看出来了，你是害怕人家笑话你，提你过去的事吧。"

陈炳根说："我不跟你理论，我只是希望我们家陈水英好好的，找个本分男人，不要再受苦。"

结婚是老豆陈炳根一手张罗的。他没有让女儿辞掉工作。

他说："辞什么呀，找份工容易吗？再说还是公家的单位，远是远了点，可是当初阿多能接，今后也能接的。"陈水英不说话，阿多也不敢说什么。只是在后来的时候，阿多骗过陈炳根说自己摩托车坏了，需要钱来修。陈炳根急忙从口袋里掏出几十块钱给阿多，吩咐他快点修好，不要让陈水英等太久。而所有这一切，陈水英并不知道。她只是觉得老豆整个人心思不在家里，总是心事重重的样子，而老母已经被老豆吃定了，为这个家喜为这个家愁。想到这里，陈水英暗暗地发着狠，反正我有新安影剧院。

每次她在电影院里看着电影，都会把自己想象成女主角，让那个美丽的主角带着自己飞。所以她喜欢看些有希望，结局美好的电影。因为没有人知道，电影里的主角就是她。她喜欢电影院里从一个洞口射出的那束强光。那道光把陈水英变成一个莫名其妙，她自己都不知道是人是鬼的陈水英。直到她想起阿惠的时候，她才明白，自己是被那个小精灵害的，人不人鬼不鬼了，连自己的家也不喜欢，到最后，那个阿惠又不要自己了。看来一切都是命，她这辈子注定要被这个北妹害。

日子过得很快，到后面就是过山车了，拦都拦不住就冲了下去。陈水英的人生一下子过去了十多年，她只记得每年冬天爆竹声响。一切都很平静。每到看见商场里卖月饼，陈水英的心都会疼一下，原因是又过去了一年，自己这辈子又过去了一部分。这样疼完后她的心便又硬一部分，甚至好像还生出了苗子。日子就这样慢慢地过完了。镜子里看着自己的头发先是有几根白的，后来便更多了，陈水英用手拔掉。她意识到自己真的变老了，好像事情开始变淡了，不再想。

女儿考上西乡中学，并住进学校这一年，陈水英与阿多再也没话讲了，终于两个人开始分居。阿多刚开始不同意，求她不要这么狠心，自己如果有错可以改的。求了几次见陈水英态度坚决，雷打不动，也是无奈。他又不敢找陈炳根诉苦，担心陈水英知道了更生气，关系再难挽回。平时陈炳根和这个女婿倒是合得来，两个人虽然话不多，但是愿意待在一起喝茶，或是一起到光明水库去钓鱼，帮着人家种菜。就这样待一天，两个人都没话也不嫌烦，午餐是带去的饭，通常还有一瓶九江老白干。两个人习惯是吃饱饭了会在树下铺开凉席躺一会儿，把鱼竿支在不远处。

有一次阿多醒得早了，先是看见不远处的鱼竿。可是只看了一眼便缩回头，装作没见到，原来岳父陈炳根正在流泪。

这么一来把阿多吓住了，他不知道发生了什么事，又悄悄地躺回原地，尽管再也睡不着了，脑子里像是放电影一样，出现了陈炳根平时的样子。之前他已经觉得陈炳根和阿珍的关系有些特别，阿珍很强势，似乎捏了陈炳根的什么把炳，有时吵了架，还会一哭二闹三上吊，陈炳根不得不说许多好话才能让事情平息。

想到这里，阿多又想起自己的婚姻，陈水英搬到另外一间很久了，两个人连眼神都不交集。女儿从学校回来的时候，她才不得不回到两个人的房间里。躺在一张床上的两个人穿着长袖长裤的睡衣，像是随时准备推门上街。两个人闭着眼睛，在床上也不说话，必须讲的话要到客厅才能说。为了防止尴尬，两个人假装睡着了。这样的时候，两个人都失眠了，像对方是个火山一样不能靠近。有一次阿多的手不小心搭在了陈水英的身上，吓得立刻弹了回来。这时陈水英也醒了，她下了床，走到客厅去看日历。她总是喜欢看墙上的日历。这下阿多彻底失望了，他很矛盾，甚至盼着女儿早点回学校，自己就解放了。

躺在床上的陈水英想的是，她这次香港旅游回来，就去办手续，让自己身心自由，从头再来，不要再耽误彼此了。她知道阿多对自己好，可是好有什么用呢。她喜欢不起来，没有任何感觉。有时看着女儿的脸，她不明白这个孩子是怎么就成了他们两个人的。应该是谁和她的呢，是马智贤的吗。当然不是。虽然阿多不是自己想要的男人，却是她唯一有过肌肤之亲的男人。

至于为什么不敢公开，除了担心影响女儿学习，也怕惹外人笑话。自己倒是无所谓，可是父母毕竟年龄大了，受不了刺激，慢慢说服可以，一下子说出来，他们还是难以接受。尤其是老豆陈炳根，阿多就是老豆好心塞给她的，可是老豆哪里懂得陈水英的心啊。老豆根本不知道陈水英的心有多么大，多么远。

　　这次去香港除了旅游，也是为这事。陈水英与阿多分居之后，见了陈水英的处境，阿珍似乎很高兴，但又不敢太明显，当然是担心陈水英旧病复发。她有事没事走过来，在陈水英的耳边念叨几句：那边的金链子真是粗啊。她还说了老婆饼、靓衫。当然，皇后大道是她嘴里的必备。老母常提到的东西和地名，不知不觉陈水英也喜欢起来，如果在过去，她会反感老母这样，认为老母是刺激她。现在她听了，却觉得心里舒服，嘴上也舒服。怎么早些年没有这感觉，甚至还讨厌呢，原来是自己当时正逆反，还有正与阿惠斗着气。现在她每次听到老母说到皇后大道，她会觉得这些名儿起得洋气，让人联想，后来还听人提过大岭山、弥敦道，感觉都特别神秘，好像那是一个仙境。陈水英知道老母当初希望她嫁到香港，除了因为家里没有香港亲戚，没有人大包小包带着礼品过来，让老母脸上无光，在村里一直抬不起头，街坊邻居间没有身价，就连打牌的时候赢了钱，也不敢大声笑出来，还有个原因就是给老豆陈炳根争口气。可是那个年龄的她，并不懂，当然，也没有太好的机会。正是这个原因，她理解了老母那些怪异的行为和无理取闹，比如阿珍总是怪老公当年没离深赴港，不像男人。阿珍看着自己住的旧屋说，要是你去了香港，我们还会住在这里吗，几十年了，家里什么都没变。

　　见陈水英还是没有释怀，阿珍心里是高兴的，只是不能表现出来，可是，她的眼睛瞒不住，比之前任何时候都明亮，她陡地来了精神，说："老了也有老的办法，那些人更有钱，还会心疼人。"

陈水英的房子安在父母对面，卫生费有时还是父母替她交。这也是阿珍心烦的原因，她说："你当年如果嫁到香港去，哪里会这么穷呢，不仅自己住洋房，连我这个做老母的也能享受到。"

只要有机会，阿珍便会在陈炳根耳边念上几句，让陈炳根难受。多数时候，陈炳根装作听不见，不回应，或者笑笑说，过去的事就别提了，你还是让她什么都不要想了，安心生活吧。

阿珍不爱听陈炳根这么说话，她说，我说话有用吗，她就是这个苦命。想了想又说，归根结底是因为她没有一个有钱有地位的老豆。

阿珍有一句话想对潘家人说："当年你们潘家欺负我们家陈炳根，现在又派阿惠来骗我们家陈水英。"这件事情一直没有机会说清楚，直到潘家浩浩荡荡回来摆酒这一天，她才算是有机会把话说完整。

在陈水英的眼里，老母就是个小心眼，眼里的东西小而可笑，比如她盯的东西多数都与吃有关系。有时陈炳根或者什么人从另外一个地方带回来些饼干、糖果，就会被她小心地藏起来。过了段时间在别人找不到或是想不起来的时候，阿珍再从哪个角落里翻出来，点上一盏橘黄色的小台灯，搬来一张绿色矮小的塑料凳，坐在床前，就着一杯 5 度的九江米酒，愉快地吃起来。房间的墙壁上映着她肥大的影子，轻轻地晃动。可是因为陈水英的婚事，阿珍变得忧心忡忡，没有了往日的那份开心，甚至连饭也吃得越来越少。

陈炳根看着不远处的凤凰山，不说话。

阿珍见自己说赢了老公，继续加码："我跳舞的时候都是躲着她们，个个都是八婆，一天到晚说钱，我没钱没地怎么了，又没有碍着她们什么事，谁让我嫁了个没用的老公。"

等到阿珍自己说烦了，再也不愿意提的时候，陈水英突然教育起自己来了，她想起老母当初的许多话，过去她总是逆反。接下来老母再骂老豆的时候，她不会批评老母，或者表现出心烦，大吼一声不要吵了之类。眼下，陈水英听了也不接茬，她先是想到自己当年没有听老母话，即使阿惠不帮她介绍，她有手有脚自己能做的，为什么弄成了现在这副样子，才觉醒过来。于是她感到有些内疚了。家里只有一个女儿，与香港人结亲的事，别人无能为力。对于这个家，她没有尽到责任。她嫁给了没钱、没技术的阿多做老公。连阿多这份在供销社的工作还都是老豆托了人找的，供销社都变成了厂房租了出去，他负责收租和看管，工厂都换了几个老细，阿多还是没有换工作，一待就是十五年。别人已经换几辆车了，阿多还是骑着一辆旧摩托上下班，陈水英觉得特别没面子。

陈炳根不以为然："只要身体好就行，再说了，过去你是不在乎这些的，怎么变得这样。"

阿珍不这么认为，说："废话！你倒是说哪个人身体不好，是有人心地不好吧，还带着我们家陈水英去凤凰山拜观音。到最后，发现就是她坏了我们家女儿的幸福，浪费了我们家水英的一片心不说，关键是让她白白耽误了时间。"

阿珍说得没错，阿惠曾经是陈水英最好的朋友，除了各自吃饭睡觉，两个人差不多都是粘在一起。有很多次，陈水英偷了家里好吃的给阿惠，被阿珍发现之后，干脆就公开多拿了一份给阿惠。阿珍也没办法说，毕竟家里只陈水英这么一个女孩，没有伴，再说条件确实比阿惠家里好很多。

最让她生气的是，潘寿娥假装不知道，对于阿惠吃过阿珍家里饭的事一直装糊涂。阿珍越想越生气，觉得自己省吃俭用出来的东西给了阿惠，反倒对方不领情。可又没有其他办法，只能在心里怪陈水英太傻。阿珍觉得自己的命真的很苦，遇上一个老公，脑子有问题，又生了一个吃里爬外永远长不大的女儿。想起女儿和阿惠掏心掏肺说话，阿珍不断摇头，叹气，骂陈水英太傻太傻。

这么多年过去，阿珍支持陈水英嫁去香港，而陈炳根一直反对。

阿珍说："真是好笑，还本分男人，你有什么资格讲这些，结婚这么多年，女儿已经这么大了，那女人一回来，你就去帮她了，建房，办手续，然后是修房，到底有完没完啊。"

陈炳根说："她是我的同学，这你知道的，她和孩子不是香港籍，回到这边又不熟，还是很难的。"

阿珍说："没有户口，是脚踏两只船。你不要告诉我，你们没有谈过恋爱，连认识都不认识吧。"

陈炳根说："那又怎样呢，这都是过去的事了。"

阿珍撇了撇嘴说："在你心里没过去吧。"

陈炳根说："说什么呢你。"

阿珍说："为什么看见她们家的孩子你就很亲，还偷偷跟着到学校。"

陈炳根懵了，的确自己糊里糊涂地跟着阿珠的儿子潘田去了学校，到了门口才想起。

阿珍继续说："有好长时间连和我亲热都不愿意，我想碰一下你的手，你都要躲开。"见陈炳根不说话，阿珍更加委屈，她竟然拿起了床上的被子说，"好，我现在就不让你烦了。"

陈炳根见了，说："哎呀不要闹了，现在够乱的。"

阿珍听了："乱，到底是谁把这个关系搞得这么乱，还嫌上我了。"

陈炳根转回身说："要走也是我走。"说完，他下了床从柜子里取了一件衣服，头也不回拉开了房门。

阿珍见状，气得倒在床上大哭起来，过了一会儿，她又坐了起来，说了句："前面有个阿珠，现在又来个阿惠来欺负我们家女儿，那好，命中注定，我跟他们潘家的仇没完。"

陈炳根一直反对女儿嫁到香港，原因是他感觉到阿惠的婚姻蹊跷，感觉里面藏着些事情。陈炳根当然也能理解老婆阿珍的心情，因为没有外面亲戚的帮助，在村里抬不起头，孤立无援，觉得自己这辈子的香港梦算是没希望了，不仅如此还把女儿耽误了，心里自责得要命，常常忍不住发无名火，或者到山上烧香求菩萨保佑女儿平平安安身体健康就好。

陈水英听老母嘴里这么念叨的时候，有些心酸，觉得谁也不理解她，好像她真的被什么东西上身了，村里各种闲言碎语也多了起来。无非就是说陈水英虽然生得漂亮，却是个没有发育好的身子，不能生养，有人说得有鼻子有眼，说陈水英是个身体生得和其他女人不同。这么一来，有人还说，是真的，有人看过。当然有人又好奇又不信，问，不可能吧。说话的人，神神秘秘地用手指了下阿惠家，说："她最清楚了，两个人小时候都是睡在一起的，大了，发现不对，也怪难为情的，然后索性就不联系了。在咱们村里哪个不知道她们最要好啊。"嚼舌头的潘姓女人们煞有介事继续编排下去。万福村的妇女们因为陈水英的事情而亢奋。直到阿珍出现，她们才收了嘴，相互看了眼，取了刚摘好的豆子，或青菜，向着自家的方向回去了。

因为阿珍一天到晚想把女儿嫁到香港去的原因，村里没人敢提亲了，对陈水英有意思的也不敢想了。如此一来，陈水英的老母担心再这样下去，恐怕女儿和她变成了仇人，或者等不到香港人过来相亲，便已经疯倒或者病倒。这么一思量，阿珍吓得不轻，觉得不如死了这份心。

陈炳根觉得哪里都一样，现在万福日子明显比过去好过了太多，镇上引进了一些厂，想要打什么样的工都不难，何必为了争口气，非要把女儿嫁到香港去，把一批批好的后生都错过了。这样的话，陈炳根只说过一遍，就让阿珍不舒服了，可是又得服气陈炳根说得在理。她梗着脖子问："那你说怎么办吧？"

陈炳根说："什么怎么办，不再强迫她嫁什么香港人了，就让她好好待着，哪怕一辈子不嫁我们也养得起。"

阿珍听了这话，气得睁大了双眼，怒吼："一辈子不嫁？！陈炳根！你安的什么心，你这是不想女儿好呀，她不结婚这辈子就全部毁掉了，将来老了怎么办？"

陈炳根说："我只是让你不要强迫她嫁什么香港人，你看现在是真耽误了吧？"

阿珍张大了嘴不知道怎么回应陈炳根，只是很快便想出怎么答，她说："我问你，作为老豆，这些年你为她做过什么，看我做这些你不满意，可是在女儿嫁人这件事情上，你帮过她吗？"见陈炳根低头不说话，她又说，"你不捣乱已经很好了，上次阿惠订婚，你一会不愿意借客厅，一会又借着酒劲撒泼，然后偷偷摸摸在阿惠耳边说了什么以为我没看见啊，阿惠一家快气死了，你这是挑拨离间知道吗？她婆家的人就在那里看着你，你知不知道啊，阿惠的两个细佬当晚准备打你的，是我拦着，说了很多好话，还提了点心过去给人家才算了事。不然，你的另外一条腿也瘸了知道不。"这是两个人结婚以后，阿珍说话最狠的一次。说完这些，阿珍似乎还嫌不解气，继续骂道，"你不是嫌这个老就是嫌那个是开货车的，天天在路上不安全。我看你是成心的，原因是你害怕别人提香港两个字。因为担心人家笑话你，因为香港把你害了，现在你就反过头来害我们家女儿。"

陈炳根说："谁也没害我。"

阿珍突然带出了哭腔，说："那些出去的人，各个都不是什么好人，先把你抛下，现在最可气的是女儿跟你一样的命，连最好的朋友阿惠去了香港也不回来了。"

陈炳根道："我求你不要再说了。"

阿珍说："女儿现在这个样子就是你造成的，怪你鬼鬼祟祟得罪了阿惠一家，人家不愿意搭理你了，肯定也告诉阿惠，不要理咱们家陈水英。"

陈炳根皱着眉头说："孩子们的事不要瞎操心了，各自有命啊，我可没有得罪过他们家。"

阿珍不理，继续说："你想想吧，阿惠跟我们家陈水英好了这么多年，最后变成这个结果。我都替她难过，你这个做老豆的，不帮忙反倒要说风凉话，还讲各自有命，你安的什么心啊。"

陈炳根也来了气："你都说过了，我是被香港那边的人抛弃的，我没有见过识面，谁都不认识，怎么帮？"

阿珍停顿半刻，说："抓紧找个事情给她做吧，让她离万福远点，在这里看见自己那些人会总受刺激。"

陈炳根说："我到哪里去找这样的工给她啊。"

阿珍说："你不会求那个放电影的高中同学吗？你们在南头中学是同学，认识了那么久，不会各个人都像潘寿良和阿珠那么阴损吧。"

陈炳根不满地说："你又扯远了。"

阿珍说："我是讲哪个混得不比你好啊。"

陈炳根张大了嘴，阴阳怪气地说："干什么，你难道想让陈水英放电影啊，那不是女仔做的事。"

阿珍说："是去电影院上班，每天什么都不做，就有电影看，看着看着，她就忘记了之前那些不舒服的事了，再说了，她不就是喜欢那些古怪的事情吗？"

听完阿珍的话，陈炳根沉默了。

很快陈水英便到了县城的新安电影院上班，连阿珍也没想到会这么快。后来才知道，工资少，又是一个很怪的上班时间，没有谁愿意去那种地方。

陈水英听老母说新安电影院招人值夜班，主要是帮人带座和清场之类，于是她就去报了名并被录了进去。她并不知道这是老豆陈炳根事先跟人讲好的。

为了装作不知道，阿珍故意说："那是什么地方啊，每天黑麻麻的待在电影院里。"

陈水英不说话，也不回应，她就是想离开家。

后来阿珍打听到，这个工作一直缺人，她本来想借机显摆一下陈炳根的人际关系，想不到第二天陈水英就去上班了，还说地太脏，需要人打扫。阿珍后悔了，可是又不能抱怨，毕竟当初就是自己的主意。

阿珍说："你都多大了，还做这样的事。"

陈水英说："我想看香港电影。"

听了这话，陈水英的老母愣了半天，笑说："有什么好看的。"陈水英突然发起了无名火说："我去不了香港，我还不能看看电影啊！"

阿珍愣了下，心里清楚了，陈水英还是没有放下。她说："好，你看吧你看吧。"她猜想自己的那些话还是被陈水英听了进去。"我知道你想看那些香港电影，其实《霍元甲》我也愿意看，还有《上海滩》。"

"那是电视剧，电影院里不放这个。"陈水英冷冷地回答。

陈水英不想说话了，她觉得老母讲的是另外一回事。陈水英除了爱看电影以外，她就是想和陌生人在一起。她希望永远都不要回家。现在，她不喜欢万福两个字。

电影院早出晚归的生活倒很适合陈水英，她愿意和万福村的男男女女们错开时间。眼不见心不烦。

陈炳根安排完这个事情，想一想，笑了，觉得还是老婆懂女儿，后来很多人都会发现图书馆、电影院这种万福人想不到的地方确实适合陈水英。

这一天，新安影院正放港产片《师弟出马》，陈水英坐在最后一排，她的心已经绝望极了，如果再没有了这个地方，她又可以去哪里躲呢。黑暗的电影院的上空有三条粗壮的白线从她的头顶射到银幕上。上面的人疯疯癫癫乐着，而陈水英的内心异常孤独。她觉得自己不仅被阿惠，被万福，被亲人，也被这个热闹的世界抛弃了。身边的人已经兴奋得要跳起来，而陈水英身上发冷，好像自己像个孤儿般，不知道往哪里去。就这样迷糊了不知多久，突然发现身边有个人坐了下来。陈水英知道这是放映员，他总是悄悄地放那种蛇果到陈水英的袋子里。陈水英知道对方喜欢她，他还说过陈水英长得像陈冲，可是陈水英不能接受，她心里还在等着阿惠的召唤，她觉得阿惠正为了她千挑万挑呢。而她不能因为一时灰心就接受了别人，最后辜负了阿惠。她看了眼身边的小个子男人说："我可是毛病很多的。"

男人眼睛看着前方，电影里的周星驰正在扔牌，他说："可在我眼里你非常完美。"

陈水英差不多叫了起来："我说的是真的。"

男人笑眯眯地说："我也是，谁都有毛病。"

陈水英终于下了决心，眼睛不看任何人，对着银幕说："如果你眼前的这个人连处女也不是呢？"

说完话，陈水英在心里偷笑，见到对方不再说话，白色的光线在男人的头顶划过去，顺便拐到了这个人的脸上时，他低下了头。陈水英竟然有了快感，她发现这种方式会让自己开心，随后，她把手伸到了男人冰冷的手心里。她感受到了男人的手不仅冷，而且发了抖。陈水英笑着，跟着电影里的人一起大声地笑。接下来，她盼着电影早点结束，她想要走到阳光下面。电影倒是结束了，陈水英打扫完了所有的地，然后关了灯出来时，发现外面的天已经彻底黑了，甚至比平时更黑。陈水英发现自己竟然不怕黑，她并没有那么着急回家，而是取了自己装饭盒的布袋子，挎在肩上，她顺着新安邮电局门口的路走到前进路上面，然后又去了二区，然后就是六区了。走了这样的一圈之后，她心情也开始发生了变化，首先想到了如果没有阿惠，自己还是能活的。这样想了以后，她已经走到了十字路口，拐弯处是一个工艺品小店。上一次，陈水英在这里买过一个瓷器小猫，她想好了把这个小东西送给阿惠做生日礼物。可是阿惠就这样躲开了她，在香港消失了。

后来陈水英把这话说给同村的一个叫阿多的男仔，那男仔把头点得跟鸡吃米，深表同意，并且愿意每天晚上用摩托车载陈水英经过五区、六区，然后拐到107国道上，在货柜车的中间穿行，最后再走山路把陈水英接回万福村。阿多这个样子，村里人都知道什么意思，只有陈水英不知道，她觉得是不可能的。

怎么可能呢，陈水英想，她心目中的男人在电影里，有时是周润发，有时是梁朝伟、刘德华。每次她都会坐在最后一排，看到灯全部亮起，才算清醒过来。有好几次，她慢慢从电影院里出来的时候，手里还拿着扫把和手电筒，像个怪人一样站在电影院门口。直到过了很久，她才缓过劲来，跑到台阶上，看到手里拎着摩托帽的阿多。

又这样过了一年多，村里很多同龄的人都结了婚，有的嫁到了沙井、松岗或东莞的厚街，最远的是去了香港。而陈水英还是没有什么动静。阿多也不说什么，除了说万福不好，两个人实在找不到别的话。直到阿多有一天放下陈水英，突然说这两天家里有点事，可能不过来了。

陈水英点着头说："你忙啊，我没事的。"

陈水英不知道阿多家里到底有什么事，也不好意思多问。

第二天晚上，陈水英扫完地，关好了灯，推开新安影剧院的大门，在台阶上站了一会，她发现到处已经是黑的，仅有的几处光亮还在远处。站在黑暗中，陈水英感觉到冷和害怕。这时连风好像也比平时大了些。陈水英不知道怎么办，只好提着自己装了空饭盒的布袋子走到街上去。她左右望了几次还没有中巴的影子。这个时候的中巴已经不多了，烧了一天的柴油，偶尔见到一辆打开车门便散出的气体都是馊的。陈水英皱着眉头钻了进去，见前面坐满打瞌睡的人，有的还把脚伸到旁边的空位子上，陈水英看也不看便走到了最后一排。汽车刚开不远，陈水英便被摇晃到长椅的另一端。

通向万福的路并不平坦，坑坑洼洼有时把陈水英颠得几次跳起来。有两回把饭盒直接跌到地上。还有一次，陈水英从左坐到了右，屁股和腰仿佛摔得分裂出几份，还没有到家。这个时候，她想起了阿多。可转念一想，自己也从来没有让这个阿多接自己呀，两个人是因为都讨厌万福才说的话。

这一晚，她就这样又不知道被折腾了多久。陈水英身体已经木掉了，她感觉司机分明是忘记了她，在宝安到西乡再到万福的各个路口绕了一遍。

有好几次，陈水英感觉自己胃里的东西全部顶到了喉咙里，她咬着牙，后背附着冷汗。走到万福村口，看着平时懒得多看一眼的万福塔，陈水英竟然有想哭的感觉，她竟然这么想念这里。眼下的万福村分外安静。陈水英看着月光下低矮的房子，竟然觉得亲切，她忍不住向阿多家那个方向望了过去。灯是亮的，一切都很正常。夜晚的风也是安静的。陈水英想快一点回家，洗了澡躺到床上认真想想自己今后的事情。她觉得站着不适合想这类事情和人。没想到，等她洗漱完毕，身子刚刚沾到床板上的时候，脑子里出现了阿多。陈水英觉得阿多是自己的兄弟、娘家人，她从来没有想过和这个人好，主要是没感觉。可是有感觉的人没有出现过，她也不知道此刻那个人在什么地方。她看了一圈，难道有更好的选择吗。没有啊，甚至连示爱的人都没有。想到这里，陈水英光着脚跑到客厅里，偷着倒了一杯老豆的米酒，倒进喉咙里，她就是要让它烫一下自己，然后麻木着睡过去。

陈水英一觉睡到了第二天上午九点，起来之后，家里人都去地里干活了。陈水英看见不远处自己的饭盒，才想起原来自己要到几十里以外的地方上班，她第一次觉得宝安县城那个地方太远了。

就这样又过了两天，陈水英每天还是坐中巴回家，她已经开始不愿上班了。只是她没有把这个想法告诉任何人，包括老豆陈炳根。平时她烦老母的时候，会特别愿意主动找老豆说话。只是每次都说不了几句，主要是不知道说什么。可是这一次，她特别想与老豆说话。

老豆陈炳根好像不知情一般，与平时一样上工，吃饭，上工，回来抽烟，洗澡，上床睡觉，他的生活基本就是这个样子。陈水英几次走到老豆身边又忍住了想说话的愿望。

这样的日子持续了不到一周，阿多便又重新回到了新安影剧院的台阶上了，他手拎着帽子整个人瘦了一圈。陈水英连笑容也没有，跨上他的后座时，也没有说话，而阿多也没有，就这样，两个人一直无话到了万福村。

这一回站在门口等着陈水英的不是老母，而是老豆陈炳根。陈炳根接过陈水英手里的袋子，说："阿多等了你两年，村里再也找不到这样的男仔了，如果不同意，就算了，让他也死了心，不要耽误人家过正常生活。"

陈水英前边还很受用，可听到最后一句，又不舒服了，她气呼呼地向自己的房里走，连鞋也没有脱。

陈炳根在后面跟着，说："现在他家里逼得紧，已经有亲戚带着平湖的女仔过来等回话了。"

陈水英听了，装出生气的样子，放下东西，回到老豆平时喜欢喝茶的地方，端着上面的酒一饮而尽，说："行行行，你从来都是对的，我听你的行不行啊，不要再唠叨了好烦呀。"

陈炳根说：“我也不能给你乱做主呀，怕你将来怪我的。"

陈水英说：“我怪过谁的呀，这辈子。眼下是我求你帮我做主了老豆，快帮我吧，不然我成了万福村的笑话还会影响到你们。"

陈炳根说：“你有一辈子吗，你半辈子还没到呢，在我这儿，在我心里就是个小不点。"陈水英见老豆笑了，心里又暖又酸，她回到了房里，眼泪瞬间掉了下来，说：“阿惠，我不等你了，我们这辈子做不成邻居也做不成姐妹了。"

16. 裂痕

陈水英当然没有想到，阿惠到了香港之后便很少再回万福。

见女儿吃了这样的亏，心里不舒服，阿珍有时拦着潘寿娥说：“阿惠可是吃我们家米长大的。"

潘寿娥好像得了理儿，说：“怪不得，成日看不到个人影儿。家里什么活都不干呢，原来是在帮外人做事。"

后来阿惠即使从香港回来也是晚上，住一晚，天没亮就走，外人很难一见。逢年过节她会托人捎些钱或者东西过来。又过了一段时间，陈水英不再指望这个阿惠能帮自己了，她觉得友谊是骗人的事情。人家是香港客，自己是万福人，关系不对等了。想通了这些，她迅速着急换个环境，先是说服老母搬家，免得看见过去的一些东西，包括阿惠的两个细佬和弟媳妇，他们总是在她眼前晃，说些风凉话。陈水英离开了条件不错的村委会，去了离万福村有些远的电影院上班。阿珍苦笑，你以为我们家是老鼠啊，想搬就搬，几辈子住下来，生根了走不落的。当然，这也是阿珍的意思，她担心女儿陈水英精神方面出了问题。阿惠离开万福之后，陈水英常常发呆，几天不与人说话，有时还会对着河水的方向自言自语，甚至一个人哭泣。阿珍见了吓得不轻，想找老公陈炳根商量，知道陈炳根也没主意，反倒还会勾起不愉快的往事，索性也就不说了。只能自己难受，她觉得阿惠去香港都是自己的错，当初真不应该借出这个客厅给阿惠来订亲，至少提前给女儿通个气也好啊，显然陈水英是怪她这个老母了。当年阿珍安慰陈水英，别急啊，阿惠比你大，她自然要先嫁。她过去就好办了，虽然你们关系好，可是老母我也不会亏待人家，戈会做的，我已经把你的事情托付给她了，还送了份厚礼，等闲了下来，她认识了那边男仔就会帮你介绍，看着吧，不到过年她就会给你捎信过来，让你见面了。事情到了这地步，阿珍只能鼓励陈水英不要放弃，给自己和家里人争口气。

像是因为有了这样一个爱攀比的老母，而受了连累，陈水英早早便想着离开这个家，离开万福，她实在不愿意再多待一天，她觉得老豆老母都古怪得不行，在家里谁也不许提香港两个字。香港这么近，全家人却没人提过去看看，都像是怕刺激她，就连村里组织的香港一日游，他们也不参加。这样一来，人家便更会想起她陈水英的事情，再多想一点便又想到了老豆陈炳根。香港这两个字，像是一枚定时炸弹，没人敢碰。

陈水英有时看到老母偷偷打量她，心烦得不行，知道她又在想着当初的事情。

当时陈水英开心得很，抿了嘴不说话，装出无所谓的样子，却已经在心里数上日子了，她在心里盼着早些在香港与阿惠见面。想不到一等就是十多年。虽然陈水英后来与阿多结了婚，可在心里已经把阿惠恨上了。她很想找到对方，问个究竟。我没想抢过你的风头，也可以让你老母一直风光下去，你何苦用这种方式。

这期间，阿珍不断地发着惊叹，似乎在刺激陈水英主动想办法。她像表演般，这么一沓港币呀，真是厉害，我这么大个人了还是第一次见到。阿珍接着又说，阿惠嫁得就是好，每次回来都给她老母几千块港币，她老母身上的戒指项链全是阿惠送的，金光闪闪，哎呀，她老母真是命好。阿惠也确实是他们这个街上的骄傲，不服气不行，因为有了阿惠，她一家吃的用的都不同了，还拿了不少钱给家里盖楼，连细佬讨的老婆都好过一般人家。

陈水英没有不服，只有暗中着急，心想，阿惠你怎么一点也不着急呢，是不是忘记了我呀。可是表面上，她还得装作不在意，我又不是嫁不出去了，再说了，香港有什么好的。

阿珍一听生气了，什么话呀，你不在意我在意，我们家都快被人欺负死了，一个香港亲戚都没有。人家用的东西那么高级，我呢，还是使用镇里百货商店买的东西，还有你，你也连身像样的衣服都没有。

被老母这么一说，陈水英也生了气，这些事情又不是不知道，可是没有办法。她说："我有衣服穿，不需要穿那些香港的旧衣服，二手货。"

阿珍说："什么旧衣服呀，人家那是港货，要怪就怪你的命不好了。"说完这句，阿珍的抱怨转成了愤怒，她的眼睛瞬间转向陈炳根，说："都是你，把我们家女儿害了。"

陈炳根说："我今天还没说话，更没惹到你啊。"

阿珍说："你当初傻啊，为什么那么蠢，如果是我，拉也要把船拉住，要死大家一起死，要走大家一起走，为什么把他们放走了。"

陈炳根听了又气又好笑，说："阿珍，求你不要再烦我了行不行，也不要提过去的事，我要是去了香港，哪里还会跟你走在一起，更没有现在了。"

阿珍愣了下，变得更加咄咄逼人："你承不承认阿惠把我们家陈水英害了。"随后，阿珍又说，"我的命咋这么苦啊，遇见你这么一个拎不清的。"见到陈水英推门进来，她也来不及避讳，"还有你，跟我一样，这是被人害了。"

陈水英说："我被谁害了，老母我求你不要把事情搞乱好吗？"

阿珍说："还犯糊涂呀，阿惠可是跟你从小玩到大的，现在把你扔在这边，连个交代都没有，你好好想过吗？"

"阿惠走是因为她和我一样讨厌万福。"

阿惠出嫁之后，陈水英不吃不喝了两天，用来惩罚自己太傻，原来自己交了这么一个不信任她的朋友。半夜醒来，她听见老母和老豆说："人家阿惠经过罗湖桥，享福去了。"陈水英脑子里总是浮现出马智贤的样子，他刚进到客厅里便留意到了窗户上的剪纸，别人在说话的时候，他把每个都看了一遍，还有茶杯下面的小纸垫，这些都是陈水英剪的，平时她就喜欢做这些小玩意。看了这些东西，马智贤的脸上有了一种特别的神情。等陈水英回到家的时候，被家里突然来了这么多的人吓了一跳。可是那些人各个都在说事情，似乎是说些大事。只有这个马智贤对她笑。陈水英不认识，也不知道怎么办。直到马智贤指着那些剪纸说："是你做的？"陈水英说："是朋友教给我的。"

马智贤说："你的手艺好。"

直到人都离开了，陈水英还像在做梦，觉得这些人把她的魂也带走了。

陈炳根说："那又怎么样，他们过他们的日子。我们家陈水英现在也挺好的，不一定要去香港才好。"

阿珍骂道："好个屁，跟你一样，猪脑，总是被人骗。"

阿惠是 1973 年出生的，陈水英则是 1974 年底生人，一个双鱼座一个巨蟹座，星座书上的分析，两个人应该会很好，可惜后来分道扬镳了。这些事谁也说不清楚。陈水英多年后总是用鸡汤安慰自己，有的人走着走着就散了。如果朋友不理你了，请不要问究竟，因为友谊的大限到了。这样的话她有不少，就是为了安慰自己不安分的心，还有阿惠的不辞而别。

从小到大骄傲自满的陈水英有自己羡慕的人，那就是在西北待过的阿惠，对方不仅会说普通话，还会剪纸，做面食。包括对方有两个细佬也让她羡慕。看见人家吃饭的时候抢着吃，打架的时候，也会有人帮手，很是眼红。不像她陈水英，里里外外就自己一个独苗，原因是老豆还要继续当村长，要带头计划生育。陈水英的父母每天对着她看来看去，导致了她一会被夸一会被骂，让她无所适从，常常感到不开心。这样一来，有的人就会说她的气质跟村里人的都不同，连后来见到她的马智贤也这么说过。除此以外，阿惠的亲戚多，舅舅阿姨好几个，而且都在香港变成了有钱人，不愿意搭理她们家。虽然阿惠告诉过他，那些亲戚从来不和她家来往，与自己的老母差不多成了仇人。这样的烦在陈水英心里就是炫耀，你不来往也是有啊，不要饱汉不知饿汉饥了，陈水英心里还是有些不舒服，谁都知道陈水英家里八辈子都没有海外或者港澳关系，这在整个万福村里也是罕见的。所以十八年前，家住深圳万福村的陈水英没有成为香港人的老婆，是老母的一块心病。她不会把这种抱怨当面说给陈水英，可是她会在生活的每个细节中体现出来，导致了陈水英从小到大一直知道这个老母想要什么。尽管她赌气地想，我偏偏不会在乎你那些，就是个虚荣心，少跟那些三姑六婆嚼舌头，就没那些烦恼了。她用这些话教育老母时，老母不直接与她顶撞，但还是生气。陈炳根见了，会小声劝陈水英两句："让她说吧，毕竟她心里不舒服，再说又没真让你做什么。"

陈水英慢条斯理地说："还想我做什么，那她自己怎么不嫁给香港人或者跟着那些人跑过去呢，又没人拦着她。"

陈炳根笑了，说："如果你老母过去那边，你就不是我女儿了。"

陈水英说："不是就不是，那更好，反正我不在乎。"

陈炳根说："你真是个傻女，是我在乎呀。"

这么一来，陈水英尴尬了，只好气呼呼地说，我追求的东西跟你不一样。

陈炳根说："怎么又冲着我来了呢，我是说，你老母她还是疼你的。如果换作其他人家，不管愿不愿意直接把钱收了，女儿就嫁了过去。不管对方是什么情况，好人坏人，有病还是残疾，当妈的一律不管了，只要女儿能把钱如期捎回就行。"

陈水英没怎么听明白，她觉得老母越来越暴躁，而老豆陈炳根的性格倒是越来越好，总是一副笑眯眯的样子，好像从来不会发脾气。当然，前提是如果老豆不去找阿珠，家里的气氛会好很多，老母也会特别贤惠。陈水英很清楚家里最近的吵架都与这个从香港回来的阿珠有关，她似乎成了老母坏脾气的爆破手。

在万福村，陈水英不是最漂亮的，但绝对是有气质的，她不同于其他女孩子那样不修边幅或者忸怩。陈水英长得小巧玲珑，女人味十足，陈水英虽然只在宝安中专读了三年，学历还是个中专，可身上却有种文化气质，用村里算命先生的话说，她骨骼奇异，会是不一样的命。

"到底怎么样嘛。"陈炳根急了，他太在乎陈水英了。潘寿良、阿珠离开万福之后，陈炳根变得有些多愁善感，同时婆婆妈妈。算命先生说："她呀，注定跟你们村里的人不同，是个才女呢。"

阿珍听了，更糊涂了，她不知道什么叫才女。倒是陈炳根百感交集，当年自己在学校读书的时候就被人叫作才子。眼下，女儿陈水英显然是遗传了他的衣钵。言下之意也就是说陈水英的命好。确实陈水英这样的学历在当时还是不错，只有她这两届可以分配，有的去了团委，有的去了保险公司，有的去了广安加油站，陈水英则进了村里的股份公司。主要是离家近，想着可以帮着父母做点事情，毕竟没有兄弟姐妹。而她回来的时候，村里一部分男孩子身边已经有了人，这样的陈水英显得落寞许多，可是又能怎么样呢，她没有办法让自己走近别人，她总不能凑到别人身边求人喜欢吧。

陈水英平时喜欢看书，什么书都看，这样一来，村里的男孩根本不敢接近她，认为她太傲了。村里的男孩子越是这样越是伤了陈水英的心，他们和村里的很多女孩子打情骂俏，甚至有的人把合美的女孩带过来摘荔枝，也不找陈水英玩。这所有的一切都伤害了陈水英，她觉得自己真是命苦。有好几次，她一个人跑到凤凰山上，双手枕在头上，躲在山坡上，想离家里人还有邻居们远一点。看着树杈透出的蓝天和阳光，陈水英很快就忘记了自己的忧愁，就这样，暖暖地睡着了。醒来时，已经是黄昏。陈水英有点担心老母老豆四处找她，然后互相埋怨。她只好又慢慢下了山，走到一半的时候，她回头去看山，心里想，这个小庙什么时候可以养尼姑呢？如果有，她也就有路了，大不了，不结婚，将来可以到山上，可惜这里没有尼姑庵。不然的话，倒是个好事，离老豆老母又不远，又免得别人笑话自己嫁不出去。她觉得这才是自己的选择。

当时有许多姐妹都嫁了出去，陈水英却还留在村里，她的白马王子总是没有出现，连普通的男人也没有来问过她的状况，似乎她已经被人遗忘，没人为她搭线。偶尔会在哪个小店门口，见到几个流里流气的男仔，看着她的背影，说几句话，并互相推搡。这样的时候，陈水英还是很高兴，她希望自己被他们看上。可是这样的时候也越来越少了，也没有人问过她想找个什么样的男朋友。村里人都知道阿珍给女儿订的标准，必须是香港人。这样一来，把陈水英气得要死，可是又不能说出口，好像自己想嫁了似的，心里有苦只能强撑着。

　　直到朋友阿惠也嫁到了香港，陈水英对周围的人彻底灰心了。感觉所有人都抛弃了她。陈水英的性格变化很大，不再跟人来往，经常一个人在万福的小巷子里走来走去，有时看看天上的云，有时坐在空地上发呆，似乎外面的热闹与她无关。她不与任何人交流，有时戴着耳机听音乐，身上挎着一个包，里面只有她喜欢的音乐，一边走一边流泪。尤其是下雨天，陈水英不愿意打伞，就这样在村里走来走去。而这些都是外面传回来的，说陈水英因为嫁人的事生病了，精神病来的。说话的人拍了下同伴的脑子，被同伴笑着骂你才神经呢。

　　见此状况，阿珍害怕了，她觉得是自己惹的祸，吓得一段时间内不敢大声说话。原因是她老早就放出风去，我们家陈水英如果要嫁就嫁到香港去，甚至她的话有时还会对着一些年轻男子去说，目的是用这个方法把人家劝走，而这些事情，陈水英并不知道。阿珍在外面放风这件事，她不敢跟陈水英说，原因是担心陈水英的性子，出什么意外也难说。虽然每天连半句话都懒得说，这样的陈水英发起飙来可能更可怕。阿珍不敢对老公陈炳根说出事情原委，她知道陈炳根肯定生气，当初她拿钱去给潘寿娥，求她帮忙，瞒了陈炳根的，后来说漏了嘴，陈炳根发了火，说："我不是反对你给她，只是不愿意你求她给女儿找老公，她自己女儿的老公都没有找好。"

阿珍阴阳怪气地说:"什么叫没找好,又斯文又多钱,你是眼红人家吧。"

陈炳根说:"我眼红什么,再多钱我也不要,她这是卖女儿,不顾阿惠的死活。"

阿珍狠着说:"不要说大话了,是你要不到!"

担心阿珍再次翻出当年事情,陈炳根饭没吃完,便匆匆忙忙抽了几口水烟,出了门。他骑上单车,准备到水库上面去散散心,他知道再吵也是没用。这辈子自己就是被打上失败的烙印了,怎么折腾都不行,连老婆都这样来理解这件事。

现在,万福的日子好起来了,潘寿良又把老婆孩子送回了万福,原以为不过是始乱终弃,想不到还有占地这个目的。当然,也是为了刺激他陈炳根,让他想忘也忘不掉过去的事。正是因为这件事,老婆阿珍开始生他的气,两个人的矛盾更加大了,阿珍说如果陈炳根再去管阿珠的事,她就要离婚,并且让女儿陈水英也不认他这个老豆。陈炳根有口难辩,只因为自己在建房这件事情上,帮着阿珠出头说过话做过证明,还去骂退过那些想占地的人。当时有人指着阿珠的鼻子,陈炳根远远地看到,后来看见来人要动手拆墙,才冲上来拦住说,她是万福人,也是我们万福的女儿,再说,她老公家里的事与我们有什么关系。

来人说:"陈炳根你这是帮谁呀?"

陈炳根说:"虽然嫁出去了,可她流着我们万福的血。"

虽然阿珠已经不好看了，脸长还生了雀斑。可是她还是像过去那样喜欢吃东西和撒娇。陈炳根不明白，最困难的时候，她是怎么做到的。这时候，他免不了会想到潘寿良，他一定是让着她，把好吃的好用的给她。他又想到潘寿良怎么还不回来呢。他如果回来，他还有资格与他理论一番吗。自从阿珠回到万福之后，陈炳根脑子里就没有间断过这个问题。

来人说："你的意思是她被人抛弃了？不会吧，如果不是，她凭什么占着这里的地。现在情况刚好起来，她的两个孩子便回来了，分明是想要领村里的分红。还有，她老公回来过吗？见见村里人说清楚也好啊，他有来过吗？"

话说到这里，来人上下打量陈炳根："喂，你这么个大男人老婆被人抢了去，要是我非杀了他全家不可。你倒好，不仅忘记了仇恨，还帮人守着家，照看着别人的老婆孩子，免费替人家看门守院，你不是暗地和阿珠好上了吧！"来人说完话对着陈炳根诡异地笑了笑。

陈炳根听了怒火中烧："你如果再敢胡说，我就对你不客气。"

来人笑着道："陈炳根，你急什么急，你的事没有人不知道的，要知道我们都替你不值呢。你和阿珠天生一对，可是最后这便宜让潘寿良那小子占了去。他算什么呀？要才没才要貌没貌，你受了伤不说，还离开了村委。如果不是你小子有能力，我们万福人信任你，你连饭碗都被他砸了。你现在还帮人家说话，你对得起我们这些支持你的人吗？"

陈炳根对着一个年长的男人求情道："阿叔，过去的事我们都不提了，当年我是自愿的，潘寿良是我同学，我们两家的房间挨在了一起。从头到尾我都知道他喜欢阿珠，只是他不敢说，我也装作不知道。他也有能力到村委，我却没有把机会让给他。既然命运这么安排了，我也只好认命。"随后，陈炳根看了眼阿珠说，"阿珠是我同学，过去是，将来还是，我不可能看着别人欺负她不管的。虽然她老公没有回来，可是孩子先回来了，我们不能不把他们当一家人吧，这块地当年他们只是没来得及登记，那个时候，没有登记这个事。他们一直都在住，所以是不能拆的。再说了，潘寿良迟早要回来。我们万福村的人可以对他有意见，但不能欺负他老婆和孩子。如果非要找他算账，可以直接去香港，也可以等他回来让他把事情说清楚了。当然，他不愿意说，也就算了，都能理解，反正我不想欺负女人，所以也求兄弟们手下留情，看在我的面上，可以让让他们，孤儿寡母的。"

有个年老的男人嬉笑着："哈，见人这样所以你就想占人家便宜呀。"

这时陈炳根的老婆阿珍大叫了一声："讲咩！"她突然从人群里走出来，阿珠回来后，她便已经盯上了，刚才听了老公陈炳根的话。见众人转过头看她，阿珍大声说："你们不能胡说，我们阿根是有老婆的人。"

年轻男人说："有老婆怎么还要过来帮别人守着家呢，

你问问村里人，他是不是常过来呀？"阿珍说："是我让他来的，我们两家关系好，这间屋又是潘寿良托我家陈柄根看管的，再说了，我屋企也有份住的。"说话时，阿珍看见阿珠正站到了离陈炳根很近的地方，小鸟依人模样，脸上挂着泪，不禁想起当年他们是恋人这件事，心里极不舒服，但还是装作大度，说："你们是不是管太宽了，我做老婆的都没有意见，关你们什么事呢？"说这些话的时候，阿珍扎心地难受。她听见过陈炳根梦里喊阿珠，有一次，阿珍还摔了陈炳根的枕头到地上，半夜两个人吵起架来。此刻，阿珍过来拉陈炳根，希望陈炳根跟着她回家。想不到，阿珠见了，哭着转了头。陈炳根一见，忍不住甩了阿珍的手。这么一来，阿珍彻底被激怒了。她突然指着陈炳根说："如果你想和她过就搬到一起吧，不要在家里魂不守舍的，我受够了，也不想再侍候你。"

陈炳根说："讲那些做什么呢？老夫老妻了，我跟你解释过了，我们就是同学。"

阿珍对着陈炳根的脸质问道："你告诉我，仅仅是同学吗？村里还有哪个不知道你们的事吗？你最好当着潘寿良的面去讲。"

陈炳根低着头说："过去再好也成历史了，这辈子只能是同学和朋友关系，你不要再提，会影响到她的名誉。"

阿珍说："名誉？她能做我就敢说。"

陈炳根说："她又没有做什么。"

阿珍说："可是你做了，昨天那两棵荔枝树不是你提出让给她的吗？"

陈炳根说："是啊，还有一棵三华李。"

阿珍听了，彻底气炸："什么？还有李树，那可是我们家的。"

陈炳根说："他们全都到了香港，回来什么都没有。比起我们这些人，他们不算是富人，这几棵树对我们并不算什么，倒是能体现出村里的一份心意。"

阿珍大叫一声："不算什么？可真大方啊陈炳根！你还敢说，就是因为他们，你才被村委赶走的。如果不是村民信任你尊重你，很多事来听你的意见，你会有今天吗？"

陈炳根说："可是他要有点土地上的东西呀！他们走之前，我还是村长，两棵树可以证明他们与这块土地是有关系，我们有点人情好不好？"

阿珍说："是跟你有关系，和你有人情债对不对？"

陈炳根说："你怎么越来越不讲道理。"

阿珍被陈炳根从阿珠的家里一直拉回到自己家里。两个人扭在一起的时候，引来很多人围观。

陈炳根清楚老婆是受了阿娥的挑拨，他刚刚看见潘寿娥的身影闪了一下。陈炳根说，我跟你讲过，早就跟你说过不要跟潘寿娥那个人走动，她恨潘寿良，跟全家人都决裂了。阿珍说："潘寿娥已经告诉我，潘寿良是故意把阿珠送回来的，她还告诉了我很多事。"

陈炳根问："什么事？"

阿珍说："你心里明白，就是知道有机会了，才会这样。"

陈炳根无奈地说："我有什么机会啊？"

阿珍说："如果没有鬼，你为什么不告诉我？"

陈炳根说："都这么老了，说当年的那些有什么意义，让人笑话。"

阿珍说："如果我和你离，让你和阿珠好回来呢，你会不会觉得人生特别有意义？"

陈炳根瞪着阿珍："你又胡闹，潘寿娥心理有问题，当年她和家里决裂的信，播在了生产队的广播上，后来又要登报，她不嫌丢人啊！这么老了，想出风头也不应该这样吧，抛头露面，也应该给儿子女儿留点面子吧。"

阿珍说："那是家里人把她逼急了，自己的男朋友被细妹抢了，三兄妹合着伙不告诉她，瞒着她，连老母也跟着一起骗她，不打招呼就跑去了，没有任何人想过补偿她什么，最后还把祖屋给那个抢了人家老公的潘寿仪，这还讲道理吗，换了谁都受不了。"

陈炳根说："那也不至于贴公告上广播吧，让潘寿仪这么多年没脸回家。"

阿珍说："潘寿良也没脸回家呀，他抢了你的女朋友。"

陈炳根说："不是抢，是特殊情况，生死关头，他们不知道能不能回来，所以才到了一起。再说，我当时被关进去，生死未卜，也没了前途，如果他不娶，只会耽误阿珠一辈子。"

阿珍说："那也不至于到了香港就好上，很快便怀上生仔呀，应该早就暗度陈仓了吧。"

陈炳根说："阿珠能过好，我替她高兴。"

阿珍骂道："你对别人好过对家里人，就是虚伪。"

17．创业

阿惠的大舅潘寿良心里藏着一句话，他想对阿惠说："你愿意跟着家人回万福吗？"却没有机会说。

潘寿良没有对别人，包括阿珠说过，他在香港是怎么见到阿惠的。

阿珠并不知道这个阿惠便是潘寿娥的女儿。阿珠有次坐公交，车拐弯时见到潘寿良与一个年轻女性走在一起，手里提着菜。她想追过去，又放弃了。想了几天之后，她知道自己是没有资格闹的，毕竟人家潘寿良帮着自己养仔多年。跟她在一起的时候，人家还是一个处男，而自己都大了肚子。想到这里，阿珠开始对潘寿良变得冷淡起来。潘寿良却不知道发生了什么，以为潘田大了，自己被利用的价值没有了。潘寿良认定阿珠心里还是惦记着万福的陈炳根，他记得阿珠好多次在梦里喊过陈炳根的名字。接下来，两个人的话越来越少，连潘寿成都看出来，有次笑着问："大佬你是不是有了什么人啊，阿嫂不好吗，她多不容易啊。"

潘寿良吓了一跳，骂："胡说！"潘寿良四下看着，担心此话被阿珠听了去。他奇怪细佬平时与阿珠仇人一样，现在怎么替她说话。

潘寿成说："没有做坏事你心虚什么呢？"

潘寿良说："你管好自己的嘴吧，还嫌惹祸不够吗？"当年就是因为你回到万福说什么大佬喜欢阿珠，两个人早在一起了，才让陈炳根死了心，放弃了来香港的想法。

潘寿成说："好好好，当我什么都没说，我也没看见。不过你要对得起我阿嫂。"

潘寿良说："不要有的没有的都说，搞出事情你又负责不起，丢给别人自己全是开溜了。"

潘寿成说："哎呀大佬，不要揭人短吧，我是说你的事，现在你又怪到我头上。这个家你对我最不好，对其他人说话你总是很客气的。"潘寿成怕大佬提他的丑事，阿珠早就讲过潘寿成把一家人的生活全打乱，也没有进步，脾气还是那么臭，说话做事不靠谱。潘寿良总是为细佬发愁。

开始时潘寿良并不知道阿惠到了香港，之前没有人透过消息给他，当然，他知道这是潘寿娥故意对他封锁。当时潘寿良是去送货，坐在车上等人，突然见到从一个夜店里踉跄着出来的阿惠，她显然已经醉得快要不省人事。当时阿惠被人骗去喝酒，对方想要占阿惠的便宜，阿惠本能地向外跑，那男人从后面跟过来，正在拉阿惠的手臂。这一幕被正巧送货在路上的潘寿良见到，他跳下车，拦住了对方，硬是拉走阿惠。那个老乡见潘寿良态度强硬，骂潘寿良管闲事没好处。潘寿良不理，硬是把阿惠推上自己的货车，然后打开空调，坐等阿惠酒醒。

阿惠在车里睡了一觉，醒过来，见到大舅坐在旁边，吓了一跳，以为是做梦，随后便哭了。

潘寿良送阿惠回家的路上，阿惠讲了自己这一路发生的事情，包括她喜欢的人是马智贤，而他只是代替哥哥来相亲的。她觉得对方也喜欢自己，只是没有办法，所以她只能留在这个家里，至少可以见到这个细佬马智贤。虽然这个马智贤变相欺骗了她，可是她没有退路。眼下她太痛苦了。这一家人穷得连吃饭都成问题，很快她也要出来做事了。

潘寿良问："如果有机会，你也不想回了么，我感觉万福现在情况开始越来越好。"

阿惠说："回不去的。我老母的情况你都知道了，她当年被兄弟姐妹抛下船，已经出过那么大的一个丑，受了很大的伤害，我如果回去，她可能活不成了，我是家里唯一的希望，我就是死也不能回的。"

潘寿良听完说不出话，没想到自己离开万福后发生了这么多的事情。他只能对阿惠说，以后不能再这么喝酒了，也不能来这种场合，容易被一些黑社会的盯上，到时谁也救不了你。阿惠听了，半天说不出话，也觉得后怕，连连点头，说知了知了。

后来一次，大舅潘寿良带阿惠出来吃饭，刚坐下便见到邻桌有水饺，阿惠看了眼说，我也会做的。潘寿良很吃惊，说："那不是北方人才会的吗？"阿惠歪着头说："你怎么忘了，我也算是半个北妹啊。"

潘寿良沉默了。当初潘寿娥知道细妹与华哥好上，一气之下坐车跑到新疆，与外面男人生下了阿惠。想到这里，潘寿良心里越发难受，赶紧转移了话题。

下次见面，阿惠竟然带了自己包的饺子过来。潘寿良吃了一个，大赞阿惠手艺好，并问你在家里怎么方便做呢。阿惠说："是不方便，可是我很想做给你吃。"

潘寿良想了想说："这边的情况就是这样，你不如回到深圳开个餐馆，自食其力，不要再回去了。"阿惠说："哪有本钱啊。再说了，老母是不能让我回的，全家人靠着我在这里帮他们撑着面子。如果回去了，他们挖地三尺也要找到我，因为他们收了人家的钱，算是把我卖了。"潘寿良说："那怎么办呢，你被他们一家这么欺负着。不然你下次多包一点，我帮你送到酒楼看看他们收不收。如果你能赚到钱了，他们就不会打你欺负你。"阿惠眼前一亮，兴奋地说："好啊！那我去市场批发菜和肉，回来包好，然后卖给附近的酒楼。"

再见面的时候，两个人都有好消息要告诉对方。阿惠说："有个大排档的老板主动找到我，让我每天送 10 只过去品尝，再后来，他们又让我送 100 个。这回好了，我可以在香港创业了，不用回万福了。"潘寿良听完悲喜交加，他把到了嘴边的话咽了回去。他原来的计划是带着全家回万福，包括带上阿惠一起。他了解到，村里引进了几家三资厂，正想着找一些本地人做厂长，其中佳康制衣厂的老板就是潘寿良的客户。对方说只要潘寿良过去，马上就能做厂长，工资可以拿到800元。潘寿良动了心，太诱人了。这样一来，不仅可以照顾到家，还可以名正言顺地参与村里的分红，潘田和阿如的学习也能照顾到。他了解到，阿惠的几个同学都分别进了手袋厂、鞋厂做了管理人员，不仅学到了技术，还有了稳定的收入。

阿惠早说过，潘寿娥收了人家的钱，还不了的，如果她跑掉，两个细佬的老婆也会跑掉的。

潘寿良犹豫了，他不知道怎么劝自己的外甥女，只好慢慢调整话题，说："好事好事，说明你进步很快，现在这些酒楼知道你阿惠的能力啦！你做得又好，又正宗，肯定生意也会好的，你要好好珍惜呀，不要辜负了人家。"阿惠笑着："我怎么会呢。"潘寿良说："除了饺子，你还可以做些酿豆腐，这边有不少人想吃呢。另外，如果需要我跑腿的话，就给我电话，反正我随叫随到的。"

潘寿良发现阿惠的笑容很好看，跟自己大妹潘寿娥一样，端庄、标致，眉宇间还带着些泼辣。看着眼前自己的外甥女，潘寿良产生了幻觉，总觉得是潘寿娥来找他的，有几次恍惚得险些说错话。他觉得自己真是有罪，实在不应该逃的，竟然影响了这么多人的命运，潘寿娥、潘寿仪、陈炳根、阿珠、潘田、阿如，还有眼前的阿惠。这一刻潘寿良想念只隔了一条深圳河的潘寿娥。他联想起大妹潘寿娥眼下的处境，忍不住问了她的一些情况。阿惠说的都是不好的事情。比如老母当初因为华哥和潘寿仪好上，觉得在村里没法待了，一气之下，跟了到村里做工的外省人跑到了西北，也不告诉家里，在外面生下了她。这阿惠都是后来在潘寿娥的谩骂中知道的。潘寿娥带着阿惠回到万福的时候，实在是被逼无奈。她已经恨透了潘家人，包括外婆，她觉得外婆没有把她的出走当回事，连找找她的想法都没有，更没有等她，而是一走了之，全部人都是那么势利地帮着潘寿仪。

　　看到阿惠一双已经因为做事而红肿的手，潘寿良生出了心疼。他觉得自己疼的不是阿惠，而是大妹阿娥。全家人把一个没有读过书，除了农活，其他什么都不会做的女孩子孤零零地丢在万福，让她被逼无奈又远走他乡，受了那么多的苦。眼下，他潘寿良必须保护好她的女儿阿惠，是为自己赎罪，同时也是为了整个家赎罪。想了整整两天之后，潘寿良要为所有人赎罪的念头已经越发强烈，甚至盖过了他当初对阿珠的想法。阿珠是不属于自己的，连做那事的时候，喊的也是陈炳根，让潘寿良泄气过很多次，最后，他发现自己根本就做不成男人了。他喜欢阿惠的性格，她没有那些沉重的东西。眼下她只要有了钱，就会开心，婆家就不会欺负她。潘寿良他认为自己只是被北方的风格吸引了，而阿惠就是拥有这个东西的女孩。正因为此，潘寿良想好了先为阿惠租上一间屋，他要把这间屋的钥匙给阿惠一个，让她受了委屈也有地方躲，还可以在这里做些饺子和酿豆腐卖钱，留住自己用。

　　担心影响潘寿良回万福，阿惠不愿意再接受潘寿良的帮助。

为了解除阿惠的顾虑，潘寿良只好对阿惠说了自己的事情。

1993 年的时候，两边的往返已经开始方便。大舅潘寿良有次回来探路，借了小店电话用，看到士多店里摆着王老吉和梨牌护肤液，还有香港的冰淇淋时很诧异，感觉万福这边和屯门的生活条件慢慢开始靠近。于是把自己的家当拿回来交给阿珠，让她抓紧时间盖房子，其实这已经晚了一步。有一次他带钱回来过年，想不到中巴开到罗湖关，排队检查的时候，自己的钱便被人偷了。潘寿良只好在街上打回电话，说自己不想回了，生意忙，走不开。想不到也就是这一次，让阿珠想了很多，她认为，潘寿良真的不想要她了。

这一年春节潘寿良是在深圳河的船舱里过的，他不敢告诉阿珠丢了钱的事。潘寿良叹了口气说："这些事，我跟谁讲啊，没人能理解。他们也根本无法明白。还有，就是我也怕啊，谁知道这政策会不会变，大家都怕了。那些年有的人抓回来被关了几年，有的再也没有出来过，全家人都被牵连了。家里的房子都是陈炳根帮我占着，他如果不占着，早已经没有了，连片瓦也没有了。我让阿珠回来当然有私心，我担心别人回来，他未必会把这个房子还回来。"

大舅潘寿良说："我没有哪一天会忘记陈炳根的大恩，

如果不是他，我可能早就被抓回来了。也许我太自私了，到后面我真的不想说，说了我怕失去阿珠。可是我没有想到，放出来的陈炳根还在担心我们，托人打听我们的情况，说如果实在不行，就回来，他会帮我去说情，让村里不要处理我。而我还在误会他，原因就是我们刚过去，村里很快就分田了，有了三来一补企业，各个过得那么好。我以为他早知道政策，而不告诉我，把我们骗去了香港，是不希望我和他竞争。还有我们两家之间这块地，是事先说好的建新房。我们两个约好，谁先成家这个房就给谁先住。可是谁想到为了能一直使用这个房子，阿珍不想做事，还要装穷。因为我说过，在他们房子没有建好之前，先用着。想不到，因我的这句话，阿珍真的不再努力，也不像村里其他人那样去挣钱。你知道吗，为了可以使用这个房，她什么都不做了，拿着村里的那点分红过日子，错过了发财、买房的好机会。再到后来，眼看着别人家富得流油，她除了生气怪我，再也没有办法。说到底也是我害了他们一家啊，我对不起我的兄弟啊。"

潘寿良一股脑对阿惠说了很多，说完了却又后悔。他担心阿惠笑话自己太窝囊，还有真实的经济情况，不敢再来接受他的帮助。

他告诉阿惠，因为求过陈炳根帮自己守住这个家，所以心虚得要死。现在房价这个高，他害怕别人笑他傻，也怕阿珠生气，毕竟除了这个房产，也没有太多的财产。他说，自己是个男人，答应了却要反悔，实在抬不起头。他继续说，当初让阿珠回万福，就是想到如果她才方便要回这块地，而自己是开不了这个口的。当然，他也愿意成全陈炳根和阿珠。假使阿珠不能与陈炳根好回去，至少把家里的房子收回来，占住，也是件好事。凭着陈炳根的为人，他是不可能与阿珠抢的，只是阿珠不清楚事情的来龙去脉，反倒认为潘寿良有了其他女人，自己是被抛弃的。潘寿良说："为了这个事，她有很长一段时间不和我说话。可是这么多年，我都不敢讲出实情，说出来，害怕早早地失去了阿珠，也害怕在老婆孩子的面前抬不起头，说我不讲信用，让老婆回来办这件事，太不厚道，不是个男人。"

18. 投怀送抱

马智贤留的是个座机电话，陈水英打过两次，每次打过去，脑子里都是马智贤的样子。最后一次，是她已经订了婚，怀上了孩子之后。为什么还要打这个电话，陈水英也搞不清楚。每次都是个老人接，先是喂了两声，接着便是陈水英听不懂的方言了。对方似乎也听不懂陈水英在说什么。之后也就没了联系。

这次陈水英是下了决心后打的电话，不仅通了，竟然还是马智贤自己接的。陈水英惊得说不出话，随后眼泪竟便流了出来，心里暖暖的，恨不得一下子抱住谁。她竟然觉得马智贤这么多年一直都在等她电话。这么多年过去，他们家不仅没有搬，电话号码也没有升位，太神奇了。那边的马智贤不慌不忙地说，我是马智贤，你是哪一位。陈水英兴奋得手舞足蹈，告诉他，自己是谁。马智贤说话还是那样慢，细细的，像个蚊子，他反应了半天还是想不起陈水英是谁。陈水英有点失落，她急忙还原当年的情景，还把对方翻过她家里影集，夸过陈水英长得好标致的细节讲了一遍。她用了马智贤当年的原话说："你皮肤好白，肥嘟嘟的样子好可爱啊。"

经过陈水英这般细致的描述，马智贤似乎才想起来，只是没有惊喜，语调平淡，淡淡地问了句："你找我有事吗？"马智贤好像接了一个咨询电话。凭这点，她觉得对方应该不喜欢她。这样一来，陈水英要报复似的，胆子大了起来，她就是要利用这个男仔，谁让他留下了电话。他不仅是阿惠的小叔仔，还是马智慧的细佬呢，这毕竟是她与香港唯一的联系。

陈水英选了一个离住地比较近的商场见面。两个人一见面就认出了彼此。马智贤没有变化，长得还像木偶，衣服似乎也是当年那件。看见他，陈水英自然想到阿惠，阿惠是马智贤的阿嫂。

马智贤背着一个双肩包。好像那个包很重，把他压得已经失去了平衡，两只脚总是站不稳。陈水英一直知道自己的毛病，老了胖了，毕竟四十岁的人了，这样一想，便宽容地看对方了。

以为你认不出我了呢。见到马智贤紧张，陈水英突然像是当年的阿惠附了体一样，大方起来，笑着说。

对方说，认识认识。马智贤像是跟电话里的那个不是同一个人，他笑着，露出一排细小的白牙。两个人从商场的中间，由陈水英带着，转到角落里。她担心在商场遇见出来逛的同事。

陈水英说："你想看电影吗？"没等马智贤回答，紧跟着又说，"我想看看你们的电影院和我们单位的有什么不同。"陈水英指着旁边一个指示牌。陈水英平时上班的新安影院很快就要被人承包，改成了放影厅，九十块才能看一场。放映厅有爆米花、可乐、哈根达斯了，也即将与陈水英无关。不管到哪，陈水英都想看看当地电影院，并且想进去看场电影。什么片子不重要，她喜欢被电影裹挟的感觉，主要是哭的时候没人发现。因为阿惠的原因，这么多年，陈水英过着半封闭的生活，除了父母，她不再与万福的任何人来往，也极少出现在公共场所。

上一次到香港是几年前的事，陈水英不敢和人说，担心别人会嘲笑她过时，或者神经病。因为深圳距离香港太近了，去哪里都不如去香港方便。那是陈水英第一次到香港。因为谁都不认识，她只能去看电影。当时的电影院里只有十几个人。其余的人都是一对一对，完全不像夫妻，而是一些比较有趣的关系。放的是《教父》，陈水英还没找到座位，灯光就熄了。她找了半天还是找不到，只好就近坐了下来。电影像是黑白片，从头到尾是英语对白，画面和音乐让她很害怕。很快她便发现电影院只有她一个人了，没等片子放完，她便伴着音乐跑了出来。惊慌失措中，走进了一个地下室，四周被各种交错的管道包围，像是一座迷宫。她在里面绕了很久，才转出来，随后，她发现自己走在一条耀眼的大街上了。整条街上到处都是彩灯，好像是哪部电影的场景。

陈水英很快便想到了阿惠。这样一来，她越发紧张，脑子里总想着会不会遇上呢，如果阿惠明星一样从她的对面走过来，彼此都看到了，要不要去打个招呼。阿惠穿得应该特别漂亮，像演员那样吧。陈水英脑子里的阿惠被各种镁光灯照着，穿着镶着亮片的裙子，嘴角上扬，面带微笑。陈水英感觉自己快要爆炸了。

"好啊，我去买票。"马智贤似乎才缓过劲儿来，他打断了陈水英的联想。

陈水英比较满意对方的态度，她觉得马智贤比万福家里的阿多懂事。阿多就是反应慢，每天不知道脑子里想什么，每天骑着一个破女式摩托，好像还很自得。

电影院里，马智贤从头到尾盯着银幕，除了递给陈水英一瓶水，再也没有说过话。陈水英看见马智贤半张了嘴，盯着前方。陈水英不好意思说话。又过了一会，看见他还是那个样子，才碰了下他的手，想试探对方的反应。她发现对方的手很凉，跟死人一样，没有体温。这种地方如果再握住那样一个冰冻的手，有些恐怖。她又想起了上次的电影。她放弃了关键地方拉住马智贤的想法。再说，具体情况还不知道呢，他这个年龄或许已经结婚有孩子了。尽管当年马智贤说过香港男人四十以后才结婚，还说跟日本人一样。后来才知道是因为买不起房子，学位也紧张。

看电影的时候，陈水英脑子里全是这件事，要不要问。如果问了，会不会很丢人，传到他阿嫂阿惠那里怎么办，她可不能再丢脸了。可想到书上说香港人情冷漠，即使兄弟姐妹成了家也各过各的，基本不来往，又放下了心。

阿惠嫁到香港之后，她有一次回万福，街上撞见过陈水英。当时，陈水英正挺着六个月的身孕。两个人愣了下，都显得尴尬，陈水英听对方说了句："你好!"她摆了下手，连招呼也没打，就跑了。她转进巷子里，脸对着凤凰山的方向，哭了一会儿才走出来。好在是午睡时间，没有遇见熟人。

想到这里陈水英根本没有心情看电影了，分明是熬时间。出来的时候，正好对着商场的化妆品柜台，陈水英对着一幅范冰冰头像走过去。像是跟谁斗气，她想给自己买瓶眼霜。已经有多少年了，她总是忘记自己也是需要打扮的。因为有人看着，心里便有了奇妙的变化，她为自己挑了一个最贵的。马智贤竟然跟过来，主动提出付账，陈水英也吃了一惊，觉得马智贤显然是看上她了，或者误会成过来约炮的，说："不用不用，我有钱。"

马智贤看到价格才不争了，笑着说："噢，我知道了，公司会为你们报销吧。"陈水英听了又好气又好笑，心里想，你怎么不到深圳看看，那边发生了多大变化。什么报销啊，就是看多了街上那些造谣的报纸，我们难道连个眼霜也买不起了吗？你们连普通话都没有长进。她想起接电话的老人，粤语不会听，普通话也不会听，她不能想象这个年代还有这种人。转过头，她又想到自己，阿惠让她伤透了心，包括这次，她也只到过香港两次，尽管来往很方便了。

马智贤像是没有明白陈水英的话，看着她笑。他这一笑，陈水英也就不生气了，她理解马智贤为什么相貌没有变了，因为思想简单，没有那么多心计。这样一来，她很想试试他。她让马智贤带自己到公园走走。一进到公园便发现跟深圳的差不多，除了老人，出来晒太阳的不是菲佣就是拾荒的。这样一来，她的胆子大了起来。到了拐角处，她拉住马智贤冰冷的手，上前了半步，把身子贴紧了马智贤，让对方抱自己。马智贤脸上的表情没有变化，腿脚却显出了僵硬。陈水英很高兴，感觉占了上风，有了主动权。被陈水英拉扯着，两个人挨到了一起。她懒洋洋地往马智贤怀里钻的时候，觉得自己像个强奸犯。隔了厚厚的牛仔裤，她触到了对方敏感的部位，她忍不住向自己拉紧。马智贤显得很激动，张开小嘴说，我还是第一次跟女仔这样抱呢。

陈水英大起了胆子，在下面摸了下，有反应，证明是健康的，很是高兴。她觉得这样一来，她似乎离阿惠也近了一步。

终于托了底，说明对方还是单身，这让陈水英兴奋起来。她觉得香港这种晚婚的风气就是好，不然，马智贤怎么还能留到现在，有些不可思议。又一想，他这种年纪还是单身。这到底是条件好，还是不好，她有点犯糊涂。

陈水英很兴奋，想跟老豆通个电话，说说这件事，想想又放弃了。陈水英跟父亲关系还算好，偶尔也能说两句，可是他不同意陈水英离婚，动不动就拿老一套来劝陈水英。这样一来，让陈水英想起阿多就是陈炳根暗中帮忙才追上的自己，心里憋着火，父女关系开始越发疏远。老豆陈炳根和陈水英一样，对香港两个字过分敏感。每次有人提，都会低下头，脸色变得难看，直到对方闭了嘴。只是不久前突然冒出个香港亲戚，老豆表现得很平静，让她吃惊不小。倒是老母忙前忙后，大呼小叫，想让街上的人都知道陈水英想离婚，准备找个香港人嫁了。她最遗憾的是原来的老村民都搬走了，或是炒股成了穷人，怕见人，消失了，没人跟她分享这份喜悦。有次陈水英正掏钥匙准备进门，发现父母和自己的门之间有一双脏乎乎的波鞋。她一边猜想是谁家狗仔叼过来的，一边把它们踢到了楼下。

陈水英推开家门吓了一跳，有个光头男人正抚在沙发上打电话。陈水英赶紧出门找鞋。见陈水英进门，对方举着电话愣住了，任凭电话里传出一个女孩声音。据说是在深圳认识的四川女孩，眼下住在深圳的东边布吉镇，他想娶了做老婆，只是对方还没答应。

阿珍端着一碗排骨汤进来，笑容可掬地做介绍："这是香港的亲戚，快叫阿叔。"陈水英笑得有些勉强，心里想，什么时候有这样一个阿叔了，不是说家里祖宗八辈都没有香港人吗。

　　阿珍悄悄地说："有还是有的，就是各个都穷，当年他们也怕认我们，担心借钱。后来我们也怕扯上关系，说不清楚，你老豆已经半条命搭了进去。"陈水英自言自语道："从来没听过，还说家里连个香港的亲戚都没有，自卑没脸见人嘛。""是你老豆的堂弟啊，一直没联系，你老豆有这么一个好亲戚也不跟我们说一声。"老母高兴得已经手舞足蹈起来，声音越发娇嗔，看陈炳根的眼神也温柔了许多，甚至身体有意无意地碰触了对方。陈炳根见了，愣愣地看着阿珍。此人再用电话的时候，陈水英眼睛瞟着这个所谓阿叔，脸对着老母说："他们那么有钱干吗不用自己手机？"阿珍说："让他用吧，花不了多少钱，知不知道我这是帮你，让你阿叔在那边帮你物色个人，等你这边办了手续就马上过去。"老母也盼着陈水英离婚，在香港重新找一个。

　　听了这话，陈水英不作声了。想到这些事，陈水英认为无论如何都要把马智贤拿下，给老母争口气。

19．谋划

　　作为阿惠的老母，潘寿娥的名言是，君子报仇十年太晚。

　　潘寿良一直在找机会想接潘寿娥到香港，可想到潘寿娥到了香港之后，与细妹潘寿仪还有华哥的关系，便吓得立即打消了念头。毕竟他的工地少不了华哥和潘寿仪。他知道潘寿娥即便来了，也不会听他的。作为家里的家姐，她从小就爱命令人，不懂得合作，也不会主动帮着做点什么，总是抱怨，一会儿说父母偏心，一会又说细佬细妹们自私。潘寿良想了几个晚上之后，干脆放弃了。而他的这番思想斗争，潘寿娥并不知道。

　　老母潘寿娥与阿珍表面上好，实际两个人各自打着算盘。只是没有想到潘寿娥把事情最后做得这么绝。刚过了新年，家家都各自放松的时候，突然来了相亲的人，大张旗鼓，还没有缓过来劲儿想清楚，阿惠便嫁到香港了。隔壁欢天喜地，而陈水英的心情可想而知。她跑到厢房，偷吃了最大一块月饼，一点内疚也没有。她把这个气撒到了老母的身上。不久前老母告诉她，人心隔肚皮，不要和阿惠走得那么近，什么事都跟人家说。这样一来，陈水英开始有意疏远阿惠，阿惠找了她几次，都被她冷冷地拒绝了。最后的结果是，陈水英和阿惠闹别扭期间，阿惠完成了相亲大事。因为担心自己家里的东西太过陈旧，潘寿娥还借了陈水英家里客厅，原因是陈水英家的客厅里有一张特别大的餐台，这是谁也搬不动的东西，所以也不好借。另外一个就是陈水英家的墙壁是不久前新水漆好的，很白。在这样的一个环境里相亲，很有面子。陈水英想不到与阿惠两个人闹了别扭之后，两人之间发生了这么大件事，用邻居女人的话说是，阿惠通过罗湖桥，去享受荣华富贵了。

　　潘寿娥与阿珍两个怀有同样仇恨的女人，本来不是朋友，可是共同的仇恨把她们连在了一起。潘寿娥部分地讲了自己的那些苦楚之后，便后悔了，好像对方把她的某种力量也偷走了，这本来是她隐秘力量的一部分。可是她在整个万福找不到第二个人去讲。有时候，她在梦里见了华哥，本来是要追着对方骂的，竟然变成了躺在对方怀里哭泣。醒来一看，全是假的，真实的世界里四周破败，没有一点新鲜的颜色，这让她更加灰心。看着窗外的天还是暗着，她睡不着了，她觉得这个天真的有些凉了。

　　而这时的阿珍，已经到了更年期，她感觉陪着陈炳根受了几十年苦，什么也没得到。这样的生活，跟谁都说不出口，她甚至还要替这样的生活不断粉饰。她觉得老公陈炳根对她冷漠的种种表现，活活地耽误了她。阿珍先是生出冷意，后来是恨，最后，她擦干了眼泪，想好了怎么战斗。

　　也不知道是从哪一天开始，潘寿娥和阿珍两个人不再骂罗湖桥对岸的那些兄弟姐妹，而是齐齐转向骂阿珠。因为阿珠以潘太的身份凯旋，穿的用的明显和万福人不同，甚至连样子也不同了。这么一来，作为同龄人，阿珍明确知道这一仗自己不战自败。她认为对方此时回来就是过来气她的。潘寿娥同意阿珍的认定，她听到阿珠说过人混成什么样都是自己造成的，不应该同情。

这样一来，让潘寿娥显得没有道理，于是她气得准备撸了袖子出门去找对方理论。

阿珍说："你急什么，她放着香港好好的潘太不做，跑回来看门守院，换作你愿意吗？你怎么不好好想想原因。我们倒要看看她是不是被潘寿良那个花心佬赶回来，给人让路的，还是自己做了什么亏心事，没脸继续享福而逃回来的。"

听阿珍这么一讲，老母眼珠子一转，明白过来，她随即拍手大笑起来，说："对啊，我那个不本分的阿嫂哟，你的命可真苦，就不要装了吧！"

见潘寿娥这么生气，阿珍心里偷笑，忍不住说："等有时间我还要当面谢谢她，不然的话，我哪里去找这么好的老公呢。"

潘寿娥看了眼阿珍说："你认为陈炳根的腿已经这样了，还敢花心吗？"

阿珍听了潘寿娥这话，很不舒服，心想，果然没老公的人就是变态，于是阴阳怪气地说："他又不是华哥，这么快就接受了潘寿仪的撩拨。要是换上我们家陈炳根只会骂对方一顿，让那女人彻底丢脸。"

听了这话，潘寿娥知道对方是故意来气她，竟也忘记了初衷，她斗气道："陈炳根能不能禁得住考验，还要看以后。毕竟阿珠刚回来，穿着香港那边的衣服，说话嗲嗲的，谁知道是不是打上了谁的主意，还是观察一段再说吧。我提醒你啊，你不要放松警惕，免得阿珠对你家老公动什么坏心思，她天生就是那种人。"

阿珍说："她在香港也算长过见识了，什么样的男人没看过，不会再看上万福村的男人喽！"

潘寿娥笑着道："话是这么说，可是像她这种人，哪一天能闲着，时时都要证明自己厉害，这样的人狗改不了吃屎，还是小心为好。"

被潘寿娥这么挑明了说，阿珍脸色也变了，骂道："她算个什么货色呀，天生就是个贱人，说话娇滴滴的，一见男人就装病，什么玩意，还阿珠，我看就是一头母猪。"

听了阿珍骂出这些，潘寿娥气消了大半，她觉得有人会帮她报仇的，所以她笑着说："我理解你的心情，看好你们家陈炳根吧。我也替你留心，谁知道她是不是被人甩了，又想起你们家陈炳根的好来了，又想找回来。这种女人，反正就是哪里好，她便去哪里。"

阿珍听了，急得脸色发黑，说："她倒是敢啊，也不怕我劁了她。"

潘寿娥故意挑拨："谁说不敢，心又不长你身上，脚又不受你管束，我前几天还见到你们家陈炳根绕了一大圈的路，去五金市场，买剃须刀，一路上还哼着歌呢，我印象里，陈炳根可没有那么讲究，也没有开心过。"

阿珍听了，张大了嘴，脸已经憋成了紫色。

潘寿娥说这些话的时候，她微笑着，这更增加了一丝冰冷而神秘的感觉。甚至有人想象着在一个月黑风高的夜里，一位身穿披风的蒙面女侠，对着他们中的某个人当头一刀，然后转身回到黑暗中。这样的情景被她们不知道想象了多少次，每次潘寿娥微笑的时候，她们更能想到那种寒气逼人的景象。

君子报仇十年太晚。潘寿娥喜欢说这句话，除了后面去了香港的阿惠，两个儿子并不知道她到底什么意思，只是以为她又说胡话。有一次，最大的仔听得心烦，问了潘寿娥一句："你唠唠叨叨到底要做咩嘢啊，发咩神经？"

潘寿娥并不开口，走到案板上，手里轻快地切着茄子，她的脸看着窗外，嘴抿得很紧，一句多余的话都不说。

的确，潘寿娥积了这么多年的怨气，没有地方发泄，她感觉自己心里的恨，就是一把锋利的菜刀，如果她不提刀杀人，这把刀就会结束了自己。她已经等了太久，四十年足以毁掉一个人的决心，每每感到承受不起之际，潘寿娥都会给自己加油打气，快了快了，他们也老了，就要叶落归根的这一天了，自己就要面对他们，绝不能倒下。潘寿娥的报仇是组团的，阿珍是她的队友，再过一段时间，阿珠的儿子潘田也将会出手，到时他们里应外合，一举把潘家，还有他们的帮凶全部解决掉。潘田已经联系了一些沙井的小兄弟，早就做好了解决陈炳根的准备，他只是在等一个机会。此刻潘寿娥的战友是阿珍、潘田，她为自己年过六十还有如此的斗争勇气而自豪。因为有了这样的一个目标，潘寿娥觉得自己年轻了许多。虽然儿媳有一次用异样的眼光看着潘寿娥，然后转头对老公说："你老母是不是痴线（神经病）了？"

潘寿娥的仔生气地怼了自己女人一句："说什么呢，她是我老母知不知。"

女人道："真的，只有这样的病才会有那样的眼光，好吓人啊！"

潘寿娥的儿子说："冇乱讲。"

虽然潘寿娥的儿子没有问，可是他已经悄悄地观察起老母。只一天，他便争着打电话给香港的阿惠，说："你要快点拿钱回来啊，老母得了一种怪病，从来没见过的那种病，再晚大家都来不及了。"

老母潘寿娥并不知道外人怎么看她，她感觉自己已像一只胀满的气球，随便就可以爆炸。可是她不想随便，她想等到潘寿良、潘寿仪、华哥，还有老母回到万福的时候，到时候她将会一雪前耻。她已经忍了四十多年，把半生都搭了进去，连女儿阿惠的幸福也葬送，却还是没有换回她的尊严和好生活。潘寿娥被其他的兄弟姐妹集体抛弃，又被两个男人抛下，眼下，连儿子也不愿意理她，嫁去香港的女儿对她只有恨而没有了其他。而这一切，都源于自己的当初，一步错，步步错。总结起来，错误在于当初太缺乏心机，不应该把华哥放出去，并同意自己的细妹跟着华哥偷学游水。她恨华哥和潘寿仪，更恨自己反应慢，太过愚蠢，她甚至还恨了老母。她觉得老母清楚一切，应该为她主持公道，而不是偷偷跑到香港享福去了，把她一个人扔在这边，像个孤岛一样，没有希望，除了用自己女儿阿惠换来的一点尊严勉强度日。最后，潘寿娥想到了最应该报复的人是潘寿良。潘寿娥认为正是潘寿良策划了这场把所有人命运改写的出逃。

大舅潘寿良回万福便遭遇阿珍守在路上碰瓷，和广场上两起闹剧。其他计划，潘寿良都不敢想了，老母的遗嘱是，把最大的两间留给潘寿仪。潘寿良以为不会出现差错的事，结果竟然如他担心的一样。潘寿良没有想到公证前的协议，被潘寿娥找人在过程中动了手脚。她在路上拉走了办事的人去喝茶，把原协议上的继承二字，改成了协助看护。潘寿良当然知道这是谁干的好事，他不敢叫潘寿成，担心节外生枝，只能求华哥陪他一起去找潘寿娥。

门是潘寿娥其中的一个儿子开的。进去之后，尽管潘寿良有过各种想象，见到了还是大吃一惊。灰暗破旧的卧室和客厅，一侧的厨房像是很久没有开过火，没有一丝生气。一时间，潘寿良准备好的大道理不知从何说起了。

躺在床上的大妹潘寿娥已经起床，她走到客厅，坐到了潘寿良对面的塑料凳子上，脸色灰暗，像是换了一个人，再也没有了广场上吵架时的气势。

大舅对潘寿娥说："公证书上的字你不应该改，这样是不好的。"潘寿娥厉声道："她凭什么可以继承老母的房子，而我不能。"

潘寿良说："这么多年她都是自己，还没有成家，没有个地方落脚是很难的。"

潘寿娥冷笑一声："是出家吗，真好啊！当年要是这么想的话就不要偷着跑，人已经老了，却要装纯洁了。"

潘寿良说："你应该知道，这么多年她都是一个人，情况你也知道了。"

潘寿娥说："那是她的报应，她没有地方住你就管，我两个仔没有地方住的，你不知道吗？"

潘寿良说："可是细妹服侍了老母。"

潘寿娥冷笑："噢，我也想尽孝道，可是你们把我丢下，我去不成香港，像个孤儿一样留在这边，我服侍谁去。难道像她一样带两个私生仔？"

潘寿良说："她帮着潘寿成带大两个仔，耽误了自己的终身大事。"

潘寿娥说："笑话，你这个大佬还想再替这个妖精掩护吗？你们真是一路人。以为我傻吗？她和谁的终身大事！她抢走了自己家姐的男人，这应该受天谴的，你们事先策划好的吧。潘寿成自己的孩子为什么自己不带，你骗谁啊。是华哥和她的孩子吧，说自己被耽误？那我又是被谁耽误，被谁害的！"说话的时候，潘寿娥的眼睛盯着华哥。华哥自知理亏，不敢看潘寿娥。虽然是老皇历了，可村里人谁都知道华哥当年和谁拍拖，怎么去了香港，与潘寿仪便成了一对。

当年，消息刚传回来，把正暗中准备过去的潘寿娥气得快要疯掉了。她的脑子里总会想起当年的事情。

在海上有手电从远处射过来，岸上已经听见狗在狂叫。

陈炳根跳了下来。他并不知道潘寿娥随后也被蛇头推下了船，因为再不走，可能所有人都被抓到。

潘寿娥恨自己下船之前，没有一个人拉住她，陪着她，或者愿意替她下船，包括自己的大佬潘寿良。她永远都忘不了那一夜的情景。她在这边一直等潘寿仪的消息，没想到对方竟然这么无情，传回来是两个人好上了的消息。同时再也没有人来接她过去。潘寿娥感到再留在村里实在太丢人了，她的香港梦彻底破碎了。她突然觉得是华哥和亲人联合起来，在欺骗她。为什么下船的不是别人？虽然她坐在船边上，可没有人拉住她，连阿珠、潘寿良都没有，现在想起，原来早有预谋。

想到此，潘寿娥心里越发冰冷，她阴阳怪气地说："华哥，您眼下应该好得意吧，一出手便玩弄了两姐妹。"

几乎被两个仔赶出家门的潘寿娥下决心把这个祖屋争回来。当时她知道老母将从香港回来，有人把消息透给她后，她便开始谋划这个机会怎么利用好，于是联系好了潘田和阿珍，请他们做好各自工作。她已经等了四十多年，再迟一步都不行。她用自己的性命等待这一刻。

天降大恨给阿珍和潘田，有他们的协助，潘寿娥认为自己定会扳回这一局，让万福人知道，她潘寿娥是没有输给任何人。她想既然我连家也没有了，前面所有的好机会都被你们剥夺了，我还怕什么？潘寿良、潘寿仪还有华哥，你们做了那么多对不起我的事情，快去死吧。潘寿娥常常在深夜，躲在被子里大喊大叫。潘寿娥做好了与这些人一同赴死的准备。虽然没有镜子，可是她仿佛看见了自己手握一把菜刀，随时冲向此生的仇人们。

20. 女人街

阿惠想不到陈水英不仅到了香港，整个人也变得大胆起来，她主动提出住到马智贤家里。除了节省开支，也是想看看马智贤的家底怎样，算不算有钱人家，还有那个接电话的老人到底是谁。如果真的嫁过去，还是需要知道这些，她觉得之前太过单纯了。除此之外，陈水英希望第二天马智贤带她去逛街，哪怕买条链子，也算没有白来，总不能空着两只手回深圳吧，到时可以让对方花钱。

马智贤愣了下，似乎想起了什么，随后站起身，走到远处打了两个电话后，同意了。

车转来转去，陈水英晕头转向，还一直没有到。胃里翻腾了几个回合，完全不清楚到了哪里。最后，她竟然七拐八拐到了一栋高到数不清楼层的大厦里面。

阿惠打开门的时候，陈水英惊得措手不及，完全没有想到事情会变成这样。倒是阿惠似乎早知道她要过来，不仅没有慌张，而是礼貌地说了句："你好。"

阿惠也变了，身材比过去还要苗条，两条腿之间出现一个大大的缝隙，皮肤还是很白净，可是变得特别薄，里面的血丝也看得见。当年阿惠很高很白，脖子细细长长的，跟村里的女孩都不一样。谁都认为嫁给香港人很自然，毕竟比她难看的人都嫁了过去。

不知为什么，阿惠穿了一身白色西服，左下角处还露出了一截米色线头，白色衣服把阿惠的皮肤映照得陈旧、泛黄。这种服饰与香港人的穿法格格不入。陈水英觉得阿惠笑的时候，嘴角生硬，显出了几条法令纹。没等放下行李，阿惠就招呼陈水英吃饭。这时马智贤也告辞要走，阿惠也并没有挽留，只是送到了门口掩着门小声说了几句什么。陈水英确实饿了，眼睛盯住饭菜。桌上除了一盘韭菜炒小虾和三条排列整齐的红三鱼，就只有两碗米饭和一碟小西红柿了。陈水英吃了半条后才想起自己失态，尽管吃饭的只有她们两个。因为心里有鬼，还惦记着人家老公，要问的一句也没出口。她猜想，马智贤的哥哥可能上班了，不然怎么会没有出来吃饭。阿惠一直躲避陈水英的眼睛，"吃呀，不用担心，还有两条呢。"她指着盘子说。

熟悉的陌生人。两个人都很客气。

回到房里，陈水英发现刚刚还在的电话机不见了，显然是怕她使用，被收了起来。陈水英心烦，觉得对方太小看她了，什么年代了，还用座机。于是她拿出手机，因为陈水英不知道应该打给谁，只好又放回包里，她突然发现自己除了阿惠竟然没有朋友。躺在床上生了一会闷气，想不明白这半辈子是怎么回事，天亮前才昏睡了过去。

前一晚约好了逛街，早晨起来，阿惠站在陈水英床头时，陈水英恍惚了，像是回到了过去。当年她也是这样，站在床前等陈水英上学。陈水英磨磨蹭蹭起床、刷牙、洗脸、擦脸的时候，她见到了架子上一盒凡士林，这是陈水英老母这代人才用的东西。

两个人站在路边很久都没见到巴士，又不想说话，便显得尴尬。再后来，陈水英有点累了，身上发黏，心里想，才几个钱啊，用得着这么省吗，说了句："还是坐的士吧，我这里有散钱。"

阿惠笑了："马上到马上到，不用急。我知道你们那边的人现在都好有钱。"

陈水英心想："什么意思嘛，根本不搭。"总之被对方这么怼了一下，陈水英之前的恨又生出来了。

阿惠上下打量陈水英的头发，竟然忍不住笑了下。陈水英见了，问："做咩？"

阿惠说："你看这边哪有人电发呀，还有，你穿了高跟鞋不累吗？"

陈水英气得说不出话，她已经发现了两边穿着上的区别，还是临过来前去理发店电的头发。

看着阿惠急得额上出了汗，眼睛却不看她，陈水英也假装不知，只有耐心等了。她暗暗打量阿惠。她发现阿惠的眼袋很大，由于瘦，脖子上面露出了青筋。

不知过了多久，才来了一辆中巴，阿惠做了一个请的手势，让陈水英走在前面。陈水英没有张罗买票的事，她想起当年，家里把客厅借给阿惠，她才得以到了香港，她认为，这个情阿惠应该还的。陈水英不知道为何自己变得这么现实和无情了。

两个人并排坐上中巴的时候，陈水英忍不住讲了几次万福的土话，每次阿惠都是用香港话或是普通话回答。这样一来，陈水英不再开口，两个人都沉默了。不知过了多久，阿惠打破僵局说："你还是叫我马太吧，我已经不习惯原来那个名。"

下了车，陈水英昂着头，走在前面，她不想和阿惠说话，更不想叫什么马太。转了一圈，她觉得这个地方有些眼熟。想起这就是传说中的女人街。陈水英发现，这里的衣服全是深圳东门老街的商品，十几块就能买到，包括皮带、包包，还有一些装饰项链。

陈水英走到一半就累了，她说，有没有那样的地方，买化妆品，还有名包。

有啊！阿惠伸出手指了指隔壁的这间。

陈水英说："我是说 LV、GUCCI 那种。"说完这句，连陈水英自己也被吓了一跳。平时，她根本没想过买那些，价格太贵不说，款式也不喜欢。

"也有啊。"阿惠站起身指着另外一家店说，"你看都有啊，还很多。"

陈水英故意装出轻松："我说的不是这种。"

阿惠说："我搞不懂你的意思。"

陈水英说："既然来到香港，还是想买件真货，假货哪儿都有，万福小市场里更多。"

阿惠想了想，似乎脸上掠过一丝无奈，说："那要走很远的路，你还去不去呢。"

陈水英问："多远啊。"

阿惠想了下，说："坐巴士要 20 港纸。"

陈水英问："的士呢。"

阿惠说："要 100 块港币。"

陈水英站在阳光下，黑着脸想了下说，算了算了，不去了。陈水英已经心烦，花了这么多时间，把自己一双鞋都走脏了，却被带到这么个鬼地方，就是看到这个女人只会用钱来说话了。平时陈水英花钱不会大手大脚，没想到阿惠这么小看自己，如此说来，她非嫁个香港人不可，否则真的好像差过谁一样。她觉得阿惠又穷又装，除了电话，放在洗手间的一瓶凡士林也被收了起来。谁还用那破玩意，又不是十几年前。出门前，餐桌上还摆着那盘吃剩的红三鱼，还是前一晚那两条半，排得整整齐齐。她真想伸出筷子去数数，让对方难堪，让阿惠明白自己的生活有多么寒酸。

回去的路上，陈水英想起自己当年跑到阿惠面前，哭诉心事。为了讨好阿惠，托她帮自己介绍香港人，用省下来的钱封红包的事。那差不多是她全部的积蓄了，全部托付给了对方。更主要的是，还说了些低三下四求人的话。

那两年，谁都看得出，陈水英在等阿惠的帮助，却什么也没等到，让她成了困难户，最后草草打发了自己。过了很久，自己那些破事还被村里人拿出来取笑。总之，自己的半辈子被阿惠彻底毁了。

接下来，陈水英买了两盒老婆饼和双飞人跌打药水便说："回吧，唔想行了。"

晚饭由马智贤和阿惠两个人一起请的客，说是给陈水英饯行。地方安排在一个英国人开的西餐厅里。

进门前，阿惠拉住陈水英乞求："回万福别提我呵，你和马智贤约会的事我也替你保密，也不跟我家里说，让他们也不要对阿多提。"

陈水英站在原地一句话也说不出。这么多年过去，阿惠连点愧疚都没有，还要在她面前装，甚至还拿马智贤的事来威胁自己。

"什么阿多？我们分居了，回去就要办手续了。"陈水英气得快晕了，我为什么找阿多，如果连阿多都不要我了，我差不多就成了老姑婆，最后无家可归到底是谁造成的啊。这是陈水英说不出口话。

她明白两个人再也回不到从前了。

餐厅里，陈水英终于见到了马智贤的哥哥马智慧。他还像当年那样白净，只是眼角已经有了很深的皱纹，身体靠着墙，脸对着陈水英笑。马智慧穿了一件燕尾服，像舞台上的指挥那样，显得异常古怪。他的手指还像当年那样细长白嫩。前一晚也不知他住在哪，一点声息都没有，突然间就冒了出来，而且他的皮肤白得令人觉得发瘆，好像常年在地下室生活的人。他上来就说喝日本青酒，还说要像当年在京都那样，加上冰块喝。陈水英喝过这种酒，觉得此酒有股邪劲，刚喝的时候甜蜜，轻柔，到了后面则会让人头疼欲裂，魂飞魄散。

看见阿惠过来劝阻，还交代服务员说只喝豆奶饮料，连征求她的意思都没有。陈水英突然动了怒，觉得阿惠太小瞧自己了。这样一来，陈水英身体里突然窜出一股无名火，她用自己都害怕的嬉笑对着马智慧说：“喝呀，咱一醉方休吧，我就是喜欢日本酒，过瘾！你不喝酒算什么男人啊，这可是美女劝你喝哦。”

见阿惠脸色已经变了，陈水英更是得意，她愉快得头皮发麻，手指颤抖。

陈水英先是敬了马智贤哥哥几次，最后，她已经晕了，竟然站到椅子上和对方划起了拳。事后陈水英也很吃惊，她从来不知道自己还会这些。

马智贤过来拉她，劝她少喝，不要醉了。陈水英的头已经晕了，她笑着捏住对方下巴，摇了几下，说：“你好帅啊。”

见马智贤红了脸，陈水英又问：“我靓吗，你喜欢吗？”她就是要做给阿惠看，虽然当年她输了，此刻，眼下这两兄弟却被她陈水英指挥着，太过瘾了。她就是要气阿惠，看她再得意，让她再不顾陈水英死活，抛下她几十年。她现在只有再厉害一些，才能打击到她。陈水英想，这么多年，谁都在欺负她，刺激她，她受够了，单位的，老母的，更主要的是阿惠留给她的一切。总之，在今晚，她要痛快一次。

马智贤的哥哥提到富士山时，陈水英已经彻底醉了，她站到椅子上面，用一张报纸卷成话筒，把当年学的一首日语歌《北国之春》，在大庭广众下唱了两遍。

酒还没有喝完，马智贤的哥哥便旧病复发，被救护车送进了医院。陈水英也从椅子上面摔了下来。

马智慧、马智贤一家都是当年跑过去的，为了领到救济，马智慧的老豆老母都还住在黄大仙附近的贫民区。马智贤刚与几个人合租了房，住在另外的地方，连洗手间都是很多人使用。这也是他把陈水英带到阿惠家里的原因。马智贤的老豆从来不说家乡话，听见乡音就装聋作哑。为了面子，他从不和村里人联系，也不回深圳。之前是因为自己不敢，后来是阿惠不同意，还威胁说，如果联系，她就要跑掉，再不回来，让他们的儿子变成寡老，重新送回精神病院。多年以来，阿惠每天一早都要把包好的饺子，一盘一盘送到茶楼去。有时还会接些大陆客，把他们带到假货市场挨宰。现在开放了，来往很方便，钱不容易赚了，提成也不容易拿，主要是假货被发现后，除了退钱，还要挨打。阿惠是家里的经济支柱，正因为这个，她早成了一家之主，把马智慧关进屋里不让出门，也是她的主意。

酒醒后的陈水英问站在她床边的马智贤，她怎么不回深圳呢。她忘不了马智慧倒下后，阿惠不慌不乱，轻车熟路做的一切。

马智贤递了面小镜子给陈水英说："当时你喝得太醉了，又哭又闹，保安要拉你出去，还想把你交给差佬，阿惠不同意，硬是把你扶回来，把责任全揽在自己身上。"

陈水英看见镜子里自己的眼角和嘴边各有一处已经发乌，显然是前晚撞的。她有些不好意思，低低声音说："看得出，她不想回那边了。"

"也回的，经常早晨过去，买些便宜的肉和蔬菜带回来，包了饺子再一家一家餐厅去推销，这是家里的生活来源。"

"这些年都这样吗？"

马智贤说："差不多吧，生病都要做事，好可怜的，生活成本太高了。"

陈水英庆幸离开的前一晚，把身上喝的茶叶和带出来的感冒药都留了下来，放在餐桌上说："没用上。"她说不想带来带去，空气潮湿，放在身上太累，也会坏的。陈水英还想对阿惠说，内衣重新买一件吧，你那个变了形，要对自己好一点。可是她犹豫了一下，还是忍住，她不想阿惠再受伤了。

第五章

团　圆

21．谜底

　　陈水英第一次出了这么远的门，陈炳根当然要到口岸接女儿，开车的是女婿阿多。陈水英坐到了副驾的位置上却也不看阿多，只是转身跟老豆说话。她不提阿惠也不提香港，像是受了什么刺激，好像她去的地方根本就不是香港。直到晚上，陈水英才对老豆说："我怀疑当年就是你设的局，不然阿多怎么会喜欢我这个怪人呢。"

　　陈炳根猜不透陈水英的意思，只好不说话。

　　陈水英笑了，说："怕咩嘢？"

　　见陈水英这样，陈炳根说："怪人是你自己讲的呀。"

　　陈水英笑了："怕咩，我现在有老公，又不想再嫁人，怪不怪有咩所谓啊。"

　　陈炳根听了，用余光看了眼陈水英，特别开心，只是脸上没有表情。

　　见老豆不说话，陈水英又把阿惠的事跟老豆陈炳根说了，包括这几天在香港发生的事情。

陈炳根似乎早知道一切，不说话，先头还夹着菜，后来便抓起杯子大喝了两口，似乎是呛到，转过身去咳，过后又去洗手间洗脸。陈水英很少见到老豆喝了这么多酒。重新落座之后，他像是朋友那样，给陈水英也倒了半杯，然后端起自己的，来碰女儿的杯子，说："喝一点没事的，还能美容。"

陈水英睁大了眼，说："老豆？不会吧，几天没见你，会说这样的话了。"

陈炳根也不接这个话题，喝了一口说："你以为当年我没逃吗，刚下去就被浪打了回来，后来各个人都骂我怕死，其实是我看见了后面追上来的人了，如果我不挡着，谁也别想走。可是我这些心里话，说不出口，人家以为我在辩解，卖人情。这些年没人看得起我，包括你老母，那滋味比死还难受。"陈炳根又说，"阿惠那男人有癫痫病，相亲和过来娶亲的不是同个人。我看见他第一眼的时候就知道了，可是不敢说，怕被他们家里的人打死。她两个细佬都好凶的，想拿阿惠换老婆仔呢，我哪里敢讲啊，再说说，他们家未必不知道，全装傻。阿惠落到眼下这个地步，我有责任，我真是该死啊，如果当时说了，最多也就是挨顿打，也不会让她受这么多苦。"

这是陈炳根第一次提这件事，陈水英红了眼圈，说："去香港之前我还恨她，怪她说话不算，不帮我。直到见了那些印着'友谊水饺'的小卡片，心里的恨全没了，原来她从来没有忘记。"

当晚陈水英把女儿从学校叫回来吃东西。陈水英的这个女儿是 00 后，陈水英把她归到过于自我，眼里没有其他人的火星人类。女儿的座右铭是开心最重要，难过的事情不要提。

二十多年过去了，陈水英还是没有找到一个可以说话的人。陈水英指着照片介绍说："好多地方我都没有去呢，好可惜，下次要你老豆带我过去啊。"

陈水英的女儿听了，诡秘地笑了，说："好啊好啊，记得给我带些化妆品回来啊，我要贵的。"

陈水英说："你学生妹，要那么好做咩，我倒是应该用好的。"

女儿听了点头笑："不买就算了，反正我下周还会去的。"

陈水英睁大了眼："什么，你也去过那边！"

女儿道："切，谁没有去过啊。我都懒得讲，没有去过的除了你们几个变态佬还有谁啊？"

陈水英大叫："你敢这样说我们？"

女儿道："你上次用的那个润肤露就是我从九龙带回来的。"

陈水英睁大了眼睛："什么？你是说你早就去过香港。"

"哎呀，老母啊，我都不知讲你咩。你们一直活在上个世纪啊。如果不是我自强不息，早成抑郁了。"

"抑郁，女（女儿）啊，你心情不好怎么不早讲。我没有反对你去哪里，你看我自己都是刚刚返来（回来）啊！"

陈水英的女儿说："对了对了，你早应该这样了。"

陈炳根说："你接下来怎么办呢。"

陈水英说："什么怎么办，你不会又替阿多说话吧，当年我怀疑就是老豆你帮他，不然他凭什么追到我。"

陈炳根说："是他喜欢你，如果他没那个心，我多想让他做女婿都没用的。"

陈水英想了下，叹了口气，不再说话。陈炳根欲言又止，这些天，阿多和他聊过，心疼的还是老婆陈水英，他在心里烦死那个阿惠了，到底是人是鬼啊，去了香港之后，好像把陈水英的魂也勾去了，因为那个女人，他和老婆陈水英没过上一天好日子，虽然也生了女儿，可是她的心从来没有在家里过。这些话他只能对陈炳根讲。好在陈炳根理解他。

像是猜到了老豆的心思，陈水英把身子靠过来说："以后，我不去想香港的事了，万福比哪里都好。"

见老豆陈炳根看着自己不说话，陈水英拖着哭腔说："你知道吗，我还从来没有这么想念过屋企，想念我们万福呢！"

陈炳根娇嗔地骂："傻女，你现在就在万福啊，不用想的。"

22．亲人

　　折腾了两天两夜，陈炳根觉得累，后悔之前说了太多话。他发现自己真的老了，身子像是散了架，特别想回到床上睡一觉，脑子里什么都不装。倒是潘寿良这个蔫人一反常态，突然变得像个暴徒，因为他喝多了酒，有一阵子他误认自己是潘寿成，眼睛像把刀那样对准了阿珠说："对，是我错了，我以为有一天你会还我一个公平呢。"

　　见潘田不知从哪里跑过来，拉自己的胳膊，潘寿良突然撒起娇，说："我一直以为做了好事，最后发现是欠了债，不是欠了一个人的，而是欠了所有人，我怎么还啊，只一条命啊！万福我回不了的！"

　　潘田突然软下来，说："老豆，我已经知错了。"

　　离开香港后，潘田二十多年没有喊过潘寿良一句老豆。潘寿良听了脸涨得通红，像是发高烧，头脑不清楚，连耳朵也嗡嗡地响。他不敢看潘田，只能任眼泪在脸上不停地流。潘田来拉他，他也不看，而仰着脸，对着天说："可是我们父子的缘分也尽了。"

　　潘田说："老豆，我真的知道你对我好，没有人能比。"说完，潘田摔倒在了邻居家门前。前一刻他与人打架，流了很多的血，以为再也见不到潘寿良。

　　两天后，阿珠见到潘田已经恢复，高兴地说还以为你要抛下老母了呢。

而刚刚输过血给潘田的潘寿良醒来后，仔细打量身边的人，甚至前面的几分钟，他完全听不懂万福话了似的，而对着眼前的每个人笑。瘦了一圈的阿珠哭哭啼啼说陪他一起回去，说自己不想在万福待了，想要跟着潘寿良回屯门，反正钱和房子留给了潘田，该尽的义务也尽完了。

潘寿良说："虽然不是我的仔，可是我们的血型相同，他的身上到底流了我的血了。"

阿珠泪眼看潘寿良："我是说要跟你回去，你没有听到吗？"

潘寿良说："潘田呢，还有我的女儿呢？有钱就行了吗，你不是说潘田常常都要被你从夜店里拉回来的吗？他是个被钱害了的人。当初没钱，我们跑，现在有钱，又把仔害了，我真是做什么都是错啊，我现在怎么对得起陈炳根。"

阿珠说："我是说过，可我有什么办法呢，是他自暴自弃，我们还能管他一辈了吗？他娶到老婆自然就会好的。不过那一晚他跟我认错了，说不应该让老豆老母难过。潘田把我搞晕了，突然变了个人一样。"

潘寿良发出微弱的声音："到底什么原因呢？"

阿珠想了下说："还不是一直有人风言风语说闲话，他受不了，我看不如就实话实说，也让他知道情况，理解你的苦心，再不说，他不仅恨陈炳根也恨你。"

这时潘寿良紧张起来说："反正办完事情我就回屯门，

说不说都无所谓，主要是看你。"

阿珠说："我说的是那件事。"

潘寿良说："过去了这么久，再说还有意义吗？"

阿珠冷笑了一声，对着潘寿良的脸说："你在乎过我吗？"

潘寿良说："如果他父子相认后，你们自然就是一家人，我还说什么呢？"

阿珠说："你早就盼这一天吧！"

潘寿良说："我是让你先回来，如果好，就回来，当初我说过一句话你还记得吗？我说选择权在你手里，我任何时候都不会变的。"

阿珠说："原来你是这个意思，以为你想利用我和陈炳根的关系，帮你们家占下门前这块地和房子。"

潘寿良说："我起初的确有这个意思，可我是想过你们可能会好回来的。"

阿珠说："对，我知道。"

潘寿良说："所以你一直在怪我。"

阿珠说："是啊。以为你嫌弃潘田，不想留他在身边。"

潘寿良叹了口气道："我看到这边的政策好了，成立了特区，万福一定会更好，更安定。那个时候，我隐隐地感觉到自己走错路了，是我带着大家走错了路，我不敢耽误你们，尤其是潘田，怕他将来恨我。"

阿珠说："那你自己为什么不回？"

潘寿良说："我回不去的，欠下了那么多债，解释不清楚，也还不清了，没人信，让我一个人背着债，索性留在外面流浪算了。"

阿珠说："可是你比我想家。"

大舅潘寿良沉默了半刻说："你怎么知道。"

阿珠说："你做梦的时候哭，喊万福，说要回屋企，我见你很多次把那个算盘拿出来看。虽然那么近，你却不敢大大方方回到万福，不敢走到你小时候走的路上，你比我想家。"

还不到晚上九点，不远处的公路上，刚刚结束的拥堵，广场上跳舞的人群也才散了不久，只有零星的几个孩子扯了嗓子喊着对方的名字，一瞬间，潘寿良仿佛回到了小时候，他与陈炳根在万福的老街上互相喊名字、捉迷藏。见潘寿良看着街景发呆，陈炳根似乎知道潘寿良的想法。两个人不说话，只是不停地干杯。不知何时，街道已经少了人，安静得连蛐蛐的声音都可以听到。两个人说话的声音才大了起来，陈炳根指着大排档问："你还记得这是什么地方吗？"

潘寿良说："我们打球的地方你都忘记了吧，你坐的那块地方是篮球架。我坐在阿珠当年喜欢坐的地方。"

接下来两个人都没有说话，各自喝下了一大口。因为他们同时想起阿珠。

是陈炳根打破的沉默，他对潘寿良说："看到前面那一片地了吗？属于前海范畴，我们万福以后也是中心区，将来如果穿得像你我这样，可能都不给上街。因为街上走的估计都是老外和贵宾，你好意思穿着短裤、拖鞋出门吗？国际会议都在这里开，即使没有人强求你，你也不好意思穿得太土是不是？"

潘寿良说："你还那么爱张罗，听说万福现在有名气了，万福书院也是你搞起来的。"

陈炳根说："是啊，我们要让万福人读书，子孙后代都要读书。这不是我们当年的志向吗？"

潘寿良似乎想起了什么，欲言又止。

陈炳根说："潘寿良你真的不后悔当初冒死出去？"

潘寿良说："后悔有什么用，什么都不能重来了。如果知道有今天这样的生活，我哪儿也不去，只待在万福。我知道，你是怪我这么久不回来找你。"

陈炳根说："不只怪，还有恨，我这条腿，还有后来的事情。"

潘寿良说："我都已经知道了。"

陈炳根说："哦，真是消息灵通啊。"

潘寿良说："不灵通，如果真的灵通，我现在不是这样，我早就回来找你了。正是因为知道太晚了，想补救，才想让阿珠回来再选一次，也不知道你还给不给她机会了。"

陈炳根讽刺道："我还真应该谢谢你，这个时候你倒把阿珠还给我了。"

潘寿良说："是的，她原来就是你的。"

陈炳根瞪着一双血红的眼睛说："真是荒诞的一个世界。我们当年那么好，现在却像个陌生人，在潘田面前，我就是一个坏人，分分钟要抢走他的老母一样。你这个仔真是厉害，过来帮着你盯着我。"

潘寿良说："你真的应该当面去问问她。"

陈炳根说："你不是派潘田来监督我吗，不问了，不想再受刺激。"

潘寿良说："也好。天亮后，我们即将各自安好，不再联系。这一次，要感谢我的老母，如果不是因为她想回来过生日，然后又惹出那么多的事情，也许我没有勇气回来，也没机会把所有的事情说个明白。"

陈炳根说："你难道不想回到万福吗。"

潘寿良说："想，可是没资格。这里所有的一切，都在我的梦里，没有人知道。"

陈炳根说："现在阿珠老了，你真的就忍心抛下她，回香港另娶一个吗？我还以为你不是这样的人呢，原来阿珠说的都是真的。"

潘寿良说："你应该明白，我从小就爱她，一点也不比你少。"

陈炳根说："那你为什么让她回来，难道你真的像他们说的那样，外面有了靓妹仔。"

潘寿良停顿了一下，警惕地问："什么意思？"

陈炳根说："有人见你陪着那女人过来逛市场，买的都是家里用的，还要我再说吗？"

潘寿良急了，站起身，连说两次，好，好。"那我告诉你她是谁吧，她并不是什么外面的女人，而是我的外甥女，我大妹潘寿娥的亲女儿。当初也是为了她，我才没有回来。看到政策之后，我曾经下过决心翻屋企，带着全家人，可是阿惠她回不了，也不敢回。她这辈子被她老母换成了财礼，为了给细佬讨老婆，如果她回来，潘寿娥的家就散了。"

陈炳根站起来："阿惠？真是潘寿娥的女儿吗？"

潘寿良说："是啊，我骗你做咩，我的外甥女，大细妹的女儿。她嫁到香港后便发现被骗了，新郎被调包了不说，她还要替婆家还结婚时欠的债，我是在她准备自杀前两天遇到的她。"

陈炳根紧张起来："也就是说，她给家里的钱是你给的？"

潘寿良说："是的。"

陈炳根说："那我全明白了，可是你为什么不告诉潘寿娥。"

潘寿良说："她的自尊心太强，我知道她不会接受的，甚至还可能会把事情闹大，或者要得更多。因为她恨我的细妹潘寿仪，也恨我们所有人。我不敢想，她会做出什么，这个家里所有的人都受到了影响，我还敢折腾吗，所以只能隐瞒。"

陈炳根说："我早应该想到。"

潘寿良说："想到什么？"

陈炳根说："阿惠嫁给什么样的人我是非常清楚的，来迎亲的时候，我一眼看得出有问题。相亲和迎亲的不是同个人，相亲的男仔有文化会说话，而接亲的人很明显身体有问题，虽然他们长得很像。我曾经想办法阻拦过，还把阿惠单独叫出来，让她再仔细看看，劝她不要做蠢事。阿惠没听明白，我便不敢再说。我的确不敢明讲，我是担心被他们一家人打，毕竟我也有老有小的，不敢冒这个险。"

这个时候，两个人同时看到了不远处的风在旋转，吹起了几片树叶子。潘寿良像是下了很大的决心，他先是透了一口大气，然后定定地看着陈炳根，说："陈炳根，我想把话说完。"

陈炳根看着潘寿良："说什么？"

潘寿良说："你真的没有好好想一想我把潘田养了这么大，然后又再送回来是为了什么吗，你认为我养不起他吗？"

陈炳根紧张地问："我不清楚，只是觉得奇怪，毕竟你只有这一个仔。"

潘寿良提高了声音说："你怎么不多问我一句呢？"

陈炳根不说话，只是定定地看着潘寿良。

潘寿良说："潘田是你的儿子，我想让你们父子早些相认，团圆。"差不多后半句已经轻得只有自己才能听到，"因为我的身体坚持不了多久了。"说完这句，潘寿良抚在椅子上号啕大哭起来。

潘寿良以为潘寿仪经过这次打击后，会一蹶不振，却没有想到，一场大病之后她像是变了个人，似乎之前发生的事情都不是自己的。在万福安静地生活了半年还不到，便被一位年轻的画家带回了江苏老家。得知这个消息，潘寿良和华哥也大吃一惊，

华哥说："这太不符合潘寿仪的性格特点了吧，年龄上还差了那么多。"

大舅潘寿良看着华哥冷冷地说："那又怎么样？"

华哥说："我是怕她被骗。"

大舅潘寿良说："她什么都没有，能被骗什么呢？她最好的年龄是跟你在一起的，难道不是被你骗了吗？"

华哥听了，低下头。

潘寿良见华哥难过，于是拿出手机，让华哥看潘寿仪发来的照片。照片里是个农村的小院子，潘寿仪在剪纸，身边蹲着一只花猫，身后是一个帅气的高个男仔正轻抚着她的肩膀。

华哥明显有种失落，酸溜溜地说："这么老了还能嫁得出啊。"

大舅潘寿良不满地说："我细妹还是有魅力的，虽然你对她也算不错，可是你不愿意等她，更不愿意娶她。你着急生儿育女，她这样也是放你自由了。唉，是我细妹懂事才不给你压力。"潘寿良心里清楚潘寿仪是过自己的新生活去了，是到了这个年纪了，也是所谓放生吧。大舅从心底

羡慕潘寿仪。

倒是华哥放不下，不断地责备自己，他捶胸顿足，后悔当初不等潘寿仪。"我还以为她无所谓，根本不想嫁人呢！"

潘寿良说："没有哪个女人不想嫁人呢。现在你儿女都那么大了再不要说这种话了，你要是心疼我细妹就好好过日子吧，她这是成全自己也成全你呢。"

潘寿仪走了之后，外婆的病床前便只剩下潘寿成。这让潘寿良感到恍惚，他无法想象那个平日里好吃懒做，谎话连篇的潘寿成竟然愿意守在老母身边，端屎端尿地侍候着。潘寿成的两个仔都先后去了澳洲，现在回来看阿婆，顺便接潘寿成过去。

有人逗潘寿成："不简单啊，连房子都不是你的了，你还能这么孝顺啊。"

有人说："马上都要做阿公了，他不安分也不行了。"当年一起混的伙伴们调侃道。

潘寿成不仅替自己，早在多年前他还为老母购置了一块风水不错的福地。他说："当年还买得起，如果是现在想也不敢想的。"

华哥问潘寿成："当年你哪里有钱啊。你花钱可是大手大脚。"

"我们万福人哪有败家的，个个都好务实的。"潘寿成说。

"怎么不告诉我呢，那么多钱，你不是说赌输了吗？我骂你也不狡辩。"

潘寿成笑了，说："我说真话你会信吗，家里人谁信过我呀。"

外婆昏迷了几天，直到潘寿娥站在门前生硬地叫了一声老母，外婆的身体才算松弛下来。

潘寿娥已经知道了阿惠的事情，是阿惠打来电话讲了到香港后的遭遇，把大舅潘寿良帮助她的事情也告诉了阿珠。她已经不恨老母，还说自己现在很好，开心幸福，不用担心。

到了后来，潘家人心里都清楚，包括阿婆，只是装作不知，只是瞒了阿珠她们，担心她嘴快，把这件事情说漏了，让潘寿娥没有面子。想不到潘寿娥已经提前知道事情的来龙去脉，便不好意思再闹，只好起身给儿子和媳妇做饭。

潘寿良劝了阿惠，回来算了，可阿惠不同意，她不想再回，因为马智慧、马智贤两兄弟都离不开她。

2019 年，大病之后的外婆真的失忆了。失忆前，外婆拉着潘寿良的手说："回来了就好，全家人在一起才好。"潘宝顺像是完成了多年的心愿，连样子也发生了很大变化，眼神变得异常柔和，这回她真的不想再与任何人交流了。她每天站在院子里看太阳照进来，再看着太阳慢慢地离开。

潘寿良百感交集，有太多话，可是找不到人说。看着变成现在这个样子的潘寿成，潘寿良一时半会缓不过来，他以为过了五十岁以后，人是不会有太大变化的。想不到潘寿成不仅来了一个脱胎换骨，之前对他的认识也是不准确的。离开万福的时候，潘寿成亲手把祖屋粉刷一新，他的手搭在大佬潘寿良肩上说："将来如果我还想回来，你得同意我住啊，到时你还要管我饭。"潘寿良恍然大悟，原来潘寿成什么都知道，包括从始至终他和阿珠的事情，因为心疼大佬，看见大佬确实对阿珠动了情，才故意把话传给陈炳根。陈炳根当然不信，也不服，准备过来问个清楚。潘寿成只好自己回到万福村，劝陈炳根死了这条心，那一次他被陈炳根打进了医院。潘寿成没有把这些事情说给大佬，他早看得出潘寿良和阿珠真心相爱而不能分开，才劝陈炳根放弃的。

　　这一刻，潘寿良后悔自己骂了潘寿成那么多，可是没有机会道歉和弥补。因为潘寿成走的时候是个清晨，前一天晚上他喝了太多，连潘寿良说对不起的机会都没有，潘寿成就与儿子一起坐上了的士直奔宝安机场，下一站是澳洲的墨尔本。前一晚，潘寿成拉着潘寿良的手说："就把潘田当自己的仔对待吧。真是老天的安排啊！他的身上终于流着你的血了。"

23. 归来者

　　陈炳根早已经进了房里，盘腿坐在了潘寿良的对面，说："谁没有过错呢。我也有啊，也许还更大，是我不愿意想，担心吓着自己，压得受不了会去跳海。"

　　大舅潘寿良低着头，说："我的错更大。"

　　陈炳根说："提醒你也提醒我，都不要向后看了，那就等于跟人比谁犯的错更多些，让年轻人笑话我们呀！"

　　见潘寿良不说话，陈炳根说："别瞒了，我知道你的病，不就是个肿瘤吗，又是良性的，这根本不算什么吧。现在技术这么先进，要对自己有信心啊，不过，我认为你的病不是肉上面长了什么，而是你的心病。算了，别再纠结了，回来吧，我敢担保你的身体很快会好起来。"

　　大舅潘寿良说："我怕自己不适应这边的生活习惯。"

　　陈炳根说："不要装了好不好，我还不了解你，你没有那么文明的，你是吃我们万福井水长大的，很土的。"说完这句，陈炳根打量潘寿良后说："怎么不服啊！说到底你还是我们万福人，走到哪儿，身上都是万福人的味道，我都能闻得出来，不要把自己打扮成国际大都市的香港人了。"

　　潘寿良绷着脸："什么味道，小黄蟹味、沙井蚝的味道吧。"说完，潘寿良喉结处鼓了两次。

　　陈炳根说："我没有那个文采，讲不出来，你是秀才，反正是别的村没有的味道。"

陈炳根不看对方的眼睛，转移话题道："你难道还是不想认这些亲人了吗？再不回，都来不及了，我们哪有那么多时间可以这样浪费，我们亲还来不及，不能再恨来恨去了。"

潘寿良说："还有一些万福人在外面，他们和我一样，不敢回来，多数是没有赚到什么钱，不好意思回。"

陈炳根说："这些天你没有见到养老院吗？那是村委早早建好的，村里人早想到了这一天。万福人盼着你们回来，其中立了功的是潘田，他做了好多功课啊，这也是他这个万福未来当家人要做的事情。"

潘寿良说："我们村这些工作做得好，连阿珠、阿如他们都有医疗保险，还有村里的分红，是你的思路吧，这些年外面的养老院我都了解过，好贵的，我怕住不起呢。"

陈炳根笑着说："养老问题可是头等大事，村里帮你解决了后顾之忧呢，看起来，你和阿珠都有远见。这功劳我不敢领，也没有这个本事领，是村委集体研究通过的，这件事很多人想着呢，毕竟我们家家户户都有老人，都有想着要回来养老的亲人。只要是村里出去的人，费用全有补助，谁都住得起。"

潘寿良眼里露出了惊喜，他激动起来："这么好的事啊，是谁的主意啊。"

陈炳根说："那个准备竞选万福当家人的家伙呀，他终于醒过来了，不再糊涂。"

大舅潘寿良问："你是说潘田吗？不会吧，当然，这段时间他变化太大了，让我都认不出。"

陈炳根说："他叛逆了那么久，自己都不好意思，好在回来得还不晚。万福的情况他比谁都清楚，哪怕身体不在此地，可他的心一刻也没离开，现在做准备也都来得及。我当然会全力支持他。你啊，这回有人帮你完成当村长的心愿了，不对，现在的叫法是社区领导，我们村股份公司的当家人。"

四周已经安静下来，潘寿良听到虫叫声显得越来越大，一时间恍惚起来，他像是回到了小时候。这一刻他的心里盛满了话，却说不出来，只能任凭南风吹拂着自己宽大的额头，他觉得这样好受，舒服、自在。

万福大事记

1979 年农村家庭联产承包责任制，万福村离深赴港揾工 70 余人；阿惠的大舅、二舅到了香港。

1980 年深圳特区正式成立，万福石场建成投产，有工人 17 人，年总产值 3 万元，阿惠家里的人没有参与。

1981 年万福推行定额上交和完成国家任务的家庭承包责任制，分田到户，阿惠随老母潘寿娥回万福，家里分到了田，闲置。

1982 年，万福兴起民房建设工程，以两层楼房为主。

1983 年 3 月，宝安县规定到境内工作的外来人员，须持边境通行证。宝安区发行第一家股票，阿惠的邻居文启富购买了 1000 股；是年，村里建成第一批三来一补企业。阿惠有同学进厂打工。

1984 年 9 月万福小学建成。

1985 年 12 月，阿惠的同学家里有了全村第一台电视机。

1986 年 3 月，阿惠同学的老豆与人合伙集资在凤凰山脚下，兴建村里第一栋厂房。

1987 年 5 月，万福遭遇百年罕见的特大暴雨袭击。阿惠家房屋漏水。

1988年2月，阿惠多个同学家里安装了电话。

1989年9月，万福购置第一台大客车，阿惠还没有机会坐上。

1990年12月，阿惠的邻居家有人用了BP机。

1991年10月，在香港生活的万福人，筹钱回家乡修缮万福塔。

1993年4月，阿惠同学的哥哥有了村里第一台摩托车。

1996年6月24日，万福降暴雨，全村200亩蔬菜受损，阿惠家没有种菜，无损失。

1997年7月1日，万福群众与全国人民一道庆祝回归，阿惠老母和细佬在家。

1999年8月，阿惠的邻居家里有了电脑，另有多户人家开始使用手机，

2000年8月，阿惠的邻居家有子女考取北京航空航天大学，得到万福村委奖励。

2001年1月，万福开通了通往宝安区的公交车。8月，阿惠的老母收到一本万福村民手册

2002年4月，万福修建村委大楼。村委通知各家各户应主动捐资，阿惠老母带着二百元到了门口，想到一些事，后悔了，又退了回去。

2003年4月至8月，非典型肺炎出现，阿惠的细佬被误诊，后确诊为荨麻疹，在医院观察一周后回家。

2004年12月，1599名村民办理了农转非，1300名年

满18岁的居民办理了社会保险，其中395人达到退休年龄，每月可领800元。

2005年3月万福成立流动人口管理办公室，阿惠的细佬报名参加，因学历低，没有录入，后报名参加自学考试。

2006年2月24日2点30分，阿惠家附近的嘉庆川菜馆发生煤气爆炸有4人受伤。

2008年1月30日，雪灾，广深公路及通往全国的铁路全部阻塞，村干部劝导员工留深过年9876人，超额完成任务。是年5月18日村民自发捐赠四川灾区60多万元。同年，受金融危机影响，万福企业逃匿6家。

2009年12月，万福外来人口发展到了11万人，为万福人口的56倍。本地人的空置的房子租给了外省人使用。

2012年9月有人突击修建小产权房，被清查。阿惠多个同学做了老细，建立微信群，阿惠没有参加。

2014年6月万福村左侧建成香港美食一条街，勾起了阿惠老母想去香港走走的念头，她认为再不去，自己就太老土了。

2015年12月万福整治重罚泥头车乱卸垃圾，阿惠老母家附近空气越发清新。

2016年1月，实行二孩政策，万福没有预想中的强烈反应，连议论都无，社区工委放弃了向路人发放气球的想法；8月万福广场舞比赛中阿惠的小学同学潘向好夺得冠军。

2017年，部分万福老人敦促子女生二胎，年轻人怼回老人，我们还没有玩够呢，要生你去生。

2018 年 12 月，小黄车宣布破产，阿惠老母潘寿娥怪自己没有及时关注新闻，而先后损失押金 200 元。很快，她便决定不再想此事，她准备游一次公海，由香港上船，是村委的福利，儿子说他帮潘寿娥出自费那部分。

2019 年 1 月，潘田在某个傍晚抱回家一刚出生的肥壮男婴，在潘寿良还没反应过来之际，他放到了阿珠手中，说恭喜老母您做阿婆了，其他事情不要多问一句否则再见。

2018 年 5 月 8 日写于深圳西乡
2019 年 6 月 30 日改于深圳西乡
2019 年 8 月 12 日再改于深圳西乡

后　记

我家住在南海边

我已经开始喜欢怀旧，过去怀的是故乡，现在怀的却是深圳的当年。

一九九七年的时候我还是一名电台的记者，有段时间每天进出在名声大噪的劳动村。那个曾经靠打鱼为生的小村，上岸后靠着土地一夜间富了起来，成为一个著名的观摩景点。

当年的劳动村每天接待客人成千上万，彰显出它新贵的身份。生产队长的马自达汽车傲慢地停在豪华的村委门前，昭示着他的不凡与显赫的未来。统一的住房，统一的装修，甚至于劳动村的村民茫然失措的眼神也是统一的。昔日的渔村村民，并不知道外面的世界发生了什么，也没人告诉他们这从天而降的生活意味着什么。不久前，当我再次路过那里，看到了那里的破败和萧条，当年的风光早已不复存在。

劳动村、岗厦、蔡屋围、白石洲，如今已变成了以外省人为主的地方。曾经的原住民风光不再，曾经的外省人开始过上了优渥的生活，当然，也有适应不了城市生活的农民和回不去的故乡。他们多是和我一样无所适从的外县人，衣着艳俗、表情混搭，哪怕久居深圳，其精神却还一直游荡在故乡和深圳的长途车上。梦里不知身是客，他们在为自己和家人争得美食华衣之时，付出的却是整个的青春和全部的热情。

千禧之年，除了夜色里见证过深南大道上茫然失措的人群，我还见证过深圳农村城市化，土地换社保，改旧与违建，秧苗事件，房价的飙升，深圳与香港，股票，撤县建区，土地征收，香港回归，原著与外省人的优势互换，欠薪，收容制度，新劳动法实施，关内外的行政阻隔，男女比例，移民的后遗症等等。深圳人的各种况味，被我收了满眼满心。这一块胶着了改革开放四十年中国之美、中国之痒之痛的土地，无时无刻不牵动着全中国的神经。

而香港与深圳，这一对血肉相连的双城，从古至今，缔结他们的绝不是物质上的供给互助，而是精神上的支持，还有更为具体而真实的情感依偎和守望。试问哪个深圳的原住民没有香港的亲人、朋友。互相依存互相影响，不可分割深情不可阻挡。这部小说我断断续续写了三年，三年中我的工作发生过一些变化，甚至影响到了我的心态。三年里，我追寻了陈炳根、潘寿成、潘寿仪生长的土地，我也赶赴了阿惠生存的香港屯门。还有生意人潘寿良与村干部陈炳根二人分别在深圳、香港两地各自成长的足迹。潘家三代人，由于当年的离深赴港，每个人的命运都被深刻地改变过。虽然小说有了一个相对圆满美好的结局，可是物是人非是这四十年的万福人。我在街上找不到一个善谈的本地人，他们胆小怕事，不愿意重提当年，似乎担心噩梦重现一般。现如今他们有的已经做了西乡大道一侧的房地产商，有的是文家祠的保安，有的在偏远的一个区戴着头盔驾驶着摩托在四处兜客。这个我曾经在一个短篇小说里遇见过他。这些年，他们富过穷过，历经大浪淘沙，历经岁月风蚀。他们的内心与那些外省人一样，历经伤筋动骨后的缝合，变成一道只有自己知道的伤疤，在雨夜里隐隐作痛。

这所有的一切，都曾经实实在在地进入过我的生活，影响过我的认识，改变过我的生活和命运的走向。我和深圳的故事说不完，与深圳的缘分注定一生一世。我知道，如果不是因为命运，我的目光不可能投向这里，如果不是因为写作，我的生活不会与这个人群，以及他们的生活产生交集，更不可能如此紧密地随着这座城市的脉搏一起跳动，血脉贲张，爱恨交集，对人心挖地三尺不肯罢休。我从不认为这座特别的城市会带来一成不变的人和故事，所以我从来没有题材匮乏的焦虑。

我希望把中国最活跃的人群和他们所创造出的这个大都会，持续嵌入到我的书写之中，用一个个深情的故事，串起深圳人的心灵秘史。